農華似錦

3 完

文創風 877

琥珀糖 著

目錄

第二十七章　中秋生辰

騎馬而來的楚行之，一看到榮華，就眉飛色舞地道：「姊姊、姊姊，妳方才見了什麼人？看著像是一個男子！」

榮華瞪他。「小小年紀，怎那麼八卦！」

「我要回去告訴乾爹、乾娘！」

榮華立馬揪住他的馬韁，威脅道：「你敢！」

在榮華的一番威脅下，楚行之選擇三緘其口。

凶狠起來的姊姊太可怕了！

榮華在回家的路上，心情還是很激動，漸漸地，她分不清這瘋狂的心跳聲究竟是為什麼而跳。

她這樣的心跳，究竟是因為穆良錚這個人，還是因為那些偶像劇般的劇情？

她日日忍不住為他擔心，究竟是因為愛慕，還是因為敬重他是大煜的戰神？

她分不清自己的心，也看不清自己的心。

榮華搖了搖頭，將鐲子褪下來小心地放回到錦盒裡。她決定小心珍藏，等以後再戴。

就像她現在看不清自己對穆良錚的感情，分不清到底是崇拜還是愛慕，或是因為他身上的傳奇色彩而心動？既然看不清，就暫時珍藏在心底，等到何時看清楚、弄明白了，再翻出來也不遲。

不過看著手上的戒指，榮華還是忍不住感慨。

她真的是好喜歡啊！怎麼會有人送禮物，能這樣送到人家心坎裡！

且說回到家後，榮華才發現事情有些不對勁。

自家父母做了一大桌子菜，都在等著她吃飯。

一家人目光殷切地注視著她，好像她才是今天的主角。

榮華看著那一大桌子菜，好奇道：「咱們這裡過中秋節，這麼隆重嗎？」

「當然不單單因為今天是中秋節，最重要的是，今天是華兒的生辰。」王氏握著榮華的手，有些淚眼婆娑。「以前都沒好好替妳慶生，今年自然要好好幫妳慶祝。」

說話間，王氏從身後拿出兩套漂亮的夏裝和秋裝，聲音溫柔。「這是娘送妳的禮物，是娘親手做的。願我的華兒平平安安地長大，一生順遂。」

原來娘親記得她的生日呢！

榮華有些驚訝，伸手接過衣服，柔軟的觸感讓她的心也變得柔軟。

她還沒感動完，就看到榮耀祖從身後拿出文房四寶，語氣很是感慨。「願華兒今後的生活都能和和美美，開開心心。」

榮華接過禮物，感動到不知道說什麼好，眼圈有些紅了。她努力忍著淚，接過文房四寶，聲音哽咽。「謝謝娘親，謝謝爹爹。」

穿雲也拿出她準備的禮物，說：「主子，生日快樂，平安健康。」

榮華忍不住淚目，用手捂住嘴，哽咽道：「穿雲，妳這個壞人，怎麼也瞞著我？」

平時不怎麼愛笑的穿雲，此時笑得溫柔無比。她摸了摸榮華的頭，聲音柔和。「主子，這半年多妳辛苦了，以後會越來越好的。」

榮華哽咽著接過禮物。

榮嘉拿出一支漂亮的銀簪子遞給榮華，學著穿雲的話，祝福道：「姊姊，這是送妳的賀禮，祝姊姊生日快樂。」

榮華摸了摸榮嘉的腦袋，問道：「你哪來的錢買簪子呀？」

榮嘉看著她，聲音稚嫩。「我之前有在作坊裡做工，存錢買的。」

「姊姊，我也有去做工，我也買了禮物給妳！」榮欣說話奶聲奶氣的，拿出一枚漂亮的珠花。「姊姊生日快樂，希望姊姊永遠都這麼漂亮！」

榮華終於忍不住落下眼淚。「你們那時候說去作坊玩，原來都是去做工、編東西啊！傻孩子，不知道姊姊會心疼嗎？」

「姊姊不哭，姊姊要開心。」榮欣伸手替榮華擦去眼淚。

榮華接過簪子和珠花，一把將榮嘉和榮欣抱在懷裡，左右親了親他們的小臉。「謝謝嘉兒、謝謝欣兒，姊姊太愛你們了。」

親完了弟弟、妹妹，她又抱了抱娘親。當她要抱榮耀祖的時候，榮耀祖臉上一派難為情，但最終還是由著女兒抱了自己，還伸手拍了拍她的肩膀。

榮華又抱了穿雲。

這時，楚行之才走過來，神神秘秘地從房間裡抱出一個半人高的大物件，興奮地說：「姊姊，生日快樂！快來看，我送妳的是什麼！」

這大物件上蓋了一個紅綢。

榮華紅著眼睛看著他，嗔怪道：「你這小孩，怎麼也準備了禮物，還搞得神神秘秘。」

她伸手扯掉紅綢，看清楚是什麼東西之後，一下子又紅了眼眶。

楚行之這孩子，竟然送了一個梳妝檯，梳妝檯上還擺滿了胭脂、眉筆之類，女子匀面、上妝的東西。

楚行之開心地道：「姊姊，妳虛歲都十五，是大姑娘了。姑娘大了都愛美，所以我送妳一個梳妝檯和各色妝品，希望姊姊永遠美美的。」

梳妝檯是紅木的，價格肯定不便宜。

榮華看著楚行之曬黑的臉，忽然想到了什麼，急道：「你出去賣字畫，就是為了買生日禮物給我？」

「是啊！我想用自己的錢買給妳，所以就出去賣字畫了。」楚行之露出笑，曬黑的臉上有一口顯眼的白牙。「禮物送了，我以後可就不出去賣字畫了，太累啦！」

「傻弟弟！」榮華一把抱住他，再次感動到不知道說什麼好。

有家人給她過生日的感覺可太好了！

被家人愛著的感覺太好了！

她以前是個孤兒，從未體會過家的溫暖，此時她感覺到前所未有的幸福。

楚行之大叫。「姊姊，妳快勒死我了！」

榮華鬆手後，看向溫柔注視著自己的弟弟、妹妹、爹爹、娘親、穿雲和楚行之，內心感動不已，她伸手道：「過來抱抱。」

榮耀祖有點難為情，被王氏拉著，一家人又抱在一起。

榮華感動地哭完之後，又笑開懷了。

她怎麼變得如此多愁善感了？這麼好的日子，怎麼能哭呢？

榮華抱著自己的一家人，擦乾眼淚，笑道：「謝謝你們今天為我準備的驚喜，我很開心，真的很感動。」說完，她看著大家。「我們去吃飯吧，聞見香味都快餓死了！」

「好啊、好啊！姊姊，我也快餓死了！」楚行之歡呼了起來。

一家人落坐吃飯，各色佳餚擺滿桌子，席間歡聲笑語不斷。

吃過飯後，榮華想去洗碗，卻被王氏給推出灶房。「去玩吧，我來洗就行了。」

這時有人敲門，榮華跑去應門，竟是穆大娘來了。

穆大娘手裡提著一個籃子，看到榮華，先捏了一把她臉上的肉，口中嘖嘖道：「不錯、不錯，臉上有點肉了，以前瘦得都是骨頭，現在有點肉了，多好看！」

榮華露出乖巧一笑。

穆大娘把籃子遞給榮華，一臉笑呵呵。「華兒啊，今天是妳生辰，大娘我替妳送兩隻燒雞，多吃點，好長肉啊！」

穆大娘一直以來對他們一家挺好的。

「謝謝穆大娘。」

榮華收下燒雞，拉住穆大娘的胳膊道：「穆大娘等一下，我拿幾顆包子給妳，是我今天白天剛做的。」

「好，華兒可真能幹。」

穆大娘怎麼看榮華就是覺得順眼，這個小丫頭落落大方又聰明，還很能幹，簡直太招人喜歡了！

榮家和穆家一直有人情往來，他們經常互送東西。

榮華拿籃子裝了九顆大包子，每種餡料各三個。

穆大娘拿著包子開開心心地回家了，臨走的時候，還囑咐榮華記得有空就帶著弟弟、妹妹去穆家玩。

榮華應了好。

穆大娘走後，榮華回到房間，將所有的禮物整理了一下。

她坐在梳妝檯前，將榮嘉送的銀簪子戴在頭上。銀簪子上有細碎的小花圖案，看起來很是素淨雅緻。

榮欣送的珠花是白粉色，粉嫩嫩的一朵，她也別在頭髮上。

這樣試了幾下後，榮華覺得自己的頭髮因為剛才騎馬而有點吹亂了，索性洗了澡、洗了頭，等頭髮晾乾後，重新綰了一個靈動的髮型。

碎花簪子和白粉珠花戴在頭上，竟是正相宜，她換上娘親做的新夏裝，是鵝黃色繡芙蓉枝的裙衫，再配上一雙杏色的繡花鞋。

本想用眉筆畫眉上妝，結果對著梳妝檯上的鏡子一看，裡面的小姑娘眉不畫而黛、唇不點而朱，雙面白皙微紅，不用胭脂也是一個漂漂亮亮的桃花妝。她在鏡子前轉了一圈，覺得挺滿意，無須再多此一舉。

王氏走進來，看到榮華後，不住開口稱讚道：「我的華兒已經出落得這麼亭亭玉立、溫婉大方，真是太漂亮了。」

「娘，妳就不要誇我了，我哪有那麼好。」

「娘說的是實話，這些日子見妳風裡來雨裡去，一點也沒有女兒家的心思，也不打扮自己，從不在衣著打扮上留心，我還相當擔心呢！今日看妳開始打扮自己，我就知道華兒是真的長大，知道愛美了。」

娘親這點沒說錯，她以前忙著賺錢，哪有工夫講究穿搭，今日她都虛歲十五歲了，剛好得閒，就忍不住試試新衣服。

大概是女為悅己者容吧……

王氏拉著榮華的手，欣慰地說：「妳都虛歲十五了，這個年紀，其他姑娘都該議親了。」

議親？開什麼玩笑！

榮華聽到「議親」二字非常抵觸，她內裡的靈魂都二十一歲了，自然會為自己的將來打算，她有自己的考量，不可能順應這裡的習俗早早結婚。更何況這身子現在的實際年齡，在她看來根本還沒成年。

雖然她可能有一點愛慕穆良錚，但十幾歲的小姑娘也有自己的愛慕之情，那很正常。她不可能這麼早婚，不到十八歲絕不考慮結婚的事。進一步說，哪怕到了十八，若沒有遇到可以攜手一生的人，她寧可單身一輩子。到時候有錢、有家人，日子瀟瀟灑灑，想想都很幸福。

關於婚姻和未來，她要自己作主，不可能聽從父母的安排。

哪怕她和穆良錚有婚約，她也希望他們將來如果能在一起，是因為彼此欣賞、互相吸引、有共同的期待和暢想，是因為愛慕和尊重而選擇步入婚姻，而不是因為那一紙婚約。

榮華沒說話，只是臉色有些委屈。

王氏了解自己的女兒，自然知道榮華在想什麼，遂摟住她的肩膀，將她摟在懷裡才道：「但是按照妳爹爹的意思，先不著急，可在家裡再養兩年，等妳榮絨姊和榮淺姊嫁出去再說。」

聽到爹爹說不急的時候，榮華才放心了些。現在家庭關係不錯，她不想因為這些問題又起齟齬。

說起來這裡的女子普遍早婚，十二歲及笄，十三、四歲就可議親了，按榮絨和榮淺的年紀，早就該嫁人了，但是這幾年來，村人連活都活不下去，誰還娶妻？

現在村裡的日子好過了，大家倒是該議親的議親、該出嫁的出嫁，桃源村未來應該會迎來一群成親潮。

榮華依偎在王氏懷裡，聲音柔軟。「娘，你們能這麼想就好，我才不願意早早成婚嫁出去呢！我要一直陪著你們！」

王氏溫柔地摸著榮華的頭髮，一下一下地順著，口中道：「我如何不知道華兒妳是個乖巧的孩子，我也是捨不得妳，不過妳爹他想讓妳多留兩年，主要是因為穆家那小子。妳怎麼說也算是和他有娃娃親，他若活著，人家是將軍，這婚事不一定作數，但如今穆家那小子為國盡忠、以身殉國了，妳身為他的未婚妻，若是直接議親也太讓人寒心了，所以妳爹和我商量，準備等到三年後再給妳議親，也算是妳為穆家小四盡一分心意。」

原來是因為這個啊！

榮華抬頭看著王氏，萬萬沒想到穆良錚假死的消息，反倒讓她省去議親這件麻煩事。她方才還見了穆良錚呢！

榮華想了想，覺得有些搞笑，但是為了日後不被相親所擾，便順著王氏的話說：「好啊，我也覺得這是應該的，就這麼辦吧！」

榮華正和娘親說著話，榮嘉和榮欣跑了進來。

榮欣的小臉因為跑步而通紅，奶乎乎道：「姊姊，絨姊姊來找妳出去玩。」

王氏放開榮華，笑著說：「去吧！我方才聽妳爹爹說，村裡要在穀場弄一個篝火晚會，就像妳上次弄的那樣。你們先去看看，我和妳爹爹待會兒也過去。」

「那還挺有趣的，那我就先帶著他們去了。」

榮華牽著榮嘉和榮欣，身邊跟著楚行之，推開院門一看，就發現榮絨和榮淺各自帶著自己的妹妹，都在門口等她。

榮華看到她們，好奇地道：「妳們怎麼都來了？」

榮絨平靜地開口道：「今兒村裡好熱鬧，我們都出來賞月。」

大家一起往穀場走，說說笑笑的好不熱鬧。

走到穀場後，李文人也在，正在弄篝火。

一看到榮華，李文人上前來打招呼。「榮華妹妹。」

榮華和熟識的人都打過招呼，隨後便各自散開玩耍。她找了棵大樹坐下，讓弟妹們自己去玩。

現在月亮已經掛在天幕之上，銀星點點，微風徐徐，此時賞月最佳。

楚行之覺得篝火晚會有趣，帶著榮嘉和榮欣跑得飛快。

篝火燃起，大家圍成一圈，手拉著手唱歌、跳舞，哪怕不會跳，跟著扭就是了，場面很是熱鬧。

榮華本來在一旁坐著，此時硬是被榮絨拉進大家的隊伍。她跟著大家跳，後知後覺地發現，自己被大家圍到正中間。

本來唱著地方小調的村民，此時齊齊停下，一群孩子們跑出來，繞著榮華轉圈，一邊轉，一邊唱起歌謠。

歌謠朗朗上口，不知是誰編的，唱的內容卻是對榮華感謝的話。

榮華一時間愣住，隨後猜到這大概是村民們為她準備的節目。

小孩童言童語、稚嫩可愛，本來瘦弱的小崽子們，現在都有了嬰兒肥，讓人感到欣慰。聽著小孩們唱著感謝的歌，看著大人們感激的目光，榮華只覺得這些質樸的人們真是可愛。她已對他們說過很多遍，大家能有現在的生活，不是因為她，而是因為大家勤勞的雙手，但他們還是那樣的感激她。

小孩們唱完換大人們唱，有些大叔大嬸臉上挺不好意思，卻唱得一個比一個起勁。

榮華很是感動。

大家唱完歌謠後，由榮絨、穿雲帶頭，齊聲說：「榮華丫頭，生日快樂！」

篝火燃燒，呼喊聲響亮，榮華心底滾燙。

她看著大家，深深鞠躬，真誠道謝。

大家紛紛拿出自己送她的禮物，有的是紅薯，有的是馬鈴薯，有的是路邊的野花，有的是自己做的鞋……

村裡的生活剛剛好起來，榮華本不想收，但村民們大聲說：「華兒，沒有妳就沒有我們現在的生活，我們沒什麼能拿得出手的，但是這紅薯，是我覺得世界上最好吃的東西，希望妳不要嫌棄。」

「對，這馬鈴薯我最喜歡吃了，送給妳。」

這樣質樸又滾燙的心意，她怎麼可能會嫌棄？

這些村民把他們認為最好的東西送給她，榮華覺得很感動，只好全部收下。

看著村民們臉上真誠的笑意，榮華大聲說：「看到大家都過上好日子，吃得飽、穿得暖，這就是我最開心的事情了，我也算做到當初對你們的承諾。今天是我的生日，也是中秋節，我祝大家日子和和美美，來年更上一層樓！」

大家歡呼開來。

榮絨她們也都拿出自己的禮物，榮華一一收下。她今天收到的禮物，比她以往一輩子收到的都要多。

她感動得不能自已，又追問這是誰的主意。

榮絨說：「大家都想感謝妳，但是又不知道該怎麼做，所以我和文人哥就想了這個主意。主意雖然是我們想的，但心意是大家的，那個歌謠是小楚編的。」

「你們真的是壞死了，竟然都瞞著我！」

她今天快要開心瘋了！

因中秋節要祭拜月神，每家每戶都拿了貢品出來，一整個村子的人，在穀場跪下拜了月神，祈求來年風調雨順、五穀豐登。

月亮真是寄託了太多人類的美好期望。

大家拜完月神，在穀場三三兩兩坐下，分吃貢品。

整個桃源村的村民，無論男女老少都在，真的是超級熱鬧。

然後又有姑娘、小子們表演才藝，唱歌唱戲的、舞刀弄槍耍雜技的都有。

榮華第一次知道大家竟都如此多才多藝。不過她略一思索，便明白了過來，此時大家都在，這等於變相的相親了，若有哪個姑娘和小子互相看對眼，可能回頭就上門提親了。

想明白這點，榮華只在一邊看熱鬧，任憑身邊人怎麼拉，她都不去。

但是所有人都在起鬨，榮華實在無奈，便上去唱了首〈水調歌頭〉，她聲音甜美溫軟，歌喉娓娓動聽，引得滿堂喝彩。

楚行之覺得好玩，也要上去唱。

榮華不懷好意，沒有阻攔他。

楚行之跑上去一邊吟詩，一邊舞劍，翩翩少年郎在月光下很是出色。他表演完後，好幾戶有待嫁女兒的人家，都來找榮耀祖夫婦打聽這小孩的來歷。

村裡姑娘大多直率，有姑娘直接對楚行之表達愛意，楚行之嚇得想跑卻又被人圍住，一時間臉都漲紅了。

榮華看他紅著臉朝自己求救，忍不住哈哈大笑，笑得肚子發疼了，最後還是讓穿雲過去幫他解圍。

楚行之紅著臉，看著榮華氣憤地道：「姊姊，妳竟然一直看我笑話，太過分了！」

「我沒有！」她嘴上說沒有，實際上還擦了擦眼角笑出來的淚水。

榮華真的被楚行之這小孩逗得很開心。

大家歡鬧了好久，直到夜深，桃源村穀場還滿是歡聲笑語。

第二十八章　約定

這一切都被回村的穆良錚看在眼裡。

他知道桃源村在榮華的帶領下有了不少變化，但是沒想到變化竟有這麼大。死氣沈沈的桃源村煥然一新，迸發了前所未有的生機。大家喜氣洋洋，歡聲笑語，讓他有一瞬間懷疑自己來錯了地方。

可是這裡的一切又是那麼熟悉，確實是他生活了十三年的家鄉。

榮華的能力，太讓人匪夷所思了。

穆良錚站在暗處，目光一直在那個小姑娘身上，看她感動到哭又帶著淚地笑，看她誠心誠意地拜月神，看她唱〈水調歌頭〉，看她捧腹大笑。

他忍不住疑惑，這個小姑娘究竟有什麼魔力，會這麼耀眼、這麼璀璨，在人群中熠熠生輝，讓他移不開視線？

榮華正在和榮絨說話，穿雲附耳過來，道：「主子，將軍來了。」

她順著穿雲手指的方向看去，果然看到那人一身玄袍，站在隱蔽暗處。

榮華心裡喜了一下，眉眼處就顯現出喜色，朝榮絨說了句。「我回家一趟。」

說罷，榮華急忙朝穆良錚的方向跑了過去，跑了一半，又想起什麼，回過頭來用手帕包住兩塊親手做的豆沙餡月餅。

她下午想自己做月餅，娘親還不願意，結果晚上看了看王氏做的月餅，不過是米餅做成圓形罷了，榮華趁著晾乾頭髮的時間，便自己動手做了十幾個豆沙餡月餅，因月餅做起來簡單，倒也沒耽誤事。

此時村民都在穀場，村內倒是空空蕩蕩，榮華和穆良錚在無人處站定。

榮華看著他，歡喜地將手帕裡的月餅遞給他。「將軍，中秋快樂呀！吃月餅。」

穆良錚之前回過家裡一趟，吃了穆大娘做的月餅，此時看榮華給的和他日常所見不太一樣，遂捏了一塊來吃，只覺得入口酥軟、香甜可口，吃完後齒頰留香，不由得讚嘆道：「味道很好。」

那是自然，她做的月餅，家裡人都說好吃！

榮華捧著手帕裡剩下的一塊，道：「將軍既然喜歡吃，那就多吃一點。」

他其實挺飽的。參軍十年，便離家十年，也就去年才回來兩次，所以每次回家，家裡人都讓他吃下許多東西。

看著榮華期待的神色，穆良錚不假思索地拿起月餅，點頭說好。

今夜月色很好，月涼如水，溫婉動人。

穆良錚瞧著榮華，她身穿鵝黃衣衫在月色下顯得楚楚動人，眉眼溫婉，眼神靈動，一瞥一笑都透著一股靈巧。

想起榮華小時候的模樣，穆良錚眼裡帶了絲笑意，道：「華兒，妳出落得越發漂亮了。」

榮華歪了歪頭，眼眸如清泉般清澈，聞得此言，她笑了起來，唇邊就有兩個小小梨渦浮現，很是好看。

兩個人走在月色下的鄉村小道，微風徐徐吹過，耳邊還有秋日蛐蛐兒的叫聲。

榮華覺得很是愜意，有種靜謐的喧囂。

穆良錚不怎麼說話，但是榮華說話的時候，他會認真傾聽。

榮華之前見他時總覺得兩人之間隔著什麼，那時候她對將軍更多的是崇拜，但是經過這兩次見面，她覺得兩人之間好像有什麼不一樣了。

最後兩人坐在一處樹下賞月、看星星。榮華指著天上的星空，認真地替穆良錚介紹。

穆良錚聽得十分認真。

榮華以前也喜歡看星星，但是這麼美、這麼亮的星星，很少見到。

她覺得今晚的一切都很美好。

夜越來越深了，有村民開始回家睡覺，榮華大概知道又到了分別的時候。

「穆哥哥，你過年的時候回來嗎？」

穆良錚右手墊著後腦勺，半靠在樹上，看著天幕上的星河，搖了搖頭，聲音有些閒適和慵懶。「應該是不回來。」

榮華聽了沒說話。

穆良錚轉頭看著她。他現在整個人都是非常輕鬆的狀態，卸去一身防備和壓力的他，此時又好像是那個輕鬆的少年兒郎。

他歪著頭，身上多了兩分慵懶的感覺，道：「怎麼？想哥哥回來？」

榮華看他一眼，眼神一閃，又立馬抬頭看天。

穆良錚現在這個樣子，該死的性感！

他的身材和長相，全都符合她對伴侶的審美觀，真是要命！

看榮華不說話，穆良錚低笑了一聲，聲音微啞中夾帶更多的慵懶，道：「妳要是想哥哥，哥哥就回來。」

榮華屈膝，用手掌撐著下巴，目不斜視，非常認真地看星星。

穆良錚穿著黑色衣袍，站著時略微寬鬆，看起來非常合身，此時他半坐著，衣袍垂了下來貼在身上，將他的身材線條都展現出來。

更要命的是，他的臉長得好看，身材又極好，寬肩、窄腰、大長腿，爆棚的男性魅力在他身上顯現得淋漓盡致。

他現在又一副慵懶閒適、任人採摘的模樣，到底是演哪齣？

穆良錚側著臉，看著榮華一臉正經地看星星，皺了下眉，出言提醒。「華兒，妳好一會兒沒看我了。」

「咳。」榮華輕咳一聲，正襟危坐，佯裝認真。「我在找剛剛向你說明的那顆星星。」

「別找了。」

「不不不，我還是找找吧！」

穆良錚皺著眉，長臂一伸，左手便扶住榮華的後腦勺，他兩根手指動了動，轉著榮華的腦袋，將她的臉轉了過來。

穆良錚探究地看著她。「怎麼突然就不敢看我了？」

他語氣有點深沈，聲音非常有磁性，眼神幽深如深潭。

榮華和他對視，總覺得自己什麼想法都被看透了，不免有點心虛。

榮華本能地想掙扎，但是穆良錚的手掌很大，一隻手幾乎包住她的腦袋，讓她掙脫不得。

榮華察覺到危險的氣息。

她離他太近了，穆良錚身上濃厚的男性氣息幾乎把她整個人都包圍住。

她可是兩輩子都沒和男人這麼親密過啊！

榮華感覺有點口乾舌燥，當下結結巴巴道：「穆、穆哥哥，非、非、非禮勿視，你衣服穿太少了啊啊啊！」

榮華伸手捂住臉，以掩蓋自己臉上的緋紅。

穆良錚低頭認真地打量自己的穿著，並未覺得有什麼不妥。

非常得體，哪裡穿少了？

還什麼非禮勿視？這小丫頭想什麼呢？

穆良錚覺得甚是好玩，道：「妳懂非禮勿視是什麼意思嗎？」

榮華沒理他。

穆良錚真的覺得太有意思了，不由得想要逗她，道：「把手拿開，告訴哥哥，哥哥哪裡穿少了？」

榮華聞言，立馬把手捂得更緊了。

穆良錚暗笑了一下，伸出墊在自己腦後的右手，將榮華的雙手拿開，露出一張緋紅的小臉蛋。

她不好意思地看著穆良錚，內心覺得非常羞恥。

榮華手掌動了動，有些不安地掙扎，臉紅道：「穆哥哥，我們離得太近了吧？」

穆良錚看著榮華緋紅的臉頰，她本來清泉似的雙眸此時宛若一池春水，帶著青澀的媚意。

穆良錚忽然明白了什麼，唇角帶著一抹了然的笑，看著榮華的目光幽深了些，他笑道：「好丫頭，果然是大姑娘了。」

榮華：啊啊啊誰也別攔我，讓我去死吧！

穆良錚放開她後，榮華轉過身，吹了好一會兒的風，才感覺自己臉上不太燙了。

榮華轉頭看穆良錚，他還是那副姿態半靠在樹上，看到她的目光時，他還換了個姿勢，肆意舒展自己的大長腿。

榮華無語望天，只怪她前世沒談過戀愛，沒見過這麼好看的男人，所以才一下子失了分寸！

如果她談過戀愛，總不至於今天這麼丟人。

她恨！這真是丟人丟大了！

不知道什麼時候才能找回場子？

榮華羞愧得恨不得找個地洞鑽進去。

穆良錚一笑。「妳盯著地面看什麼呢？」

「看螞蟻洞，準備變成螞蟻鑽進去！」

穆良錚心裡快笑死了。

他覺得榮華真的是太可愛了，無與倫比的可愛，他從未見過這樣的女子。明媚，可愛，璀璨而耀眼。

榮華回過頭，忍不住皺了皺鼻子，跺腳道：「你不要笑了啊！」

穆良錚點頭。「我沒笑。」

榮華輕哼一聲。「我都看見了！」

穆良錚輕咳一聲，掩去自己眼底的笑意，朝她招手。「華兒，過來坐。」

榮華站著離他幾公尺遠，背對著他，倔強地擺手。「不了，我站著挺好的。」

穆良錚真的被榮華逗樂了。

他都不知道自己有多久沒這麼開心過了。

「好了，過來，我有話對妳說。」他語氣有些寵溺，自己都沒發覺。

榮華挑著眉毛，坐到離他一公尺遠，傲嬌道：「說吧！」

穆良錚心裡愉悅，聲音也輕快了些。「我天亮前就會走，過年不一定回來，因為我要去處理一些事情，等我處理好了，就回家再也不走了。」

他功高震主，皇室不容他，因此他使計假死，和朝廷玩貓捉老鼠的遊戲，但是現在，他不想玩了。

和朝廷玩有什麼意思，哪有他的華兒有趣？他現在迫不及待地想把所有事情處理好，回到這裡來。

他許久沒這麼放鬆開心過了，真是愜意又享受。

榮華聞言，坐直身體。「再也不走了，是什麼意思？」

「就是我帶兵駐紮在筠州城，不離開筠州城了。」

「可是朝廷會允許嗎？」榮華有些擔心。

筠州城有駐軍，朝廷怎麼會同意臨時換駐軍呢？

之前戰亂時，朝廷給了穆良錚極大的權力，又是封他為鎮北王，又是鎮北大將軍，但是現在剛剛安生幾年，朝廷便覺得他是威脅，想過河拆橋、卸磨殺驢。現在這個狀態，只怕穆良錚說什麼，朝廷都不會允許。

「他們不允許，自然有很多法子讓他們允許。」

穆良錚說這句話的時候語氣很冷，像是帶著殺機，榮華心裡驚了一下。

穆良錚沒有繼續說下去，適時止住了話題。「我自有安排，妳放心好了。」

「嗯嗯。」榮華輕輕點頭，語氣溫軟。「我自然相信將軍，但是將軍要注意安全喔！」

穆良錚眼底的冷厲褪去，只餘溫和。「好。」

夜色如水，匆匆流逝，榮華都沒感覺時間過去了多久，東邊的天空已然出現魚肚白。

左衛和右衛牽著馬過來，示意穆良錚該離開了。

穆良錚站起身，他看著榮華，語氣有些歉意。「拖著妳一夜未睡，耽誤妳休息了。」

榮華毫不在意地擺手。「我一點都不睏。」

榮華看著他準備上馬，突然發現，自己好像經常看著他離開。

穆良錚握著馬轠正欲上馬，又停下來看著榮華，目光認真。「過年想不想哥哥回來？」

榮華愣了下，忽然反應過來他不是開玩笑，他說的是真的，只要她想，他就回來。

她舔了下嘴角，默默地搖了搖頭。

穆良錚兩道劍眉皺起，還沒說話，榮華就道：「等所有事情都結束了，再回來吧！」

她臉上帶著笑，將所有不捨都隱藏得極好，聲音輕快。「等到那時候，穆哥哥你風風光光地回來，回自己的家，沒有道理還需要躲躲藏藏。」

榮華當然希望過年的時候能見到穆良錚，但是她總覺得他現在的狀態還是挺危險的。飛鳥盡，良弓藏；狡兔死，走狗烹，古往今來不外如是。

這次中秋，穆良錚已經回來一趟，沒道理讓他過幾個月再冒著危險回來，而且聽他的意思，他本來就不打算回來。

如果只是因為她，那榮華不希望將軍為了自己冒這麼大的風險。等到一切塵埃落定，再回來也不遲。

穆良錚思索了一下，冷硬的眉眼柔和了下來，道：「好。」

眼看穆良錚要走，榮華忽然想起了什麼，大聲喊道：「穆哥哥，你等我一下，我很快就回來！」

她飛快地跑回家，用小盒子小心翼翼地包好一盒水果硬糖，又提起裙子往外跑。

穆良錚還在原地等她。

榮華跑得氣喘吁吁，在穆良錚面前站定，把盒子遞了過去，喘著氣說：「穆哥哥，這是我新做的糖，給你路上吃。」

穆良錚打開盒子，看到裡面是琉璃似的小圓糖，糖塊晶瑩剔透，好看極了。

他捏了一顆放進嘴裡，酸酸甜甜的味道幾乎甜到人心裡，細細品味，覺得口舌生津，分外甜美。

榮華開心地道：「這是我做了很久的糖，別的地方都沒有，僅有我一家，我做了半個月才成功了這一次，你是第一個吃的人，我都還沒嚐過呢，今日就送給你啦！」

將軍一個人在外，日子肯定孤苦，所以要多吃甜食。

甜食多治癒人心啊！

「妳還沒嚐過？」

穆良錚捏了一塊，餵給榮華。

榮華嚐到這熟悉的味道，臉上都是幸福的笑意。

穆良錚將木盒小心翼翼地藏進懷裡。「我會好好收著的。」

榮華無奈。「穆哥哥，送你糖就是要你吃，你要盡快吃掉，不然會化掉。」

在這裡想搞到什麼防腐劑之類的，那是不可能的事，現在天氣炎熱，吃得慢了真的會化。

穆良錚說好。

榮華笑著和他揮手再見，又一次目送他的背影消失在天際線那邊。

遠處的穿雲走上前來，看著榮華道：「主子，晨起露水很大，我們回去吧！」

穆良錚走了後，榮華覺得心裡不太痛快，沈甸甸的，她聳了聳肩道：「好，我現在也有點累。」

榮華回到家睡了一整天，也作了一天的夢，睡得不太安穩。

她夢到了很多東西，有好事也有壞事，最後驚醒的時候，覺得渾身不太舒服。
她坐在床上抱著腿，臉上神情戚戚。
她夢見穆良錚被朝廷以忤逆、叛國之罪滿門抄斬。
榮華驚得一身冷汗，看著窗外的日光，重重地嘆了一口氣。
幸好只是夢，幸好。

第二十九章　上繳糧稅

過了八月十五後，榮華神情懨懨了好一陣子，家裡人也不知道她怎麼了，只當作姑娘家大了，有心事了。

榮華也不知道自己是怎麼了，就是心裡有事的那種感覺，但到底什麼事，她也說不上來。

她每日都待在灶房裡，自己熬糖，每天實驗，爭取把做糖的成功率提升到八成。

但是這麼努力了半個月，硬糖的成功率也不過四成。

因為榮華對這款糖的要求很高，無論色澤、形態還有透明度，她都追求完美。

要求高，瑕疵率自然也高，她做一百顆糖，成功符合要求的只有四十顆，這個機率也太低了，其他的不是沒法成形，就是顏色難看。

榮華想了不少辦法，成功率都提不上來，後來她打算到時候分等級賣，符合要求的賣貴點，色澤不好看的就賣便宜點。

這半個月裡，榮華每天將沒成形的糖，都拿去分給村裡的小孩們吃，現在村裡的小孩子們愛死榮華了，天天跟在她屁股後面叫她糖豆姊姊。

日子到了九月，第二批農作物賣了出去，榮華變得忙碌起來，精神反而好多了。

現在最後一批農作物已在穀場晾曬，屬於清理階段，再過半個月，到了九月中旬，就能賣出去了。

運貨和出貨都是李文人和榮絨把關，榮華覺得他們這段時間太辛苦了，每人給了一百兩當作獎金。

拿到獎金的時候，李文人又瘋狂推辭，一說沒有榮華就沒有現在的他，二說每個月拿著那麼多工錢都覺得心裡有愧。

榮華很是無奈，經過多番勸說，李文人才收下。

榮華不喜歡別人太感激她，無論是李文人，還是村裡的村民。如果大家是因為恩情跟著她，那恩情總有用完的一天，恩情用完之後，抱怨就會滋長。

她喜歡乾脆明瞭的交易，我看中你的能力，給你符合你能力價值的工錢，我給錢你出力，你跟著我就是為了錢，大家誰也不欠誰。

唯有互相平等的交易關係，這樣才能長久。

能拿錢搞定的事，千萬別拿人情。

所以無論李文人多麼推辭，給他的那一份，榮華一定要他收下。

收下銀子後，李文人感動得熱淚盈眶，榮華都忍不住笑他太愛哭了。

李文人現在對榮華是死心塌地，榮華對他也是非常信任。

榮華對手下的人從來都不小氣，一百兩銀子在外面換不來一個像李文人這樣忠心耿耿的管事。

一個忠心的管事，可以讓她省太多事了，那些節省下來的時間成本，是多少銀子都買不到的。

且說榮絨去送貨的時候，榮華也跟著同行。

她帶著自己做的糖果，準備送去給林峰看看。如果林峰願意收購，她就省事多了。

見了林峰，榮華不說廢話，直接讓他嚐嚐糖果的味道。

林峰嚐了一顆後，神色激動地拉住榮華的胳膊，激動地道：「榮華妹子，妳這個糖有多少，我就要多少！」

榮華誠實地告訴他。「這個糖產量不會很多，而且需要大量的甘蔗，最重要的是殘次品比較多，所以我一個月也供不了多少。」

「沒關係，我來供應甘蔗給妳！妳做多少，我都要。」林峰激動到臉有點紅。

榮華覺得疑惑，她知道自己的糖是市面上沒有的，擁有很大的商機，但是林峰的表現可以稱得上是狂喜了。

林峰向來是多麼沈穩的性格，怎會如此激動？

榮華問出了自己的困惑。

林峰把榮華拉到一邊，低聲地道：「我和妳說一件袁朝皇室的事情，這事也不算什麼秘密，袁朝人都知道，袁朝皇室愛吃甜食，尤其君王更甚，這位袁朝的君王一日不吃甜食就會大發雷霆，他每每命人大肆搜尋美味的糖，但是大家的製糖工藝都差不多，袁朝也沒有多麼精通，君王總是因此而震怒。為了讓君王滿意，袁朝上到天潢貴冑，下到平民百姓，都對糖有一種迫切的需求。妳這款糖，簡直讓我太吃驚了！比所有市面上的紅糖、白糖都好吃！」

「那是自然，你都不知道這做起來有多麼不容易。」榮華揉了揉痠疼的手腕。

聽到林峰這樣說，她知道這糖的價格不會低，賣到袁朝大概是直接供應給皇室，算是貢品。

貴一點也好，也算是對得起她的辛苦。

林峰忍不住誇獎榮華。「妹子，妳做糖竟然做得這麼好！妳到底還有多少手藝沒展露出來？」

榮華笑一笑沒說話，生怕他下一秒說出「妳還有多少驚喜是我不知道的」這樣的話，太霸道總裁語錄了。

糖雖好吃，做起來卻一點也不容易啊！

激動不已的林峰當下和榮華約好了時間，林峰供應甘蔗給她，榮華用最快的速度做出最多的糖。

林峰心情澎湃，榮華也熱血沸騰起來，兩人摩拳擦掌，準備大幹一場。

榮華想起一件事，對林峰道：「對了，林峰大哥，下次榮絨來送貨的時候，我會讓她帶一份採買清單，批量會很大，要麻煩你幫我買一批米。」

按大煜的規矩，要在九月中旬繳交賦稅，現在九月初也該準備了。

林峰當下就答應了榮華。

商量好之後，榮華和林峰分別。這次她帶來的一斤糖，都直接給了林峰，讓他拿去做樣品。

臨走的時候，榮華提醒他。「林峰大哥，你記得給八娘姊姊留一點，我本來是要送給她吃的。」

林峰笑著點頭。「一定。」

回到桃源村後，榮華立馬在村子裡逛了起來。她在那些沒人住的空房子裡挑挑揀揀，最後挑了一間空房子。

這空房子說起來是房子，其實只餘四個院牆還在，裡面的房子全塌了，不過對榮華來說，如此甚好。

她派人把院子裡倒塌的建築殘渣全部鏟出去，打算把院子重新裝修一下，用來做糖廠。

這院牆要砌高，上頭要搭棚，此外，還要做兩口大鍋，地面也需要重新鋪平等等，工作量很大，工期也不會短。

她又按照自己的需求畫圖紙，去找人做一應模具，還有很多她煉糖時需要的東西。

榮華對食品衛生安全還是很講究，而且這糖果是供給袁朝皇室，每一步都馬虎不得。所以一應重新裝修下來，哪怕請了十幾個人來趕工，還是需要十來天的時間。

就算裝修好之後，她也需要一批工人，現在單她一個人是不行的。到時候工人需要培訓，也不是立馬就能上手。

榮華算著時間，要到十月才能正式開工。這種事情急不得，她一應吩咐下去後，除了每天去看看糖廠的工程，其他的就沒什麼事了。

且說當初託付林峰買的米一送到，榮華就放到穀場，讓每家每戶拿錢來買。

她當初就是這樣盤算：種袁朝的農作物，然後高價賣到楚國，再用錢去袁朝買米繳稅。袁朝的米價便宜，這些給村民們繳完稅後，手裡還有不少餘錢。

林峰賣給她的價格很便宜，是低於袁朝市價，榮華也沒有漲價，直接低價賣給村民。

榮華託林峰買的米糧多，就是讓村民們不僅可以繳稅，也可以自己囤一點吃。

每家每戶都買好米之後，大家就喜氣洋洋地等待交糧稅的日子。

另一廂，榮華在村裡找了幾個聰明伶俐、身強體壯的小子，開始教他們煉糖。因煉糖是個粗使活，小子們的力氣大一點。

她那時候自己煉糖，每天一刻不停地攪糖，要攪拌五個時辰，一天下來手臂、手腕都快斷了，感覺身上的骨頭沒有一塊是自己的。

而且她那時候做的量算少，現在是一大鍋糖漿，雖然讓小姑娘來攪拌，她們肯定也會賣力做，但她總覺得太心疼了。

最後榮華雇了兩個姑娘，負責將熬好的糖漿倒入模具凝固成形。因女孩子細心一點，適合做這種事。

到了九月，榮華已經不再包辦村裡所有人的餐飯，現在大家都有餘糧，可以自給自足，不需要她費心。

他們把農作物賣給榮華之前，都已經留下足夠的糧食和來年的種子，所以來年他們也無須買種子，省了一筆開銷。

現在村裡的田地，真的不需要榮華操心了。

九月中旬，最後一批穀物賣出去，穀場上一下子空落落的，榮華平日看慣了穀場堆得滿滿的樣子，現在還真有點不適應。

且說繳稅的日子到了，桃源村每家每戶都繳上今年的田稅和戶稅。

田稅是糧食，戶稅是銀錢。

除了桃源村外，安平縣竟然還有好些村子都繳了稅，一時間那個李縣令風光無量。

村裡繳了糧稅，榮耀祖晚上在家竟然感動到哭了出來，最後王氏哄了他好一會兒。

這兩件大事解決之後，村人一閒下來，就開始相看著姑娘、小子們的婚事。

桃源村有一大批到了適婚年齡卻還沒成親的人，此時倒是各家相看，分外熱鬧。

榮華看著這一切，又欣慰又開心，總算沒辜負對大家的承諾，也沒辜負對穆良錚的承諾。

九月下旬，糖廠提早完工，榮華去看過，沒有什麼不滿意，各處都做得極好，連工錢都多給了些。

到了月底，編織品作坊把當月盈利交上來，榮華開始看帳本、算帳，七、八、九這三個月，總共交了九千兩。

農作物賣了三批，桃源村三千多畝地，每畝地因農作物不同，產量也有所不同，除去村民自留的穀物外，賣出去的穀物平均值大概每畝地在八百斤。

除去不能種的土地和產量特別低的作物，今年桃源村賣出去的穀物約二百四十萬斤。每種農作物的價格不一樣，榮華也取了中間值來計算，等於每斤二十文錢。

因為楚國收購的價格本就高，就算她出的價比袁朝賣的低一些，對榮華來說也是不錯的利潤，總共賣了四萬八千多兩銀子。

之前收購村民們農作物約一萬四千兩銀子，算上之前給他們的工錢、每天包三餐的支出約四千多兩，總成本差不多一萬八千多兩。

榮華忙了半年，在田地這一塊，淨利賺了三萬兩。

成本高的原因，是因為榮華收購穀物的時候，給村民們不錯的價格。

她自己要賺錢，但也要讓村民們賺到錢，而楚國商人在她這裡買的價格比袁朝低，他也覺得自己賺到了，所以三全其美。

楚國商人先給了訂金，她用訂金付給村民，自己存入錢莊的錢倒是一分沒動。

桃源村兩百三十七戶人家，他們勞作半年，不算榮華給他們的工錢，這次農作物賣完，每戶人家平均有六十兩銀子，這是一筆大錢了。

桃源村每戶人家可調動資金六十兩，在整個安平縣的村裡，可能都是絕無僅有。

榮華手上本來還有二千兩，現在加上作坊的九千兩、穀物的三萬兩，等於四萬一千兩，扣掉十月要上繳給李縣令的一千兩，榮華還有四萬兩銀。

她在袁朝千武鎮的錢莊存了六千多兩錢票，在筠州城的廖氏錢莊存了八千兩銀票，加上手頭的資金，她現在總資產有五萬四千多兩。

這樣一算，她今年算是賺了不少錢。

編織品作坊穩紮穩打，田地農作一年一次進帳三萬兩，而且明年不需要她免費提供種子，也不用包下村民的一日三餐，成本會降低一些。

隨之而來的糖廠也要開始營利了。榮華不確定糖廠能有多少收入，但是現在她最穩定的資金來源依舊是編織品作坊。

榮華覺得一切都在朝著更好的一面穩步推進。

一想到自己有五萬多兩的存款，她晚上的時候都沒睡好，捏著銀票數到了半夜，打算明天去筠州城存起來。

她感覺自己算是一個小富婆了。

最後還是穿雲看不下去，把銀票收了起來，榮華才去睡。

第二日一早，榮華和穿雲一起前往筠州城，把錢存進錢莊。

存錢的時候，榮華倒是不小心聽到了一耳朵閒話。

旁邊有人在閒聊，其中一人說：「你聽說了嗎？安平縣的那個李縣令，在縣裡弄了一間大宅子，那間宅子花了快三十萬兩銀子，建得相當氣派，看起來跟城主府差不多。」

「這事現在誰不知道啊！一個小小縣令，才當了幾年時間，竟然有這麼多錢，所以說這安平縣也不算窮嘛，最起碼還能搜刮出這麼多東西。」

「哈哈哈，李兄真會說笑。」

那兩人的聲音漸漸低了下去。

榮華臉上的笑容淡了一些。昨天她為了自己有五萬多兩銀子就開心得睡不著，殊不知那個李縣令，建個宅子就花了快三十萬兩，真可怕啊！

不過，李縣令豐厚的家底之中，也包括剝削她的四千兩。

她賺的每一分錢都是自己的辛苦錢，拿得理直氣壯，可是那個李縣令，倒是比她更理直氣壯。

榮華一想到這點，就不由得擰起眉，忍不住生氣。

在錢莊存好錢後，榮華和穿雲一起走了出去。

因廖長歌和榮華約好要見面，兩人先去茶館等他。

榮華坐在靠窗的雅間，看著街道上熙熙攘攘的人群，聲音有些冷。「不知道李縣令剝削的這些銀兩，究竟斷了多少百姓的活路，真的沒人治得了他嗎？」

「倒也不一定全是剝削百姓的銀兩，百姓一身血肉都被啃沒了，哪還有銀子給他剝削，也有可能是貪污了賑災的糧。咱們筠州城乾旱的地方多，種不出水稻，年年都有餓死的人。聽說官府每年都在申請賑災糧，朝廷以往也有派發下來，但是這糧食從來沒發到老百姓手裡。

「這一次朝廷在全國大力徵稅，想來是不至於把筠州城這樣的地方劃入徵稅範圍內，但是筠州城的官員為了自己的前途，死逼著下面的百姓。我聽說別的村落繳不上糧稅，官員威脅逼迫，百姓擔驚受怕，在絕望煎熬中甚至有人自殺了。現在過了繳稅的日子，真繳不上糧稅的村子也沒有怎樣，但是那些受到逼迫而死的無辜人命，沒有人放在眼裡。他們連個石子都不算，石子丟進水裡都還有聲響，他們的生死無人問津、沒人知曉，就像從來沒到世上走過這一遭，想想真是讓人絕望。」

榮華瞬大眼睛，忍不住皺眉問道：「還有這回事？我怎麼從來不知道，誰和妳說的？」

「我是在榮村長和別人聊天的時候聽到的，這些事情太過慘烈，他們都背著妳，不讓妳知道。」

榮華知道榮耀祖向來不和她說這些，但是她以為有人活活餓死已經是很嚴重的事情，卻沒想到還有更刷新三觀的事。

「妳剛剛說朝廷其實有發糧賑災，但是這些糧食都被貪了？」

穿雲點頭。「雖然我今年才來筠州城，但是對於這些事還是知曉一二，筠州城年年有旱災，可咱們大煜並不是都是這樣窮山惡水的地方，如果大煜都是如筠州城這樣的窮山惡水之地，那六國混戰的時候，別的國家也沒必要盯著大煜打了。

「筠州城往南的城池，多有富麗繁華之地，越往南就越富有，那是水產豐富、水稻年年大豐收的地方。大煜前幾年混戰時元氣大傷，國庫沒錢，可大煜有錢的地界不少，我記得大煜每年都有讓南方地界的城池往旱災之地運災糧，但是妳也看見了，咱們筠州城那些窮苦的村子，都沒見過災糧的影子。」

榮華嘆了口氣，怒道：「照妳這麼說，那些餓死的無辜百姓，倒不是死於天災，而是死在這些貪官們手裡。」

榮華想到就生氣，曾幾何時，他們村子裡也有那麼多餓死的人。

今年她來了，桃源村的情況是好起來了，但是其他村子呢？他們的情況比以往都糟。

榮華抿了抿唇，看著穿雲，輕聲道：「穿雲，妳也看見了，哪怕咱們這裡天旱少雨，但也不算是真的旱到種不了任何農作物。咱們這裡有東渡河這條大河，只要可以澆水，咱們這兒的土地就可以種一些抗旱耐凍的作物，那大家的日子還是可以好過起來。」

穿雲很是認同。「我這大半年見妳每天忙碌奔波，最後的結果如此可喜可賀，真是讓人欣慰。我想著，如果所有村子都可以推廣妳的做法，那村子裡也不會有餓死的人了，但是我也知道這個想法是不可能實現的。」

榮華聽她這麼說，忽然想到一件事：將軍不是快回來了嗎？如果穆良錚回來，那麼筠州城一定可以氣象一新！想想都有些期待。

榮華心底也很討厭李縣令這個混蛋，但是她目前沒有能力對李縣令怎樣，只能繼續忍耐。

若是將軍回來了，定是可以將他們這些貪官污吏一網打盡！

榮華活了兩世，但前世並沒有太多的社會經驗，即使寒暑假有勤工儉學做兼職，那也只是讓她多了一些生活技能，比如做糖這些技術。面對這些浸淫官場的官員，她也只是一個心理年齡二十出頭的姑娘，並沒有什麼好的心計謀略。

而且她背後沒有靠山，這些人手裡是有實權的，隨便一個罪名就能把她關進去，人命如草芥，行事不能不小心謹慎。

想起將軍，榮華其實還有一些疑惑的事情，她拉著穿雲的手，問出自己心裡一直以來的疑惑。

「穿雲，我知道自停戰以後，將軍婉拒了朝廷給他的封賞，為撫慰戰場戰士英魂，他自請鎮守邊關，但是咱們筠州城不也是邊關嗎？而且筠州城鄰近袁朝，袁朝國力最強，怎麼我沒看到咱們邊境有多少駐軍，防範很是鬆散，所以將軍究竟是鎮守在哪裡？」

「將軍的大軍一直駐紮在南方邊境，咱們大煜南方邊境鄰近澤國，澤國是沿海國家，時常有洪災，百姓生存空間少，也是苦不堪言，所以澤國一直對我大煜狼子野心不死。當時六國混戰時，大煜的南方版圖被澤國搶去一半有餘，加上其他國家的攻打，大煜險些國破。後來的事情妳也都知道了，六國混戰到這一階段，各國的國力、財力都消耗得差不多了，大家也都忘了一開始打仗的原因是什麼，各軍皆是迷茫不已。

「就在這時，將軍異軍突起，在短短幾年內奪回大煜的所有土地，一時間戰神之名傳遍大煜。在六國混戰前期，袁朝當時攻打其他國家最猛，袁朝兵分五路，每個國家都打，因此袁朝後來也被五國瘋狂報復，國力在六國中消耗最大。袁朝雖然國富民強，但經過混戰後國力空虛，哪怕袁朝恢復得快，好像沒被動搖根基，但現在不經過數年的休養生息，也是折騰不動了。

「因此大煜現在對袁朝是警惕有餘，防範不足。其實六國現在都是在恢復元氣的階段，根本不可能有戰亂。但是澤國呢，他們對於土地的需求最為迫切，哪怕國力空虛，為了生存也不得不侵佔其他國家的領地，咱們大煜首當其衝，所以將軍一直駐紮在南方邊境。」

榮華之前耳聞過穆良錚的過往，如今再聽穿雲細細講起，尤其提到將軍帶領將士守住大煜國土、奪回所有土地那一段，她內心還是激昂不已。

但是一想到將軍，饒是如此戰功赫赫，各國歇戰才幾年而已，大煜對將軍的提防程度，已經需要他假死來轉移朝廷視線。

榮華不由得搖頭。「大煜如此涼薄，實在是叫人寒心。」

穿雲也是憤怒不已。「大煜朝廷奢靡無能，當初對戰亂無能為力、節節敗退，是將軍力挽狂瀾，解救大煜百姓於水火之中。將軍又是平民出身，受百姓愛戴，他被大煜百姓奉為戰神，百姓信他比信朝廷更多，所以朝廷才會對他這麼警惕。朝廷現在防著將軍，倒是比防其他國家還要厲害。」

榮華嘲諷地笑了下，撇嘴道：「將軍功高震主，朝廷自然容不下他，可是朝廷卻忘了，他們如今能好好地坐在王位上，都是將軍的功勞。將軍得民意、得人心，妳不要小瞧百姓的力量，百姓如水，朝廷如舟，水能載舟亦能覆舟，他們若是真的做過火了，百姓絕不允許，將軍也能把他們拉下來！」

忽有人鼓掌爽朗地道：「好一個水能載舟亦能覆舟！」

榮華抬頭一看，眉眼一喜，原來是廖長歌來了。

「廖哥哥，你來了！」

廖長歌進來後關上門，在榮華面前坐下，目光有些驚喜。「我實在沒想到妹妹對政治時局還有如此見地，竟能說出這樣一番話。」

榮華笑著搖頭。「廖哥哥別取笑我了，我不過隨便說說。」

這茶館是廖長歌的，二樓樓梯處有人看守，廖長歌約了人在這裡見面，除了他，沒人能上來，所以榮華才敢和穿雲說這些話。

兩人說了一些閒話，話頭一轉，她向廖長歌打聽了李縣令的事。

提起那個李縣令，廖長歌臉上譏諷之色漸濃，道：「那個人啊，他娶的小妾太多，三進的大宅子都住不下，新建了一座奢靡無比的大宅子，只是他那座新宅子太過奢靡，近來鬧得風言風語，大有民怨沸騰之勢。所以宅子雖然建好了，但為平民怨，他近些日子大抵是不敢住進去了。」

榮華忍不住啐道：「活該！」

廖長歌看她嫉惡如仇的模樣，忍不住笑道：「妳倒是嫉惡如仇，和將軍的性子真像，妳和將軍倒是良配。」

榮華輕咳一聲，搖頭道：「廖哥哥可別這麼說了，我還是未出閣的姑娘，這種玩笑開不得。」

而且說得多了，倒像是她迫不及待一樣，未來的事都沒定數，現在這樣講，以後會弄得彼此尷尬。

「是我唐突了。」廖長歌輕皺了下眉，為自己的唐突感到抱歉。「妹妹，今日是我冒犯了，我以後定然不會再說這些話。」

榮華甜甜地笑道：「好，廖哥哥也是無心，以後記住就好。」

廖長歌和穿雲對視了一眼，他們都覺得榮華將來一定會嫁給將軍，因為將軍對榮華很上心，而且將軍又重諾，既然二人有婚約，那麼將軍肯定會娶她。

但是此時廖長歌忽然反應過來，將軍肯定會娶，看榮華的樣子倒不一定會嫁。

將軍地位顯赫，榮華只是一介農女，廖長歌以為她一定會想要嫁給他，畢竟嫁給將軍，那是可以想見一生的榮華富貴，只要將軍願意娶，大概沒有女子會拒絕。但是今日一看，怕是不一定呢！

平時他只知道榮華聰明機警、有才有謀，但是今日更覺得她坦率真誠，不為身外之物、權勢、錢財而心動。

廖長歌和雙親都不喜皇都勾心鬥角的風氣，所以才會離開本家，從皇都來了筠州城。但是來了筠州城後才知道，天下的烏鴉一般黑，就算離開皇都也是一樣的。

廖長歌看向榮華的目光帶了兩分欽佩。他在官場待久了，見慣了那些權力碾壓的事情，大家爭來鬥去為的就是權勢和財富。正是因為見多了，他更欽佩那些面對權勢還能保持理智的人。

不過在廖長歌心裡，仍是一直把榮華當作未來的將軍夫人、鎮北王王妃。這裡面也有他的一分私心，榮華若是成了將軍夫人，榮家地位自然水漲船高，那他也就不用擔心榮家家世門第不夠顯赫，和廖家無法門當戶對。屆時家中父母會欣然同意兩家的親事。

這樣一想，廖長歌看著榮華的目光更加親切，將來總要成為一家人，他是真心地把榮華當作妹妹看待。

榮華不知道廖長歌在想什麼，也想不到這傢伙真的盯上了她的姊姊，只等她嫁入穆家，便可求娶呢！

若是榮華知道了，恐怕不得不讚嘆一句：這隻狡猾的狐狸！

榮華和廖長歌又聊了很久，三個人一起吃過午飯，榮華便和穿雲一起回去了。回家的路上途經安平縣，榮華想到既然順路，打算派穿雲直接送錢給李縣令，之後不煩勞爹爹再跑一趟。

兩人來到李府不遠處，又看到上次來接送榮華的差役站在門口。

榮華覺得湊巧，派人喊了那個差役過來。差役還記得她，見面就問好。

這差役姓孫，單名一個正字，名叫孫正。

榮華先問了李縣令在不在家，孫正說不在。

榮華心想，她有藉口不用上門，遂將銀票交給孫正，託他交給李縣令。

孫正立馬便去，等了約莫一刻鐘，他回來了，遞給榮華一張條子，這便是李縣令收到了。

榮華謝過孫正，賞了他十兩銀子。

孫正看到銀子，眼睛猛地一亮，榮華沒說話，只對他笑了笑。

這個孫正很是聰明機靈，又像是挺得李縣令信任，她給點好處，以後這個人說不定會為自己所用。

孫正臉上露出一個了然的神色，他收下了銀子，看榮華的目光，多了幾分自己人的意思。

榮華可不會天真地覺得孫正現在就成為她的人了，打算不動聲色先養著，畢竟縣衙裡總要有自己人，以後行事也方便。

冬季季度的一千兩銀子送給李縣令後，榮華和穿雲便一起返家了。

第三十章　煉糖意外

因為桃源村已經繳完糧稅，李縣令不再擔心榮珍寶鬧事，因此榮珍寶從大牢裡被放出來，由榮老太太把她接回家了。

榮珍寶坐牢的這段日子，榮華真的是覺得天下太平，現在她被放出來了，榮華只希望她不要再作妖。

正式進入十月後，天也漸漸涼了下來，而榮華的糖廠在十月初一這天，正式開始運作。

榮華和糖廠的幾名工人，熱火朝天地投入製作，林峰送來的甘蔗經過他們的巧手，逐漸變成甜美無比的糖漿。

自從糖廠十月開工後，榮華基本上就一直待在糖廠，親力親為地把關每一步製作工序，幾個工人則從旁協助，做些重活。

因為榮華要保證糖果的成功率，無法抽身去千武鎮見林峰，所以林峰想見她，還是趁著暮色來到了糖廠。

林峰在糖廠內見到榮華，帶來了一個好消息。

「榮華妹子，我今天來就是要告訴妳這款糖果的收購價格。」

榮華輕輕點頭，示意他繼續說下去。

她早已做好心理準備，知道這款糖果的價格肯定不便宜，但是聽到林峰親口說出來後，她還是腿一軟差點跪了。

林峰說：「這款糖果的價格是袁朝皇宮內負責採買的大總管定的，上品糖果五十兩銀子一斤，中品糖果三十兩銀子一斤，下品糖果十兩銀子一斤。」

榮華之前已經為糖果做了分級：上品完美無瑕；中品為顏色、純淨度略有瑕疵，但不影響口感；下品則色澤瑕疵較大。

但是她沒想到價格這麼高！

林峰扶住腿軟的榮華，笑道：「妳別這樣看我，大總管說了，上品是供給皇室的，沒有這個價都不配端進皇宮。」

榮華捂了捂心口，看著自己這個小糖廠，恨不得一個月能產出一千斤，這樣她賺死了！但是糖廠的產量還真提不上去。

穩定情緒後，榮華聲音略有些顫抖地道：「好，我知道了，我剛剛只是被價格嚇到了。人家大總管給的定價高，有錢不賺還嫌多，那我就是傻子了。林峰大哥放心，我一定盡快做出一批糖果給你。」

林峰說好，又問她這糖果叫什麼名字。

榮華細細想了下，水果硬糖這個名字太普通了，對不起這五十兩銀子一斤的價格。

她歪頭沈思片刻，脫口而出道：「就叫白霜熏月琉璃糖。」

這糖晶瑩剔透，似白霜，似熏月，如琉璃般好看，取這名字還挺合適。改了名字後，榮華覺得瞬間高大上起來，也配得上這個價格了。

榮華和林峰敲定了一些細節，預計十月十五可以出一批貨，再和林峰約定了取貨時間後，他便離開了。

得知價格後，榮華做琉璃糖就更加起勁了，每天耗在糖廠好幾個時辰，盯著這批糖就生怕出一點岔子。

而糖廠外面，每天都有一群小孩守在那裡，榮華經常拿做廢的糖出來給他們吃。

但她怎麼也想不到，這些小孩拿到糖後，會被榮珍寶母女搶去。

話說榮珍寶從大牢裡被放出來後，回到家就是一番呼天搶地，先是抱著榮老太太哭，又是抱著榮草哭，說自己如何委屈。

哭完、鬧完，榮珍寶也只能暫時忍耐，因為她現在真的有點怕榮華。

榮珍寶只覺得榮華一手遮天，連縣太爺都向著榮華，又聽榮老太太說，榮華在城裡還認識當官的人，當下她是有點驚慌，歇了要繼續去告官的心思，老老實實地待在家裡。

但是她經常能聞到一股香甜的味道，向別人一打聽，才知道是榮華在煉糖。

那味道太香甜了，榮珍寶和榮草忍不住想吃，但是她們母女又不好意思去守在門口等榮華給。就算她們真的厚著臉皮等在門口，榮華要不要給她們又是一回事。

於是，她們想到一個方法：等榮華發糖給小孩子們後，她們再把小孩的糖騙過來。

榮珍寶母女因為喜歡吃這種糖，所以從孩子手中騙了不少回來，也吃了很多。不過騙的次數多了，小孩們也學精明了，她們開始改用威脅的方法。

榮珍寶看著眼前的小孩，瞪著眼睛，面目猙獰地威脅道：「我可是榮華的四姑，你們要是得罪了我，榮華就再也不給你們糖吃了，快把糖交給我！不許哭，不許告訴別人，不然我打你們！」

小女孩一臉委屈。「既然妳是榮華姊姊的四姑，為什麼不自己去找姊姊要，反而要我們的？」

榮珍寶暴躁地打了小女孩的腦袋一下，罵罵咧咧地說：「就妳屁話多，快把糖給我！我告訴你們，不許告訴別人，也不許跟父母說，聽到沒有？」

榮珍寶搶走小孩們的糖，還打了這幾個小孩好幾下。

從天亮守到天黑的小孩們委屈極了，一個個流著眼淚回家去了。他們哭得很委屈，由於這幾天的糖都被搶走了，決定以後不來了。

榮珍寶把搶來的糖分給榮草，兩個人沒一會兒就吃完了。

她們吃了這糖，覺得真是好吃極了，絲絲縷縷的甜意慢悠悠地纏繞在心頭，她們一下子彷彿有癮頭般嗜糖如命，只想一直吃。

但是接下來幾天，小孩們都不來，她們沒法搶了。

兩個失去糖果來源的人，宛若犯了菸癮的人一樣，感覺快活不下去了。

榮草靠著榮珍寶，舔著唇相當嘴饞，搖晃著她的胳膊，撒嬌道：「娘，我想吃糖，妳想想辦法，我想吃糖！」

此時，榮草說話清晰，一點也不像瘋了的樣子。

榮珍寶撓著頭髮，有點驚慌得慌。「我現在對榮華有一點怕，她本領很大，把我關在大牢裡幾個月，我現在看見她都害怕。」

榮草一聽到榮華這兩個字，就忍不住打了個哆嗦，凶狠地道：「我還不是和妳一樣，上次她來咱們家找我麻煩，我害怕她讓那個穿雲打我，只好裝瘋，可是萬萬沒想到，她就那麼盯著我看了一個時辰，我吃了一個時辰的土！現在想起來，我舌頭都還是苦的！這個女人簡直不是人！」

母女倆罵罵咧咧，卻暫時不敢去榮華面前刷存在感，只好去找榮老太太，想讓榮老太太出面去要點糖。

但是榮老太太看到那個穿雲就害怕，一時之間三個人都不敢去。

就這麼煎熬了兩天，榮珍寶和榮草實在忍不住了，兩個人湊在一起，商量了一個主意，那就是偷！

既然沒法搶小孩子的糖吃，那就想辦法去糖廠裡偷一點！

兩個人一合計，覺得相當可行，於是先去蹲點看了下糖廠的作息時間，隨後一人抱了一個罐子，趁著晚上大家都吃飯的時候出發了。

「燕子姊，趙哥，你們好好照看著糖漿，記得一直攪，不要糊了，我回家吃個飯，很快就回來了。」

「好，榮華妳去吧，我們會好好照看的。」

榮華心滿意足地看著兩個鐵鍋裡顏色純淨的糖漿，只覺得賞心悅目，這兩鍋糖漿熬得格外漂亮，讓人看了就喜歡。

前面的成功率不高，但這兩鍋的顏色、純淨度都夠，應該能出不少上品的琉璃糖。

想到這裡，榮華就開心，臨出門前，又囑咐道：「等我回來再倒模具，也就一刻鐘，我就回來了。」

因為糖廠內只留下燕子和趙哥，其他人都回家吃飯了，榮華忍不住多囑咐了幾遍。

燕子和趙哥都齊聲說好，請榮華放心。

因為糖廠需要全天都有人看著，所以採取的是輪班制，每天有兩個人值班，今天值班的就是他們倆。

糖廠的工人們做事認真，榮華對他們也相當放心，揮揮手便走了。

看到榮華離開，蹲在暗處的榮珍寶和榮草，抱著罐子悄悄地登場了。

先是榮珍寶大喊道：「燕子啊燕子，妳老娘在家裡暈倒了，喊妳回家看看。」

燕子不疑有他，當下大驚失色，一時間愣在當場，不知道該如何是好。

趙哥攪拌著鐵鍋裡的糖漿，對燕子笑得憨厚。「燕子，妳回家去看看吧！我在這裡看著就行，反正大家吃完飯就回來了，費不了多少事。」

燕子有些不好意思，但還是說：「我娘身體一直不太好，現在她昏倒了，我必須要回去看看，趙哥麻煩你幫我盯著了。」

「妳儘管放心去吧！要是妳娘病得厲害，就不用回來了。」

燕子對趙哥千恩萬謝，然後急匆匆地離開了。

燕子走後，榮珍寶和榮草對視一眼，兩個人眼裡都有奸計得逞的笑意。

這時候榮草就出場了。

榮草狀似瘋瘋癲癲的樣子，一下子衝進糖廠的大門，笑得癡傻。「糖，我要吃糖。」

她一邊癡笑著，一邊晃晃悠悠地往糖漿處走，眼睛盯著糖漿，都快冒出綠光了。

「妳幹什麼？妳給我出去！」

趙哥看到榮草心裡就忍不住發怵，整個村裡都知道她瘋了，現在這個瘋子闖進了糖廠，糖廠又只剩他一個人，真是危險。

榮草像是聽不見他的話，直愣愣地往鐵鍋處跑，還伸出手作勢要挖一口來吃。

趙哥頭大如斗，生怕她弄髒了這鍋糖漿，立馬拿了幾塊廢糖，跑過來遞給她，說：「給妳糖，妳出去玩，出去！別在這裡耽誤事情！」

「呵呵、呵呵！吃糖！」

榮草接過糖，卻使勁撞趙哥，她用了不少勁，撞得趙哥胸口發痛。

她在糖廠內瘋狂轉圈，一邊轉時看到那些已經做好、凝固的糖果，眼睛裡都是饞意。

趙哥本來照看著兩個鍋子的糖漿，這鍋攪攪、那鍋攪攪，也不算慌亂。這時候榮草來搗亂，他又要趕榮草，又要擔心糖漿糊了，不一會兒就急得一頭冷汗。

他只好努力追著榮草，追到人就拎著她，把她扔了出去。

只是剛扔出去，榮草不等他離開又立馬黏上來，如狗皮膏藥一樣趕都趕不走。

趙哥想趕緊跑回糖廠，然後將門反鎖，但榮草黏他黏得太緊了，他根本甩不掉。

趙哥不由得大喊。「有沒有人啊，快把這個瘋子弄走！」

但是糖廠所在的地方，本來就是村裡荒廢的區域，根本沒人，而且這時候是飯點，大家都在家吃飯，也沒人閒逛。

榮草如此反覆幾次，趙哥也被煩得心急，生怕糖漿毀了，他再一次把榮草扔出去後，拿著棍子追趕著榮草。「給我走，給我走！」

榮草瘋狂地跑，趙哥在後面死命地攆，兩人一前一後地跑，跑出了糖廠，跑到了遠處。

這時候榮珍寶拿著罐子溜進糖廠。

她先是看到咕嚕嚕冒著泡的糖漿，當下快饞死了，直接走過去拿起勺子，就往罐子裡舀糖漿。

她尋思這麼大一鍋糖漿，舀兩罐子應該沒人發現，舀了一罐子後，她又發現放在不遠處等著自然凝固的成品糖。

有已經凝固包裝好的，還有正在凝固的，她又跑過去在自己懷裡裝了兩大兜子，裝滿後又拿出另一個空罐子舀糖漿。

這時候把榮草趕遠後的趙哥，急匆匆地跑了回來，一進門就看到榮珍寶在偷糖，當下大罵道：「妳在幹麼？妳偷糖？妳給我放下！」

榮珍寶聽見斥喝聲，嚇了一跳，當下抱著兩個裝滿糖漿的罐子就要跑。

趙哥衝過去一把摁住榮珍寶，去奪她手裡的糖罐子。

榮珍寶哪肯給，手裡抱得死緊，嘴裡還罵道：「你個狗娘養的，我是榮華的四姑，我來舀點糖怎麼了？你個狗玩意兒還不快鬆開我，不然我要你吃不了兜著走，有你好果子吃！」

「我管妳是誰，榮華把糖廠交給我看著，我就不能讓妳拿走！」趙哥急得眼睛都紅了。榮華讓他看好糖漿，他要是讓人偷走了糖漿，那他還怎麼做下去？

兩個人你爭我搶，「砰」一聲，糖罐子掉落在地上應聲而碎，罐子裡琉璃似的糖漿流了一地。

趙哥看著糖漿心疼得快哭了，這十來天，他是看見榮華有多辛苦，這每一滴糖漿都是榮華的心血。

「哎喲！」榮珍寶叫了一嗓子。

罐子破碎，熱燙的糖漿濺到她腳上，她疼得抱住腳，眼淚都快流出來了，一時間又氣又急，看著地上糖漿的目光也變得狠辣起來。

她本來就是個潑婦，做事情只論心情，榮華讓她吃了那麼大的虧，此時又起了火，腳上鑽心的疼，她心裡越想越氣，猛地把懷裡另一罐糖漿往地上一甩，憤怒地罵道：「你他媽搶啊，你搶啊，你他媽繼續搶啊！我是榮華四姑，她能對我怎麼樣？我舀點糖漿怎麼了？她能把我怎麼著？你不讓我舀是吧？好！很好！我就是把這糖廠毀了，你他媽又能怎樣？我看榮華那個狗娘養的能把我殺了不成？」

說完，她大手一揮，就把一旁已經半成形的琉璃糖，一下子全部掃到地上，這還不夠，她使勁踩了幾腳，一邊踩一邊罵。「不給我？不給我是吧？我就全毀了！想他媽賺錢？狗娘養的，賤人！榮華那個死賤人，害我坐牢還害我女兒！」

趙哥目眥盡裂，一下子衝了過去，一拳砸到她身上，怒吼道：「妳給我住手！」

「你打我？你竟然敢打我！」被打懵在地的榮珍寶愣了一下，立馬反應過來，站起身就朝趙哥抓去。

這時候榮草也趕來了，看到這場面愣了一下，喊道：「娘，怎麼鬧上了？」

「草寶兒，妳來得正好，這個龜孫打我，妳過來幫我抱住他！」

榮草聽說自己親娘被打了，那還得了，立馬跑過來抱住趙哥。

趙哥一把推開榮草，她又抱上來。榮珍寶趁他被抱住的空當兒，對他又踢又咬，拿著棍子朝著他頭上砸，砸了十幾下，趙哥頭上立馬血流如注，流了滿臉。

被砸到頭的趙哥，當下站不住，頭暈目眩晃悠悠了起來，看人都有重影，但是他依舊朝著這兩個瘋女人大喊：「別碰糖漿，別碰！那是我們熬了好久的！求求妳們別碰糖漿！妳們想拿糖，想拿多少就拿吧，求妳們別毀了這些東西！」

他眼淚都流了出來，大聲祈求，堂堂七尺男兒，此時竟委屈得不行。

榮珍寶此時彷彿瘋了，拚命打他，一邊打，一邊罵道：「你現在知道求我了，你剛剛幹麼呢？剛剛不是不讓我拿糖漿嗎？我就是毀了又怎樣？榮華那個賤人不是有本事賺錢嗎？她不是有本事嗎？現在我就毀了她的糖，我看她能怎樣！」

說罷，她一把將那些已經在凝固的糖，全部扔到還在咕嚕嚕冒著泡的糖漿鍋裡，一邊倒，一邊罵道：「賤人，想他媽賺錢？賤人！」

她本來有點怕榮華的，但此時真的鬧開，反而不怕了。

有什麼好怕的？當時她要殺了榮華，榮華也沒將她怎麼樣。就算把她弄到大牢裡，還是好吃好喝地招待她。就算她現在毀了榮華的糖廠，榮華還敢殺了她不成？

呵呵，她可是榮華的四姑，就是給榮華一百個膽子，榮華也不敢！

既然如此，那有什麼好怕的？

一想到榮華用剪刀劃傷榮草，甚至之後把榮草逼得裝瘋賣傻，還把跑去告官的她關進大牢，這一樁樁、一件件細數下來，榮珍寶簡直快恨死榮華了！

此時她目光猙獰，恨不得毀了榮華所有的東西，她得不到的、她女兒得不到的，全都要毀了！

吃過晚飯的小丫頭，此時又懷念起琉璃糖的味道，喊了另一個小夥伴來到糖廠門口，當看到裡面的情況後，他們嚇了一跳，立馬跑開，一邊喊：「來人啊！救命啊！有人要毀了糖廠！糖豆姊姊快來啊，救命啊！糖廠要被毀啦！」

趙哥失血過多，身體乏力，此時一個大男人，竟然阻止不了一個發瘋的女人，只好撲過去抱住榮珍寶，但是那女人力氣極大，依然有力氣砸東西。

「求求妳了，別砸了，求妳了，這些都是我們的心血啊！」

他們忙碌十來天，十二個時辰不間斷地守著這些糖，怎麼可以被毀了呢！

這兩個瘋子為什麼要這麼做？

榮珍寶看到趙哥就來氣，拿起木棍往他頭上砸，砸得血肉模糊了也不停手，嘴裡一直罵罵咧咧，什麼狗娘養的難聽話都罵了出來。

趙哥意識漸漸消散，但仍舊抱著她死也不撒手。

榮珍寶越氣，砸得越狠。

榮草有點害怕，出言提醒。「娘，好了，別打了，妳把他打死了怎麼辦？」

榮珍寶狠狠啐了一口，把快昏迷過去的趙哥踢開，往地上吐了一口唾沫，罵道：「打死了又怎樣？打死了就讓榮華把我攆出去唄，她不是神通廣大嗎？我就不信大哥會眼看著我去死，我就不信榮華能不聽我大哥的話，我就不信治不了那個小賤人！就拿她一點糖，這個狗娘養的一直搶，還把我腳給燙著了，我越想越氣，他媽的全給掀了！」

趙哥拉住她褲腳，聲音微弱。「別砸，求妳了。」

「滾開！」

榮珍寶一腳踢到他頭上，趙哥白眼一翻，徹底暈了過去。

她將所有糖都倒進糖漿裡，然後大力攪拌，又準備把鐵鍋給掀了。

榮草心裡害怕，但此時看到憤怒爆棚的榮珍寶，一句話也不敢多說。

兩個小孩一邊跑一邊喊，一下子就吸引很多人的注意力，他們很快跑到榮華家，推開門大喊道：「糖豆姊姊，有人在砸妳的糖廠！」

剛吃完飯的榮華一驚，立馬站起來朝著糖廠飛奔而去，穿雲緊隨其後。

榮耀祖和王氏相當擔心，他們知道自家女兒對糖廠有多重視，若不是他們勸著，只怕女兒都要住在糖廠裡了。此時他們互相對視了一眼，擔心女兒承受不住打擊，當下哄著楚行之看好弟弟、妹妹，便也跟了過去。

榮華拚命地朝糖廠跑去，內心感到有些莫名其妙。她回家不到一刻鐘的時間，怎麼糖廠就被砸了？

是誰砸的？為什麼要砸她的糖廠？

她的糖有沒有事？

榮華和林峰說好月中取貨，馬上就要月中了，怎麼就出事了呢？

此時榮華心裡還沒設想到最壞的打算。她跑到糖廠大門，顧不上把氣喘勻，就衝了進去。

剛好看到面目猙獰的榮珍寶，把兩鍋糖漿全部掀翻在地。

「哐噹」的鐵鍋落地聲響得刺耳，滾燙如琉璃似的糖漿散發著甜蜜的香味，全部流淌到地上，有一些澆到火堆上，發出「嗤啦」的聲音。

甜膩的香味爆發到極致，似乎整個桃源村都是琉璃糖的味道。

但是現在，她的琉璃糖全毀了。

全部，所有的琉璃糖，都付諸東流。

這麼多天的辛苦，被人輕易地毀去了。

榮華只覺得心頭一悶，整個心臟都像是泡在苦得令人倒胃的藥裡，難受得無以復加。她舌尖發麻，只覺得一口血差點吐出來，甚至有一秒鐘的暈眩。

榮華覺得心底有根弦，「繃」的一聲斷了。她崩潰地看著這一切，第一次覺得自己的心態完全崩潰了。

榮華以為自己會憤怒至極，但她只是不敢置信地看著這一切。

緊隨其後跟過來的穿雲，臉色寒冷如冰，本想直接去擒了那兩個瘋子，但她看榮華的臉色實在太難看，不由得擔心地問道：「主子，妳沒事吧？」

她怎麼可能沒事？

榮華感覺自己快難過死了。

榮耀祖扶著王氏跑了過來，看到這場面後只覺得天雷轟頂，拍著大腿罵道：「四妹！妳這是做什麼？」

四妹？時至今日，榮珍寶竟然仍舊是他的四妹？

榮珍寶做了這麼多傷害她的事情，榮珍寶母女倆甚至害死了原主，結果榮耀祖依然當她是四妹？

榮華忽然覺得很可笑。

是了，他們才是一家人。

她現在真的想知道，自己穿越過來後所做的這一切，究竟是為了什麼？

或許她賺到第一筆錢的時候就該離開了；或許她一開始就不應該對爹爹抱有太多期待……

王氏捧住榮華的臉，著急地喊道：「華兒？華兒？」

榮華看著她，眼神有些茫然。

她覺得好累，大腦一片混沌，根本沒有思考的能力。

榮華默默推開王氏，抬步走到榮珍寶面前，聲音沙啞。「妳為什麼要這麼做？」

「我願意！我高興！我想做就做了，妳能把我怎麼樣？」榮珍寶拍了拍手，挑釁地看著榮華，臉上的表情，讓人忍不住想揍死她。「我現在就站在妳面前，來啊，來打我啊！有本事妳打我啊！我就是故意的，我承認了，怎麼樣？妳敢對我怎麼樣嗎？我是妳親四姑，妳個小賤人敢打我嗎？

「聽說李縣令和妳有關係，妳在城裡還有厲害的關係，妳個小丫頭片子是哪來這些關係，能讓他們把我關起來？妳就和妳娘一樣，靠張開腿得到的關係吧？」

榮華感覺一股血直奔天靈蓋，氣得舌尖發麻。

「妳娘是個不要臉的賤人，勾引我大哥才嫁到我們榮家！結果妳去勾引別的男人，讓他們把我關起來，妳可真厲害啊！小小年紀這麼風騷，要是長大了，那不就是萬人騎？」

「妳給我閉嘴！」王氏咆哮，像是憤怒的小鳥一下子衝了過來，擋在榮華身前，一字一句地怒道：「我不許妳這麼說華兒！」

榮耀祖打了榮珍寶幾巴掌，氣憤地指著她，險些氣暈過去，哆嗦道：「家門不幸，真是家門不幸！我沒有妳這個妹妹！」

「大哥！就算你說我不是你妹妹也沒用！咱們就是親兄妹，打斷骨頭連著筋，我就是這個小賤人的親四姑，是她的長輩，她就不敢對我不尊敬！大哥，我倒要看看這個小賤人，敢不敢當著你的面，殺了你的親妹妹！」

榮華舌尖麻得快沒知覺了，她已經快被氣死了。

榮珍寶還在喋喋不休，說著噁心難聽的話。她得意地挑著眉，還單手扠著腰，一隻手對著榮華指指點點，眼睛裡都是得意，好像吃定了榮華不敢對她怎麼樣。

榮華難受得要死。

在這個時候，她還是不由得想到，如果不能如期交上琉璃糖，該怎麼辦？

這是供給袁朝皇室的，對方會不會大發雷霆？她會不會遭受滅頂之災？她會不會連累到家裡人？

這個想法讓她稍微恢復了一些理智。

只是抬頭看到笑得一臉得意的榮珍寶時，榮華忽然覺得，去他媽的滅頂之災，她現在不如先讓榮珍寶體驗一下，什麼叫做滅頂之災。

反正她死過一次了，大不了再死一次，她是真的忍不下去這兩個傻逼了！

榮華悶頭不說話，反手拿起砍甘蔗的刀，朝著榮珍寶一刀砍了過去。

一旁的榮草看到這一幕，猛推了榮華一把，把她推到一旁，榮珍寶才躲過一劫。

榮珍寶嚇了一大跳，像是突然被人掐斷脖子，喋喋不休的惡語一下子憋回喉嚨裡，錯愕過後才開始恐懼地顫抖。

「榮華，妳敢殺人？」

榮華不說話，只轉過身握著刀又朝她走了過去。

榮珍寶這次是真的怕了，哀號著爬起來，拉著榮草往榮耀祖身後躲，口中大喊：「大哥救命。」

榮華誰也不管，就朝著榮珍寶砍。

「華兒，娘知道妳生氣，妳冷靜一點，妳不能這樣啊！」王氏拉著榮華的手，苦苦勸道。

榮華自然知道自己不能這樣做，她有娘親教導自己什麼能做、什麼不能做，但這個榮珍寶和榮草卻是沒人教，所以她要好好教她們下輩子該怎麼做人。

榮耀祖攔住榮華，急得老淚縱橫。「華兒，冷靜，不可呀！」

榮華沒理他們，徑直追著榮珍寶。

穿雲欲捉住榮珍寶，卻被王氏抓住手。「穿雲，不可胡鬧！快去攔住華兒，若是她殺了人，那她這輩子就完了！」

穿雲默默抽出手。

自家主子這輩子長著呢，可不會在這個村子就完了。

榮珍寶拉著榮草在村子裡逃竄，卻被石頭絆著摔了一跤。

榮草站在原地急得打轉，看到閻羅般的榮華，就撇下榮珍寶跑得更快了。

榮珍寶瘋狂地在地上爬，一邊驚恐地回頭看，嘴上開始求饒道：「榮華……華兒，好華兒，妳饒了我吧，我是妳四姑啊！我不是故意的，妳放過我吧！」

榮華的眼神冷冽如冰。

她已經放過這個女人太多回了！

榮華冷著臉，一刀砍在她的大腿上，榮珍寶發出殺豬似的喊叫，疼得幾乎昏死過去。

榮華已經忍太多次了，她的忍耐真的到極限了。自從穿越過來後，榮珍寶和榮草做的所有事情，她為了爹娘都忍了下來，但是現在，她真的不想忍了。

爹娘什麼的，大不了就不要了，前世她沒爹沒娘一個人活著，也沒那麼糟糕。一個人活著，最起碼不會有這麼多的不得已、這麼多的為難、這麼多的忍耐和委屈！不過殺人就要償命，殺了這兩個人，她也活不了，幸好賺了些錢，夠家人們好好生活一輩子。

榮華舉起刀，朝著榮珍寶的心臟刺去。

「華兒！」王氏瘋也似地衝過來，站在榮華面前，雙手握著她的手，臉上都是淚。「華兒，妳不能殺人！妳若是殺了人，妳一輩子就毀了！」

榮華看著王氏，握刀的手顫抖不停，口中冷聲道：「讓開！」

「華兒，娘求妳了，妳不能殺人啊！華兒！」

榮耀祖也跑了過來，喘著氣看著這一幕，道：「華兒，都說長兄如父，妳爺爺早逝，是我沒有盡到長兄的責任，是我沒有教好榮珍寶，這都是我的責任。華兒，妳把刀收起來，不要因為我們，毀了妳自己的人生啊！」

榮耀祖忍不住流淚，看著榮華心痛得無法言喻。「華兒，爹求妳了，不可啊！妳還這麼小，還有那麼長的人生，怎麼能背上殺人凶手的罪名？爹爹求妳了，放下刀吧！」

榮華不說話，只是眼裡含著淚，牙齒拚命咬著嘴唇，嘴唇都出血了。

榮耀祖心痛得難受，轉頭看著榮珍寶，眼神無奈而失望。「妳三番五次胡作非為，還差點打死了趙大個，長兄如父，我今天就代替父親教訓妳！華兒，把刀給我！」

榮華沒理他。

榮珍寶驚恐大叫。「大哥，你什麼意思？」

「我已經說得清清楚楚、明明白白，今天我就要清理門戶！」榮耀祖對榮珍寶說完，又回頭看向榮華，眼神溫柔。「爹爹知道妳受了委屈，罷了、罷了，都是爹爹的責任，妳既然如此恨她，便由爹爹來了結她，殺人犯這個名頭，讓我來背。以後妳和妳娘親他們便搬離這裡，找個沒人認識你們的地方，好好生活吧！說到底總是爹爹拖累了你們，都是爹爹無能。」

說罷，他一把從榮華手裡奪過刀子，轉身對著榮珍寶。

榮珍寶快嚇死了，哭喊道：「大哥，你不能這麼對我！我是你親妹妹啊！救命啊！娘，妳快來救我啊！」

榮耀祖握著帶血的刀，腿都有點發抖，他一步一步走向榮珍寶，搖頭無奈道：「我不能容妳了，妳總會害死我的華兒，我不能再容忍妳了。」

榮耀祖顫抖地舉起刀，哆哆嗦嗦地朝著榮珍寶揮去。

「孽障！放開我女兒！」

聞訊趕來的榮老太太拄著枴杖，哭喊著撲倒在榮珍寶身前，她看著自己女兒整個腿都被血染紅，抬頭看著榮耀祖的目光滿是憤恨。

「好啊，真的好啊！我苦心養大的兒子，竟要殺了我的親女兒！你敢動我女兒一根寒毛試試，你要殺她，就先殺我！你動手啊！」

榮耀祖雙目含淚。「娘，妳別逼我！」

「哈哈哈！我榮老太一個人拉拔你們四個孩子長大成人，如今倒是要被自己的兒子拿刀對著了，你動手吧！等我死了，好去地下問問你爹，看看我生的是個什麼好兒子！」

榮耀祖舉著刀站在原地，進退兩難。

此時需要一個人出來退一步。

出來退一步的人，總是那個比較心疼榮耀祖的人。

榮老太太怎麼會心疼他，她眼裡只有那個女兒，何曾體諒過榮耀祖的難處。

榮華也不想心疼他，憑什麼每次讓步的都是她，憑什麼每次忍讓的都是她！

難道善解人意真的就活該一直被欺負嗎？

她不要做善解人意的那一個。

她拒絕讓步。

榮耀祖舉著刀，舉步維艱、進退兩難。他看看女兒又看看母親，絕望不已，最終一把將刀尖對準自己，悲嗆道：「都怪我！我既不是一個好爹爹，也不是一個好兒子，都是我的錯！」

說罷，他便要把刀捅進自己心口。

「耀祖！」

「村長！」

「乾爹！」

「爹爹！」

一時間好多人都慌了起來，欲衝上來。

榮華一把握住了那把刀，不是握住刀柄，也不是握住榮耀祖的手。

刀刃劃破手掌，鮮紅的血順著手掌滴落在白皙的手臂上，有種病態的美。

「華兒……」王氏的聲音都在顫抖。

榮華看著榮耀祖，雙目幾乎泣血，忍不住崩潰地大喊道：「為什麼每次都要我讓步！就是因為我比這個死老太婆更心疼你嗎？你為什麼總要向著根本不愛你的人？」

榮耀祖身體顫抖不停，嘴唇哆嗦著道：「華兒，是爹爹無能……妳受傷了，快、快鬆手。」

榮華內心崩潰，眼淚洶湧而出。

「為什麼你們要一次又一次地傷害我？為什麼忍讓的都是我？明明我什麼事都沒做錯，為什麼每次受委屈的都是我？」

她委屈到了極點，不解為什麼每次受傷的都是她，為什麼？

爹爹為什麼每次都要用這種方式來解決問題？他選擇自殘，傷害的只是在乎他的人，榮老太太才不會管他的死活，他怎麼就不明白呢？

說好了再也不讓步的榮華，看到榮耀祖把刀對準自己的時候，還是選擇了讓步。

她真的把榮耀祖當作自己爹爹，怎麼捨得眼睜睜看他傷害自己？

但是為什麼她這麼難過？她真的覺得自己好委屈。

榮華嚎啕痛哭，哭聲淒涼。

前世今生，她都沒有這麼慘烈地哭過。

焦急的王氏看著榮華流血的手，哽咽道：「華兒，孩子，快鬆手、快鬆手，妳的手在流血。」

王氏伸手想扳開榮華的手，卻怎麼也扳不開。

穿雲急忙上前。「主子，做錯事的不是妳，妳別傷害自己！」

在家裡坐不住的楚行之，急忙跑過來也快急哭了。「姊姊，要疼死了啊，快鬆手呀！」

榮嘉和榮欣也哭著希望她鬆手，但她還是將刀握得死緊。

她真的好傷心啊！

她傷心到把嗓子哭啞了，傷心到把眼淚哭乾了，傷心到抽噎著說不出一句完整的話，都還覺得不夠。

榮華看著老淚縱橫的榮耀祖，看著淚流滿面的王氏，看著榮嘉和榮欣，心底不知為何反而更氣。她握著刀的手猛地用力，一把將刀奪過來又狠狠扔遠。

然而，哪怕嗓子都哭啞了，心底的憤怒和委屈依舊沒有發洩出來。

榮華憤而大叫了一聲，忍不住喊道：「我恨你們！我不想再看見你們！」

她一把推開榮耀祖和王氏，衝進糖廠，將大門反鎖，然後無力地跌坐在地。

趙哥早先已經被人抬了出去，此時糖廠裡只有榮華和滿屋的香甜味道。

真的好甜啊！

她自己都捨不得吃的琉璃糖，此時都被毀了。

她小心翼翼、百般實驗忙了那麼久才做出三斤上品琉璃糖，還為每一顆糖選了最好看的彩紙包裝，可是此時所有美好都被毀去。

琉璃糖被踩碎、被倒進糖漿裡，此時糖漿已在地面冷卻，上面還凝固著骯髒的腳印，那些漂亮的糖果裹在其中，像是糖漿的眼淚。

她看著更傷心了，忍不住痛哭。

榮華真的很少哭得這麼慘烈。她是真的覺得好委屈，自己努力了那麼久，結果卻被她們那麼輕易地毀去，而且還得不到一個公道。

她努力地使這個村子好起來，雖然不喜歡榮家其他人，但是包管村人的餐飯時還是涵蓋榮家人的分兒，不然只怕那些人早就餓死了。

她已經做得仁至義盡，為什麼還要這麼對她？

眼淚流也流不盡，榮華感覺胸口相當難受，便挪到地上的糖漿處，伸手挖了一些，然後放進嘴裡。

甜絲絲的味道灌注了些許力氣，吃到甜美糖果的榮華忍不住輕輕笑了下，哽咽道：「真的很好吃啊，為什麼要毀了？」

糖廠外有人瘋狂地拍門，是榮耀祖或者王氏，是穿雲或者楚行之……無論是誰，都沒關係。她誰也不想見，誰也不想理。

手上還在流血，榮華也懶得理會，她看著這個傾注自己無數心血的地方，原本充滿少女心、甜甜蜜蜜像是糖果屋的小糖廠，此時已經一團糟，地上還有血。

一切都被毀了，就算這裡能夠恢復原樣，她再也不想在這裡煉糖了。

因為這裡讓她的心好苦。

榮華雙手抱著膝蓋，把臉埋在膝蓋上，眼淚還是無法控制，無聲地落下來。

桃源村的村民今夜都茫然不已，他們還沒從能吃飽穿暖的幸福裡回過神來，便發現那個帶領他們走向幸福的人哭得那樣慘。

他們在家裡吃著飯，忽然聽到吵鬧，等出來看的時候，就看到榮村長和榮華對峙的場面。

他們根本不知道發生了什麼事，後來看到榮華躲進糖廠，大門也不開，才問了身邊人究竟發生了何事。

知道詳情的人說了事情經過，這些村民一個個對榮珍寶和榮草辱罵了起來，但是大家都被榮老太太駁斥了回去。

榮老太太罵了一圈人，然後和榮草一起扶起榮珍寶，她冷著臉對榮耀祖說：「你立馬去給我請個大夫來，看看珍寶的腿，如果我女兒有任何閃失，我就去縣衙告你，告你不孝不義！如果縣衙告不了，我就去城主府，城主府還告不了，我就去告御狀！要是我的珍寶死了，榮耀祖，我要你償命！」

她的聲音嘶啞如同烏鴉嚎叫，狠厲且刺耳、撓心。

榮耀祖的心涼得如裸身置於數九寒天，他搖著頭，踉蹌後退了好幾步，平時對榮老太太溫言細語的他，此時憤怒地咆哮道：「娘，榮珍寶是妳女兒，榮華也是我的女兒啊！妳為何不能將心比心，體諒一下我呢！」

榮老太太渾濁的眼睛看了他一眼，冷哼一聲，扶著榮珍寶轉身離開。

榮耀祖踉蹌地跌坐在地上良久，苦笑道：「華兒說得沒錯，為什麼我一直對她們心存期待，我真是蠢笨如豬。」

榮老太太心裡但凡有他這個兒子，絕不捨得如此逼迫他，讓他為難。就像華兒，每每不捨得他夾在中間為難，都一次次選擇退讓。還有自己的妻子，跟著他受了那麼多委屈，卻毫無怨言。

他究竟是有多糊塗，才會一次次沒有堅定地選擇自己的女兒和妻子？

哪怕有一次，他堅定地選擇華兒，華兒方才也不會那麼難過吧？

在他剛剛因榮珍寶而為難時，華兒雖然選擇了讓步，卻如此痛苦，痛苦到自殘……

想起華兒的傷，榮耀祖只覺得傷在兒身、痛在他心，此時也幡然醒悟，他每次選擇自我傷害來結束兩難局面時，真心愛護他的女兒和妻子，究竟有多難過。

他真的太不是東西了，不能護佑妻女平安便罷了，還讓妻女受了那麼多委屈。

他要當面向華兒道歉。

榮耀祖從地上站起來，去拍糖廠的門，拍了許久，都沒有人回應。他看向自己妻子，瞧見一向溫和的娘子，此時臉上帶著寒霜。

王氏紅著眼睛，少見的疾言厲色。「耀祖，因為你，我一直忍耐著你家裡的人，但是剛剛我看到華兒這麼難過，我突然明白，我可以忍耐，卻不能要求我的孩子和我一樣忍耐。現在華兒已經無法忍受了，是我對不起她，我一直以來，只求對你問心無愧，卻從來沒想到我的孩子這樣跟著我，究竟受了多大的委屈。所以這一次，耀祖，我要站在華兒那邊，無論華兒做什麼決定，我都支持她，如果她想離開這個家，我會和她一起離開。」

王氏說到這裡，難過到極點，但她用手捂著嘴，控制哭聲，努力地道：「耀祖，在過去的時間裡，在你和華兒之間，我每次都選擇了你，一直站在你那邊。華兒因為我、因為我們，她一次次忍耐，換來的是對方一次次得寸進尺，我只要一想到自己沒有任何一次選擇她，都覺得心如刀割。」

「在你和華兒之間，我從來都是選擇你；你在華兒和榮家其他人之間，你從來都是選擇其他人。華兒在我們這個家該有多難過，她受了多少委屈才會在今天爆發，可就算如此，方才她還是撲上去救你。你每次遇到危險，哪一次不是她最努力幫你？她自己受委屈，又不忍心傷害你我，所以她選擇傷害自己，才會用手握你的刀！她心裡該有多痛苦，才會用自殘的方式宣洩，我以前竟從未想到，她也只是一個孩子而已。」

王氏後悔不已，她看著那扇緊緊關閉的門，心中彷徨，覺得這扇門，怕是也關閉了她們的母女之情。

榮嘉拉著王氏的手，哭道：「我也選姊姊！」

「還有我！」

榮欣紅著眼睛，蹲在糖廠門口前，哭道：「壞爹爹，我要姊姊！」

榮耀祖後退兩步，閉上了眼睛。

這都是他自己造孽，這是他的報應。

眾人一直在等榮華開門。

第三十一章　離開桃源村

榮華不知道自己哭了多久，只知道好像過去很久很久，久到自己手上的血都乾了，她才覺得累了。

她想出去，想回家，但又突然醒悟，天下之大，哪裡是她的家呢？

她沒有家。

她本來就不是這裡的人。

她一刻也不想待在這兒。

看見榮華站起身推開門走出來，王氏焦急地迎上來，握住她的手心疼地哭道：「華兒，妳終於開門了，快、快，快請大夫來看看我女兒的手。」

榮耀祖也想去看她的傷，但沒敢上前。他縮著膀子站在陰暗處，擔憂又自責地看著榮華。

穿雲、榮絨和榮淺她們都等在外頭。

如果在以前，看到家人如此擔心自己，榮華會很開心，甚至還會自責，覺得是自己害他們操心。

但是現在她一點也不開心，她將手從王氏手裡抽出來，面無表情地往前走。

榮嘉和榮欣拉住她的衣袖，問道：「姊姊，妳去哪裡啊？」

榮華一言不發，快步走回家，去馬棚牽出一匹馬。

她學騎馬還只是個半吊子，但是此時她只想逃離這裡。她快要窒息了，一刻也不想多待。

當下她不看任何人，不看迷茫的榮耀祖，不看難過不已的王氏，不看哇哇大哭的榮嘉和榮欣。她翻身上馬，馬鞭一揮，馬兒嘶鳴一聲便跑了出去。

王氏看著她的背影，撕心裂肺地喊道：「華兒！」

榮嘉追著馬屁股跑，邊哭邊喊：「姊姊，姊姊，妳不要嘉兒了嗎？姊姊妳去哪裡啊？姊姊！」

榮欣跑得慢，張著嘴哇哇哭得撕心裂肺。「姊姊不要欣兒了，嗚嗚嗚……姊姊不要欣兒了……」

榮華聽著榮嘉榮欣的哭聲，忍不住落淚，但依舊沒有讓馬停下。

榮耀祖心痛地看著榮華騎馬遠去的背影，突然明瞭她這次，是真的再也不想見到他了。他這一次真心地認知到自己的錯誤，想要向女兒道歉，卻是沒有機會了。

榮華騎在馬上，冷著臉看著已然黑下來的天幕，第一次生出不知該何去何從的感覺。她來到這裡後，受了太多委屈，她有了家人，卻失去了自己。

所以榮華現在準備去找回自己。

如果有家人的代價就是要這般一直受委屈，那她寧可不要了。
王氏的哭喊被風吹遠了，榮嘉和榮欣的哭聲也漸漸消散了。馬兒跑得飛快，冷風吹得心底有了一絲爽快，她當下揮舞馬鞭，讓馬兒跑得更快些。
在榮華策馬離開後，穿雲也牽了匹馬追出去。
楚行之急得要死，騎上最後一匹馬跟了出去。
「去找八牛借驢車。」王氏看著榮耀祖，語氣堅定。「我們要去把華兒找回來！」
榮嘉和榮欣舉手。「我們也要去！」
榮耀祖擦掉臉上的淚，鄭重點頭。「沒錯，我們要去找華兒回家，我們一家人，一個也不能少！」
榮華騎在馬上，也不知道往哪裡去，她只一個勁兒地揮動馬鞭，想要快點逃離那一切。
馬兒在夜色下狂奔，不知道跑了多久。
榮華眺望四周，皆一片黑暗，無一處燈光。
幸而今晚有月亮，沒有火光也能勉強視物。
榮華夾緊馬肚子，馬兒便乖巧地減緩速度，由狂奔改為慢悠悠的行走。
她坐在馬上，認真地復盤了一下自己來到這裡後發生的所有事情。
前世沒有處理家庭糾紛的經驗，因而這一世的她，在處理家庭矛盾時竟然如此失敗。
早知如此，當時李縣令把榮珍寶關進大牢的時候，她就應該讓榮珍寶在大牢裡無聲無息地死去。

過往一直顧念著榮耀祖對榮老太太、兄弟姊妹的感情，榮華不希望榮耀祖夾在中間左右為難，也不想做得太絕，傷了他們的父女情分。即使榮華非常討厭榮珍寶和榮草，但依舊沒有狠下心讓她們直接消失。

她一直秉持著，只要你別鬧事，別來找我麻煩，很多事情她都可以睜一隻眼閉一隻眼過去。

榮華是一個非常怕麻煩的人，像宅鬥什麼的，她最怕了。

她不屑玩心眼，而且和榮家這一家子玩宅鬥，她還覺得自己掉價了。

和他們有什麼好鬥的？榮家一窮二白，浪費心力在他們身上，她反倒覺得自己虧了，搞宅鬥哪有賺錢有意思！

榮華秉持著互不打擾的心態，但是沒想到榮珍寶母女一直在刷存在感。

她怕麻煩，此時覺得任何報復方法，都沒有讓這兩個人直接死去好。

她懶得想用怎樣的計謀、手段報復回去，也不想浪費心力在這些人身上，她現在就想讓榮珍寶死。不單是因為榮珍寶毀了糖廠，這個人還曾經三番五次想害死她。

榮華知道自己的情緒剛剛有些激動，但此時她一點也不後悔。

馬兒踢踏躂躂地往前走，在這一望無際的黢黑夜色中，她不知道該往何處去。

榮華走累了，下了馬。馬兒直接在榮華身邊趴下，榮華找了個舒服的姿勢靠在馬身上。

她要想一想自己未來的路要怎麼走。

她不想回去了，一回到那個村子，她就會想到今天發生的事情。

現在最要緊的事情，反而不是把榮珍寶等人怎麼樣，而是如果不能按期交上琉璃糖，會不會出問題……

等到天亮了，榮華還要去千武鎮一趟，把事情和林峰說清楚。無論有什麼後果，她都自己承擔，不連累林峰，也不會連累家人及桃源村。

這是進貢給袁朝皇室的糖果，榮華心底擔心不能按期交上的話，會為自己一家、桃源村及林峰等人帶來滅頂之災。

希望不會有事……

如果真的有事，她會承擔起自己的責任，絕不使一人連坐。

想到這個，她就不由得更恨榮珍寶和榮草，真的快被這兩個傻子氣死了。

一想到如果回家，可能又要面對榮耀祖苦苦哀求的目光，她就更加火大。

有榮耀祖這個擋箭牌，榮珍寶才敢這麼放肆。

她是不會回去的。

她再也不想面對榮珍寶那些人了，也不想夾在榮耀祖和榮家其他人之間。

思緒在夜色中越飄越遠，榮華想了很多問題，感覺心情平靜了很多。

她下意識回頭看了一眼，瞧見一望無際的夜色中，有一片移動的火光。

在很遠的地方，有火把的微光亮起，因為隔得太遠，看上去就小小一點光亮。

可是這樣的小火光太多了，火光擴散開來，有上千人舉著火把，似乎在尋找著什麼。

那樣暖黃色的小火光，在天際連成一片，暖黃色的微光在夜色下緩步前進，微風似乎能帶來他們的呼喊。

是來找她回家的人啊！

榮華坐在原地，看著那片暖黃色的火海，心中感嘆自己縹緲如浮萍的感覺越來越淡。

有人找她回家，有人為她照亮回家的路。

這是大家為她亮起的千家燈火。

榮華臉色變幻了幾下，有些搞不明白自己現在的心情，這時候有馬蹄聲逼近，榮華回頭一看，便看到穿雲騎馬而來。

穿雲看到榮華後，差點流下淚來，直接跳下馬一把將榮華抱在懷裡，聲音哽咽。「主子，我還以為找不到妳了！」

她身體微微顫抖，看樣子真的是怕極了。

榮華下意識地道歉。「對不起，我之前答應過妳，再也不離開妳的視線範圍，我今天沒做到，又讓妳擔心啦！」

「不用道歉，妳有什麼好道歉的，今天的事情，我都替妳覺得委屈，妳做得沒有錯，我還嫌妳做得不夠狠呢！」穿雲將榮華抱得緊緊的，語氣堅定。「主子，妳要是感到委屈，我們離開桃源村就是了，無論妳去哪裡，我都會跟著妳、保護妳。」

榮華心底柔軟，反手抱著穿雲，輕輕點了點頭。「好。」

既然父母無論如何都無法遠離極品親戚一家，那麼她只能遠離父母了。

這是當下最好的辦法。

否則如果再出一次事情，可能真的會斷送了她和爹娘的親情。

「快給我看看妳的手。」

穿雲握住榮華的手，替她清理乾淨後，上了藥。

過沒多久，又有馬蹄聲響起，榮華實在沒想到，竟然會在這裡遇見八娘。

八娘從馬上跳下來，直接把榮華攬到懷裡，語氣滿是心疼。「好丫頭，姊姊擔心死了，下次遇到事情，直接來找我，不要亂跑，妳一個小姑娘多危險！」

榮華感動地在她懷裡蹭了蹭。

看到林峰，榮華自責地說：「林峰大哥，對不起，我月中沒辦法按期把琉璃糖給你了。」

林峰擺了擺手。「沒事，這次琉璃糖是藺公子進貢給皇室的，哪怕這次不能按期給，也不會有事。」

榮華鬆了口氣，藺公子就是七皇子，自然沒人敢問罪於他，她這才放下心來。

心中少了一塊讓人提心弔膽的大石頭，榮華才好奇地問起他們兩個怎麼會過來。

林峰娓娓道來，原來是他派人來桃源村見榮華，本想問一下琉璃糖的製作進度，結果到了桃源村，卻看到了那一幕，屬下就趕緊回來稟告林峰。林峰和八娘擔心榮華的安危，就連夜出來找她。

林峰詢問榮華未來打算怎麼辦。

榮華思考了一下，輕聲道：「這次的事情是我大意了，我準備離開桃源村，重新找一個地方把糖廠建起來，然後盡快恢復運作。」

糖廠是最不能耽誤的事，她想盡快恢復。

林峰聞言，贊同地點頭。「好，既然妳願意離開桃源村，那麼重建糖廠的事情就交給我吧！我這邊人手多，能夠盡快幫妳重建糖廠，還有保護妳的安全。」

八娘也在一邊附和道：「對呀，來千武鎮吧！我和妳林峰大哥在千武鎮很熟，妳不用擔心任何問題，而且妳做生意，到時候讓林峰替妳安排一個袁朝的戶籍，妳待在千武鎮也更方便、安全一些。袁朝推崇商人，妳會大有作為的。」

林峰和八娘的話，讓榮華很心動，她現在就需要一個能幫自己解決所有瑣事，讓她專心製作琉璃糖的地方。

榮華思考了一會兒，笑著點頭道：「既然如此，那我就要打擾林峰大哥和八娘姊姊你們好一陣子了。」

「妳喊我姊姊，我也把妳當親妹妹，說什麼打擾不打擾的。」

八娘嗔怪地摸了摸榮華的臉，看到她受傷的手時，眼裡滿是心疼。
榮華回頭看著那一片火光，對林峰道：「林峰大哥，能不能麻煩你派人去通知那些村民一聲，就說我沒事，請他們回去吧，不用再找我了。」
榮華說完，停頓了片刻，接著道：「還有我父母，麻煩你告訴他們，我很安全，不用找我。」
林峰點頭說好，回頭對身邊人說了句話，就有人騎馬朝著村民的方向飛奔而去。
榮華說了好多自己的心裡話，八娘扶著她，一直柔聲安慰。
最後八娘心疼地說：「好妹妹，跟姊姊回家吧！」
榮華心底一暖，柔聲道：「好。」
她上了穿雲的馬，隨著林峰和八娘離開了。

到了千武鎮，大家先去吃飯。吃過早飯後，榮華的住處就已經安排好了。
林峰替榮華找了一座非常溫馨的小院，就在他和八娘二人的住處旁邊。
小院有正房三大間，偏房兩間，還有灶房兩間，正房後面有三間下人住的房子。
院裡有一片空地，一半種了菜，一半種了花，還種了一棵桃樹、一棵梨樹。梨樹下有石製的桌凳兩、三張。牆角有一個葡萄架，旁邊有一口水井。
八娘指著桃樹和梨樹道：「之前是一個教書先生住在這處院子，所以種了桃樹和梨樹，寓意桃李滿天下。他們是一對很好的夫婦，對房子非常愛惜，也打理得很好，所以他們走後，我就把房子買下來。妳看，兩間偏房裡還有很多沒帶走的書呢！」

榮華進去看了一眼，果真如此，偏房被打理成書房，整整兩屋子的書都沒帶走。她隨手拿起一本翻閱了一下，上面還有注釋。

榮華真心覺得自己賺到了！

八娘拉著她的手，道：「妳和穿雲也累了，妳們先好好休息一下吧！」

八娘朝外招手，喚來兩個小廝和兩個小丫鬟，道：「我讓他們伺候妳，那些瑣事妳便不用做了。妳手有傷，要好好養著。」

榮華應了好，再度謝過八娘。

兩個丫鬟負責燒水，讓榮華洗漱了一下。

由於榮華渾身疲倦，來不及問這兩個人叫什麼名字，便睡了過去。

等榮華醒來的時候，還有些迷糊。她睜開眼，看著床邊一層月白、一層藕荷色的紗幔垂下來，還有些愣怔。

她伸手摸了摸紗幔，看到自己手上包裹著染血的白布，一股腦兒想起昨夜發生的事情。現在她不在家，在千武鎮。

唇角自嘲地笑了下，榮華拉開紗幔，看到漂亮的夕陽透過窗縫照射了進來，令人心裡柔軟。

床邊擺了一張桌子，桌上還有一把古琴，此時，夕陽將桌子和古琴投影在地面上，有種歲月靜好的感覺。

窗外廊下似乎有小丫鬟在竊竊私語，不知說到了什麼，發出爽朗的低笑聲。

院子裡傳來飯菜的香味，榮華聞著味道，覺得肚子咕嚕叫了起來。

她餓了。

這一切都很美好，靜謐而安靜，其樂融融。

在這裡不會有榮珍寶一次又一次的刁難欺負，不會有榮老太太那懷疑的目光，也不會有二嬸和三嬸不懷好意的笑，更不會有想要置她於死地的榮草。

這裡雖然沒有父母，但是這裡有自由和舒適。

榮華在這個瞬間，喜歡上這個地方了。

房門被輕輕推開，穿雲走了進來，看到睜開眼睛的榮華，眉眼柔和了些。「醒了？餓不餓？起來吃飯吧。」

「好。」

經過起床、洗漱、換藥後，榮華入座吃飯。一下子吃了兩大碗飯，直到覺得肚子脹了才停下。

吃完飯後，榮華問那兩個小姑娘。「這飯誰燒的？真不錯。」

「是井鹿做的。」小姑娘指著另一個小姑娘。「這是井鹿，她做飯特別好吃。」

一旁的井鹿有些害羞地笑了一下，是一個比較靦覥的小姑娘。

「井鹿，名字真好聽啊！」榮華又問她。「妳叫什麼名字呢？」

小姑娘笑出兩個酒窩，樣子十分討喜，道：「我叫刺芽，刺芽草的那個刺芽。」

刺芽指著一旁站著的兩個小廝，道：「這是兄弟倆，一個叫卞一，一個叫卞二。」

兩個小廝都過來向榮華問了好。

榮華輕輕點頭，看著他們，眉眼溫和。「八娘姊姊讓你們來伺候我，我這裡其實也不忙，就一天三頓飯需要你們，其他時候，你們可以做自己的事情。」

刺芽甜甜一笑。「榮華姑娘，八娘吩咐了，讓我們盡心照顧妳，我們會好好做的，請妳放心。」

八娘找的人，她沒什麼不放心，遂給每人一些賞錢，讓他們自己去玩了。

井鹿十六歲，刺芽十七歲，做事很麻利。她們住正房後面的房間，榮華特意去看了，環境挺好的。

卞一和卞二是一對雙胞胎，皆二十一歲，是成熟穩重的小夥子。他們不住榮華這裡，而是守在大門口，榮華有事叫他們就行了。

晚飯過後，八娘和林峰過來一次，林峰說已經找好建立糖廠的地方了，問榮華有什麼注意事項。

榮華晚上吃得撐，心想左右無事，索性去看看，方便和工匠們說明她的要求。

於是榮華去了林峰找的地方，和那些工匠們談了一個多時辰，最後月上中天才離開。回去的路上，八娘還在笑她。「妳做起事情也太較真了，直接拉著師傅說了一個多時辰，一點也不嫌累啊？」

「這種事情當然要慎重，現在是在建廠，我把自己的要求說清楚，後續就少了很多麻煩。」

榮華一手挽著八娘，一手挽著穿雲，又對林峰說：「林峰大哥，我晚上回去畫一些圖紙給你，你回頭拿給師傅們。」

「不急，妳明天畫就行，今天很晚了，妳記得早點休息。」

榮華點了點頭。

然而，回到住處，榮華不睏，還是把圖紙畫一畫。畫完圖紙後，她才去床上睡。

第二天，榮華就把圖紙交給林峰。

糖廠越快建好，就能越快投入製作。

林峰找的人，品質自然有保障，她每天去看一次工程即可。

榮華閒了下來，依舊每天鍛鍊身體，然後看書。

兩個偏房裡的書都有注釋，之前住在這裡的教書先生，應該是位很厲害的讀書人，那些生澀的文字經過他的注釋，榮華便覺得融會貫通了。

讀萬卷書，行萬里路，她抱著那些書看得入迷。

幾日後，井鹿告訴她，有自稱榮絨、李文人的兩個人來訪。

原來榮絨來送貨給林峰，順道來見一見榮華，李文人也跟著來了。

榮華見了他們兩人，囑咐他們看好編織品作坊。

現在她不在，都是他們兩人盯著作坊。

兩個人都保證不會讓作坊出事，一定會正常營運下去。

公事說完，榮絨才道：「我這次來看妳，伯娘請我帶了東西過來，說妳一個人來到這裡，衣服什麼的都沒帶，便把妳的衣物整理好，託我拿來。」

榮絨說這話的時候，一直在看榮華的臉色，生怕她生氣。

榮華並未生氣，只一笑置之，喚來井鹿和刺芽把東西拿進來。

榮華出去看了一下，還看到楚行之送她的梳妝檯，遂喊卞一和卞二把梳妝檯搬進來。

王氏除了打包了她的衣衫、首飾，還考量到現在天氣已經慢慢轉涼，替她做了好幾套新的秋裝。

捧著那些新的秋裝，一針一線都是王氏的心意，榮華輕輕嘆氣，不置可否。

將所有東西都歸置好後，榮華留兩人吃了頓飯，並叮囑他們從帳上拿幾百兩銀子給榮耀祖夫婦。

兩個人應了好，下午的時候便回去了。

榮華過了一陣子清靜的日子，每天吃飯、鍛鍊身體、看書、睡覺，倒是把自己養胖了一點。

日子轉眼到了十月底，馬上迎來十一月，糖廠已經建好，榮華的手傷也好得差不多了，可以投入琉璃糖的製程。

林峰不僅建好了糖廠，還找好了工人，而且都是非常聰明能幹的人，榮華一點就通。

糖廠緊鑼密鼓地開工了，有林峰幫忙，運轉十分有序。在十一月中旬，第一批琉璃糖出廠了。

這半個月一共製作出上品琉璃糖二十斤，中品琉璃糖三十斤，下品琉璃糖五十斤。

日子過得紅紅火火，十一月底再次出廠了一批琉璃糖，和第一次出廠的數量相同。

一個月可以出廠兩批琉璃糖，月產量兩百斤，上品糖果四十斤，中品糖果六十斤，下品糖果一百斤。

到了月底，榮華算帳時，發現糖廠一個月的進帳非常可觀：上品糖果五十兩一斤，月產量是四十斤，價值二千兩銀子；中品糖果三十兩一斤，月產量六十斤，價值一千八百兩銀子；下品糖果十兩一斤，月產量一百斤，價值一千兩銀子。

糖廠正式營運後保持現狀，每個月可獲利價值四千八百兩！

榮華忽然覺得，自己為這個糖廠所受的苦都值得了。

效益太高了！利潤太大了！如果以後能夠提高產量，那麼賺得更多！

當然，現在能有這個產量完全是因為林峰的協助。當初她在桃源村，自己帶著工人做的時候，半個月的產量也不過幾十斤，現在是翻倍了。

和林峰的合作很愉快，月底利潤出來的時候，榮華打算分紅給林峰一千八百兩。因為糖廠、工人、原材料等等都是林峰處理，包括她現在住的房子，還有丫鬟、小廝，所以她認為給這筆錢是應該的。

榮華拿著這筆錢去找林峰，當她說明來意時，林峰說什麼都不肯收。

榮華無奈，只好道：「林峰大哥，請你務必收下這筆錢，你要是不收，我是沒法心安。糖廠的建造都是要花錢的，而且我現在住的房子也是你們的，這錢裡也有一部分算是我的房租，你不收錢，我恐怕沒辦法心安理得地住下去了。」

林峰看榮華說得懇切，無奈地搖頭。「妳且安心住著，我不收妳錢自然有我的理由，就妳這個手藝，只怕袁朝其他人巴不得把妳當神仙供奉起來。妳和我合作，願意把所有琉璃糖都銷售給我，妳不知道妳的琉璃糖幫了我多大的忙！我雖然幫妳建廠、找工人，但那花不了幾個錢，和妳帶給我的利益相比就算不上什麼了，所以我怎麼還好意思收妳的錢？如果我收了，那我豈不是得了便宜還賣乖，也太不是東西了！」

林峰有林峰的理由，榮華有榮華的堅持。

她堅持給錢，他無奈，只好收下錢。

榮華這才放心，眉眼帶著笑。

無論林峰有多少理由，榮華只知道一點，林峰幫了她。

林峰幫了她這麼大的忙，她不能讓林峰自己出糖廠的成本，所有成本理應由她來出，所以她才堅持給錢。

無論林峰透過琉璃糖得到多少利益，都和榮華沒關係。榮華也透過琉璃糖得到很多利潤，他們這是互利共贏的局面。

榮華離開之後，林峰有些哭笑不得，只覺得榮華這個小姑娘，做事情太有條理了，但他們關係已經這麼好，實在沒必要在這種小事上計較。

後來等八娘回來，林峰把錢交給八娘，還和八娘說了這件事。

八娘聽林峰說了所有的事情後，道：「我知道你拿著這筆錢心裡不安穩，總覺得賺了榮華的，但榮華的性子你我都知道，她不願意讓你吃一點虧，如果榮華不給這個錢，她心裡也不安穩，會覺得虧欠你。既然如此，你就把這個錢好好收下，但是必須告訴她僅此一次，所有成本都包含在這一千八百兩銀子內，不許再有下次。

「然後那座小院子，你直接送給榮華吧！她說這錢也包含租金，但是房租哪需要這麼多，直接把房子給她，就說她給的錢太多了，多餘的錢可以直接把房子買下來，想來她也不會拒絕。」

林峰聽八娘說完，覺得甚是有理，於是點了點頭。

兩個人吃過晚飯後，就去了榮華的院裡。

林峰把小院的房契、地契都拿了出來，交給榮華，且說明來意。
榮華倒是沒想到會這樣，一時有些錯愕。
八娘笑盈盈地勸了兩句，榮華也就收下了。
林峰向她說得清楚明白。「妳給的錢，我收了，那筆錢即使包了所有的成本都還綽綽有餘，所以我們就自作主張，把這房子賣給妳。然後工人、小廝、丫鬟的工錢，都算在成本裡，妳不欠我，咱們扯平了。榮華，以後可不許再給我錢了！」
榮華點頭。「知道了，林峰大哥！」
兩個人說清楚、講明白後，皆大歡喜。
林峰很忙，晚上還有事，便先離開了。
八娘和榮華在屋裡聊了很久，兩個人相當投緣，像是有說不完的話，一直聊到深夜。八娘也睏了，懶得回隔壁自家院裡，索性在榮華的房裡睡下了。
榮華晚上睡覺的時候，還夢到了房契。
這是她擁有第一間屬於自己的房子，心裡很開心。
雖然林峰早就將糖廠的房契和地契給了她，但那是糖廠，今天拿到的房契可不一樣，這樣一座合乎她心意的院子，現在是她的了。
榮華夢裡都在笑。

第二日睡醒後，榮華剛起來穿好衣服。

井鹿道：「姑娘，院門口有人找妳。」

榮華出去一看，急忙道：「娘！你們怎麼來了？」

榮嘉和榮欣看到榮華，一個個柔聲喊道：「姊姊。」

他們從王氏懷裡出來，撲到榮華的懷裡。

榮華摸了摸他們的小手小臉，冰涼一片，很是心疼。

平靜了這麼多天，榮華早就不氣了，此時看到王氏他們，心裡只覺得高興加一點心酸。

王氏看著榮華，聲音有些啞。「華兒……」

她有些侷促地看著八娘和刺芽等人，輕聲解釋道：「華兒，我知道妳不想見我們，所以我們一直沒來。今天我們不是故意要來打擾妳的，只是前幾天下雪了，我替妳做了幾件冬裝，想送來給妳。嘉兒和欣兒也想妳了，所以我就想帶他們來看看妳。」

王氏說到這兒，打了個哆嗦，忍不住彎腰咳嗽起來，她一邊咳嗽，一邊斷斷續續地說：「華兒，我知道妳不想看到我們，妳放心，我們馬上就回去了。」

榮華閉了閉眼睛，王氏現在對她小心謹慎到這種程度，她只覺得心痛。

「快別說這些了，趕緊進屋暖和暖和。」榮華皺著眉轉頭吩咐。「刺芽、井鹿，妳們帶我娘親還有弟弟、妹妹進屋去。」

八娘還沒走，她摸了摸榮欣的小臉蛋，眼睛裡都是喜愛，拉著榮華道：「華兒，我竟然不知道妳還有這麼可愛的弟弟、妹妹，他們真的是太可愛了。」

榮華嘆氣。「是啊！」

八娘轉過身來，一對丹鳳眼直勾勾地看著榮華，笑得瀟灑。「嘆什麼氣呀！自己開心最重要，懂嗎？」

榮華愣怔地點了下頭，垂眸看著好奇打量四周的榮嘉和榮欣，忍不住心底滿是柔軟溫情，眉眼輕彎，聲音溫柔。「其實我看到他們，心裡就很開心。」

「既然如此，令妳不開心的原因並非家人，只要把那些讓妳真正心存芥蒂的存在踢遠點，也就好了。」八娘輕輕拍了拍榮華的肩，一向瀟灑自如、充滿俠氣的她，此時竟有些感傷。「我和林哥在這世上，我們的家人就剩彼此了。我們曾經的家人，已經在戰爭中徹底失去，有時候我會覺得一個人瀟瀟灑灑、無牽無掛，多麼快樂，可有時候也會覺得孤單，想要有一個家。」

榮華握住她的手，聲音堅定且誠懇。「八娘姊姊，妳一向說把我當妹妹看，我也一直把妳當親姊姊看待，妳要是不嫌棄，我就是妳的家人。」

「傻孩子，我怎麼會嫌棄呢？見到妳的第一眼，我就從妳身上看到了自己，每次看到妳那麼努力賺錢，我就彷彿看到曾經為了生計、天南海北奔波的我們，所以我喜歡妳這個小孩。」八娘溫柔地摸了摸榮華的頭髮，一臉從容。「我沒事，妳好好和妳娘說說話，我先回去了。」

「好。」

榮華送八娘離開，看她進了自己的院門後，才回到房裡。

榮華看到王氏，直接走過去抱住她，聲音哽咽。「娘，我好想妳。」

王氏的眼淚一下子沒忍住就落了下來。

王氏伸手抱住榮華，聲音嘶啞。「華兒，娘也想妳啊！」

榮華聽著她嘶啞的聲音，突然意識到，娘親在家裡不知道哭了多少回，才會過去了這麼久，嗓子依舊是啞的。

「華兒，娘看到妳一個人也過得很好，娘就放心了，娘就放心了！」王氏一直抹淚，卻忍不住欣慰。

她的華兒是要做大事的人，哪能拘泥於桃源村，她應該開心才是！

榮華抹掉眼淚，好奇地問道：「楚行之呢？他怎麼沒來。」

榮欣奶聲地道：「哥哥在家裡陪爹爹。」

榮華點頭表示了解，並請娘親和弟弟、妹妹在這裡住下。

晚上的時候，大家睡在一間房裡，母女倆聊了好多體己話，聊到很晚才沈沈睡去。她們之間本就只有一點點嫌隙，此時煙消雲散，再無芥蒂。

榮華帶著弟弟、妹妹在千武鎮玩了幾天，倒是和和美美。

王氏等人在千武鎮住了七天，後來榮絨來送貨的時候過來看榮華，順便說了榮耀祖的近況。

榮耀祖和楚行之兩個男人待在家裡，過得可算是淒淒慘慘。

榮華聽完，輕嘆了口氣，轉頭去看王氏。

今天天氣好，時值正午，太陽不錯，王氏正抱著榮欣坐在院裡的石凳上寫字。

王氏似乎沒聽到榮絨說的話，面上沒什麼表情，但是榮華看見她微微顫抖的手，便知道她聽到了。

榮華心底思緒轉動，伸手拉著榮絨的手，道：「絨姊姊，中午在我家吃飯，下午再回去。」

榮絨應了好。

榮華去灶房看了看，此時，井鹿和刺芽在做飯，煮了豆腐炒肉沫、白菜燉肉、紅燒雞塊、酸蘿蔔老鴨湯、紅燒獅子頭，外加五個素菜。

五葷、五素擺滿一桌，看上去豐盛極了。

以往，只有她、穿雲加上兩個丫鬟，四個人吃飯，兩葷兩素便夠了。

這幾天王氏過來探望她，榮華變著花樣替家人做好吃的，每天都買雞、鴨、魚肉。

王氏臉色差，榮華想給她多補補。

吃過午飯，榮華沒讓榮絨走，又留她坐了一會兒。

王氏坐了會兒，就過來看著榮華，期期艾艾地說自己出來這麼久了，該回家看看。

榮華笑了下，點了點頭，讓井鹿去拿來她早就替王氏準備好的東西，聲音溫和。「娘，這是我讓井鹿替你們置辦的年貨，馬上要過年了，你們在家可不要虧待自己，你們待會兒和榮絨一起回去吧，我讓她們替妳把年貨放馬車上。」

榮華替家裡買了五隻鴨、五隻雞、五條大魚，讓父母好好過個年。

王氏沈默了一下，輕聲問道：「華兒，妳不回家過年嗎？」

「娘，今年我應該不回去了，糖廠現在每天都在忙，我要在這邊看著，走不開。」

王氏應了聲，臉上有些難過，但後來反應過來什麼，又迅速露出笑，說：「沒關係，華兒，妳想什麼時候回家，就什麼時候回家。」

榮華挽著娘親的胳膊，撒嬌道：「我走不開、回不去，娘可以來看我啊！反正絨姊姊三天送一次貨，妳跟著來，住幾天再回去。」

說住幾天再回去，是因為榮華知道她放不下榮耀祖。

王氏臉色一喜。「我能經常來看妳嗎？」

「娘，當然可以來啊！我也很想你們，妳可是我的親娘，我怎麼可能不想你們。只是有一點，不要把我的行蹤讓別人知道，尤其是榮家其他人，我現在真的是怕了他們了！」

聽榮華提起榮家其他人，王氏露出欣慰的神色。「這一次，妳爹爹是真的和榮家那邊斷了來往，撕破臉了！」

榮華有些詫異。「真的？怎麼會撕破臉？」

榮耀祖之前也和那邊不來往，但是過了幾個月，繳上糧稅，他們日子越過越好，那邊的人又來找榮耀祖，榮耀祖照樣沒有骨氣地和他們來往起來。

所以這一次，榮華有點不相信他。

「這一次是真的，妳爹爹這次做得絕，是那邊和妳爹撕破臉了。」

王氏看著榮華，輕聲說：「妳爹爹報官把榮珍寶和榮草給抓了，榮老太太一直求情，希望妳爹爹能把榮珍寶救出來，但人就是妳爹送進去的，他又怎麼可能會救呢？榮老太太一哭二鬧三上吊，妳爹也沒鬆口，聽說這幾日判決就出來了。」

一旁的榮絨突然道：「判決已經出來了，我今天來的時候還聽說呢，李縣令判了榮珍寶和榮草斬首刑。」

「啊？斬首刑？」

榮華有些驚訝，雖然她覺得榮珍寶和榮草確實該死，但是僅僅毀了她的糖廠，這一條罪名不至於判斬首刑吧？

「是大伯去衙門告了狀，榮草曾經推妳下井想害死妳，榮珍寶曾想捂死妳，現在還把趙大哥打死了，所以李縣令徹查此事，發現證據屬實，就把榮珍寶和榮草收監了，會在年前行刑。」

聽榮絨說完，榮華的心思都在趙大哥身上。

她不敢置信道：「妳說什麼？趙大哥死了？」

「對，那天我們趕緊替趙大哥找了大夫，但是大夫說，趙大哥早就被榮珍寶打死了。大夫來的時候，妳把自己關在糖廠，所以大夫告訴我們趙大哥的死訊時，妳不知道這事。後來妳從糖廠出來就跑了，我們也沒來得及告訴妳。不過後面官府的仵作來驗了屍，說趙大哥身上的外傷都不致命，致命傷是他的內傷。仵作怎麼說的我也沒記清楚，只知道趙大哥是頭裡面被打出血了，所以沒得救，很快就死了。」

「是顱內出血啊！」榮華狠狠嘆了口氣，幾乎不知道該說什麼。

萬萬沒想到趙大哥竟然會死在榮珍寶手裡，她深深覺得，榮珍寶真的是罪該萬死！

趙大哥是一個熱心腸的人，以前過了那麼久的苦日子都熬過來了，結果現在日子好轉後，好日子還沒過幾天，他竟然就死了！

想到這裡，榮華不由得覺得心酸。她忽然想起什麼，說：「我記得隱約聽誰提起過，趙大哥來糖廠做工，就是想多掙點錢娶媳婦？」

「是啊！」一旁的王氏接過話頭，有些心疼。「他看上了咱們村的姑娘，妳也認識那個姑娘，其實就是燕子。燕子她娘身體不好，所以他想多存點錢再去求親，沒想到就……」

王氏搖頭嘆氣。「燕子快哭死了，她十分自責，認為那天如果自己不離開糖廠回家就好了。」

榮絨咬牙罵道：「那個榮珍寶，說燕子的娘暈倒了，把燕子騙回家，也真不怪燕子，怪就怪榮珍寶太蛇蠍心腸，竟然活生生把趙大哥打死了。」

情。

榮華忍不住難過，如果她當初早點把榮珍寶這兩個人處理了，或許就沒有後面的這些事情。

中年喪子，趙大哥的父母一定非常難過。

榮華對榮絨道：「絨姊姊，從帳上取一百兩銀子，幫我交給趙大哥的父母，就說趙大哥算是工傷，這是我對他們家的補償。然後作坊每個月給他們家五兩銀子，就說從此以後，我替趙大哥贍養父母，直到趙大哥父母百年。」

榮絨點頭。「好。」

榮華在今天得知了一個好消息，一個壞消息：好消息是榮珍寶和榮草被判了斬首，死有餘辜；壞消息是趙大哥死了。

其實好消息可以說有兩個，另一個就是她的父親榮耀祖，竟然真的下定決心，要為她討回公道，將榮珍寶和榮草送官府了。

榮華突然想起一件事，看著榮絨道：「昨天出的消息，那今天豈不是又要鬧上了？」

「是啊，我來的時候，奶奶還在大伯那裡鬧呢！」

王氏聽榮絨這麼一說，更加掛心榮耀祖，歸心似箭。

但是榮嘉和榮欣不捨得榮華，不願意走。

榮華也不捨得他們，一想到榮老太太這次不知道要怎麼鬧，讓兩個孩子每天看見這些事情，也委實心疼。

王氏也說：「嘉兒、欣兒不想走，華兒要是不嫌打擾的話，就讓他們在妳這裡多住幾天？」

「我當然不嫌棄，娘說話千萬別這麼生分，我聽著不習慣。」

王氏慈祥地點了點頭。

榮華去喊了卞一和卞二跟著王氏回去，若那邊鬧起來的時候，也有個幫手。

一切收拾妥當，由卞一和卞二趕著馬車送榮絨和王氏回去。

聽說王氏要走，八娘也來相送，並且送了很多東西。

馬車轆轆地離開，榮華目送他們遠去，直到看不見了，才輕輕嘆氣。

八娘忍不住撓她下巴，聲音清雅。「要真捨不得，就跟著一塊兒回去呀？」

榮華搖了搖頭，神情寂寥。「不回去了，現在家裡正鬧著，回去肯定糟心。」

八娘攬住她的肩晃啊晃，柔聲道：「小可憐。」

第三十二章　三個願望

天氣越來越冷了，年關也越來越近了。

榮華每天除了去糖廠，還做起了臘肉。

她說了製作方法，井鹿和刺芽都表示很有興趣，於是去買了五十斤五花肉。

榮華選的是豬前腿、後臀尖的肉，這個部位肥瘦均勻，是最好的五花肉。

井鹿和刺芽根據榮華說的方法，開始做肉，先把肉切成一斤左右的長塊狀，然後在豬肉均勻抹上鹽。

榮華把肉分成兩半，一半做辣的，一半做不辣的。辣的那一半，抹鹽之後又抹了辣椒粉；不辣的那一半，只抹了五香粉。

鹽和調味品均勻塗抹之後，放入密閉容器內醃製一週，一週後取出肉塊，再打洞用繩子拴好，懸掛起來。取濕潤的松柏樹枝，火燒煙燻三天，煙燻的過程中可以將乾燥的玉米粒丟入火盆中，這樣燻出來的臘肉顏色更加好看。

燻了三天後，把臘肉在通風地帶懸掛起來，自然風乾，就可以吃了。

其實無論風不風乾，這時候的臘肉都可以吃了，不過臘肉放得越久越好吃，放置一年以上的臘肉，切開後，肥肉部分都變成透明的，真的十足美味。

做好了臘肉，榮華本來還想灌香腸，但是後來想到沒有灌香腸的機器，手工灌腸太麻煩了，就沒折騰。

榮華在小院裡做臘肉的時候，每天都往外飄著香味，鄰居還來問她在做什麼，所以榮華在臘肉做好後，送了點給鄰居嚐鮮。

到了榮珍寶和榮草快行刑的日子，榮絨還特意來問了一句她要不要去看。

榮華一陣惡寒，雖然她一向討厭這兩個人，也覺得她們該死，但還沒有到一定要親眼看她們人頭落地這麼可怕的地步。

她說不去。

榮絨又說：「奶奶已經哭暈了過去，一直求大伯，但是大伯就是不鬆口。」

榮華心想，要是爹爹這一次能堅守住，她就原諒他。

又過了兩天，榮絨給她傳來消息，說榮珍寶和榮草已經行刑完畢，屍首運回家了。

榮老太太報官抓榮耀祖，打算和榮耀祖恩斷義絕、斷絕母子關係，這幾天又鬧開了。

一直沒回家的榮華，真心覺得這是一個正確的決定。如果她在家裡，只怕能被鬧得心煩。

榮珍寶兩人已死，榮華心底的一口惡氣也出了。

當天晚上，她拿了瓷盆、黃紙，燒了紙錢給原主。

榮華一邊燒紙，一邊說：「榮華，妳現在可以放心了，妳爹爹替妳報仇了，是妳爹爹親手替妳報的仇，這一次，他選擇了妳啊！」

紙錢燒得很旺，火苗揚得老高，榮華心口一塊大石落地，覺得甚是輕鬆。

日子轉眼來到十二月二十三日，這一天是過小年，據說也是灶神爺從人間回到天上的日子。

榮華拿了紅紙，按照前世灶神爺的樣子，畫了他的畫像，貼到門板上，然後又拿了還沒凝固的糖漿，抹在灶神爺的嘴巴上，口中唸唸有詞。「灶神爺、灶神爺，給祢糖吃，到天上了不要忘記多說好話呀！」

「姑娘怎麼這麼幼稚？」刺芽捂住嘴偷笑，看她用一大塊糖漿把灶神爺的嘴都給糊住了，忍不住搖頭。「姑娘也糊得太多了。」

「妳不懂，就是要這樣，多給灶神爺吃點糖，糊住祂的嘴，祂到天上就說不出話來了，就算說話也只能說好話，不能說壞話，畢竟拿人手短，吃人嘴軟，沒法打小報告，所以來年我們依舊會和和美美、順順利利！」榮華說得一本正經。

井鹿和刺芽暗笑，彼此看了一眼，齊聲道：「是是是，姑娘說得最對了！」

這天，井鹿和刺芽煮了一大堆菜。

八娘和林峰也來了，大家聚在一起，過了個很是熱鬧的小年。

榮華也沒有忘記在桃源村的爹娘和楚行之，託人帶回很多東西給他們，其中也包含她命人做的新冬裝。

過了小年，馬上就是春節，榮華命人替榮嘉和榮欣做了好幾套新衣服，等到時候穿上，一定好看。

榮華、穿雲和兩個小丫鬟也各做了幾套新衣服。

榮華想著馬上要過年了，糖廠工人們自然也是想回家過年，所以打算讓工人們放假，但是林峰拒絕了這個提議。

榮華想了一下。「林峰大哥，你看這樣如何，若不停產，那麼我們就輪休吧！糖廠有人在就行，可以讓他們輪著休息。畢竟過年的時候家家團圓，大家都是要回家過年的，他們的父母肯定很想他們。」

林峰的語氣一時間有些冷。「不會的。」

榮華有些茫然，下意識地問道：「為什麼？」

林峰開口說：「因為他們沒有父母。」

「什麼？」

林峰臉上斂了笑意，回頭看著榮華，一字一句說：「因為他們都是和我一樣的人，父母兄弟都在戰爭中全部死去，無父無母，在這世間孑然一身。」

榮華一時間愣住，竟不知道該說什麼才好。

林峰輕嘆了口氣。「妹子，我知道妳是體諒他們，為他們好，但是就如妳所說，春節期間，家家戶戶團團圓圓，如果給他們放了假，他們回到家，家裡冷冷清清，面對的只有四面冷牆，那麼還不如在糖廠裡做工，那樣最起碼還有事情做，沒有心思難過。」

「對不起。」榮華輕聲道歉。「是我不了解情況。」

「沒關係，妳是好心，但是我身邊的人情況和別人不一樣，妳別多想。」

林峰又安慰了榮華兩句，才轉身離開。

榮華抿著唇，去找了八娘，和她說了這事。

八娘自然知道這事情，因此聲音都溫柔了很多。「當初我和林峰在戰火中顛沛流離、無依無靠，但是林峰腦子聰明，靠著自己的聰明和頭腦讓我們擁有了現在的財富。但還有很多人，在戰火中失去了家人，他們在這世上，沒有任何親人。比如糖廠裡的工人，比如卞一和卞二，比如刺芽和井鹿，林峰的所有工人幾乎都是這樣的人。這些人沒有家，也沒有親人，他們找事做比旁人更難，所以林峰把更多機會給了他們，還有那些還沒長大就失去了父母的孩子，我們也都照顧了他們。

「井鹿，她為什麼叫井鹿呢？因為她是我從井裡抱出來的。當時她的村子被屠，只有她被父母拴著繩子吊在井裡才逃過一劫。我把她抱上來的時候，她睜著一雙大眼睛瑟瑟發抖，就像一隻人畜無害的小鹿，所以我給她取了這個新名字。

「還有刺芽，她為什麼叫刺芽呢？因為她當時受傷，被刺了一刀，但是她沒有死，因為她母親擋在她面前。那一刀刺穿了她母親的屍體，然後刺傷了她，她母親抱著她，失血過多死了。後來我撿到刺芽，把她從她母親僵掉的屍體裡抱出來，她自己改了名字，叫刺芽。因為鄉下人都知道，刺芽草揉碎了敷在傷口可以止血。」

榮華心神俱震，刺芽平時看上去活潑開朗，井鹿雖然靦覥內向但性格也很好，怎麼也沒想到這兩個姑娘有著如此悲慘的過去。

榮華看著八娘，心神動盪不安，一個字也說不出口。

八娘拉住榮華的手，輕輕嘆氣。「妳知道我為什麼叫八娘嗎？」

榮華茫然搖頭。

「那妳知道我們大多數人的名字，都是自己取的嗎？」

榮華依舊搖頭。

「因為過往的我們早已和家人一起在戰爭中死去，我們都是戰爭的犧牲品，我們的痛楚無人問津，也沒有人想要補償我們失去的家人，就算有人想補償，他們拿什麼補償？我們都是從死人堆裡爬出來的人，所以我們活下來後，會給自己取一個新名字，代表新的開始。我叫八娘，是因為我撿到並養大了八個孩子。」

榮華眼眶發紅，難過到無以復加，喉頭哽咽。她一下子撲進八娘的懷裡，痛哭失聲。

她好難過……

聽八娘以如此隨意的語氣說出這種撕心裂肺的往事，她真的好難過。

八娘說得那麼隨意，好像在說別人的故事，可是那一切明明都是她親身經歷的，當時的她該多痛苦、多悲傷。一想到此，榮華就覺得傷心不已。

想起井鹿漂亮乖巧的笑容，想起刺芽討喜的眉眼，榮華的心都快碎了。

除了八娘，還有林峰，還有卞一和卞二，他們都那麼好、那麼善良，為什麼會經歷這麼悲慘的過去？

還有那些在戰爭中死去的人們，他們又做錯了什麼？

他們是戰爭的犧牲品，他們死在戰爭之中，活著的人甚至連他們的名字都不知道，他們的生命如煙火飄散，無人問津，無人知曉，無人關心，無人在意。

「傻孩子，都過去那麼久了，我現在想起來，都不覺得難過了。」八娘笑了下，摸著榮華的臉，聲音柔軟。「我已經難過到麻木了。真羡慕妳還能哭出來，我眼淚早已哭乾了，一滴淚也哭不出來了。」

八娘安慰地撫摸著榮華的後背和頭髮。

榮華哭了一會兒，抬起頭來，鼻頭發紅，眼睛也哭得紅腫，聲音哽咽地問：「八娘，妳懷念故鄉嗎？」

八娘抬頭看向東方，臉上露出憧憬的模樣，似乎回憶起自己的故鄉，想起自己還是小姑娘的時候，家鄉的模樣。

但是很快她臉上的笑慢慢斂去，一切回歸現實。她已不是小姑娘，她的家鄉早已不復存在，除了在夢裡，她再也沒有回到過故鄉。

八娘沒有直接回答她的問題，反而話說當年。「六國混戰時，你們大煜節節敗退，我們大周連你們的國力都不如，全靠你們撐著，我們才有安身之地。所以你們後來敗退，我們的防線也崩塌了。幸而後來大煜出了位神將，他像是天神降世，解救大煜於水火之中，我們大周在大煜隔壁，因此也沾了光，由他幫著我們收回失地。

「當時我們國力薄弱，那位神將若是想要將我們的失地全部佔有，我們也無力抵抗。可是他沒有，他不僅把所有失地奉還，還幫忙奪回了我們被楚國奪走的失地，因為有他在，我們大周版圖才得以完整。

「所以我當時初見妳，就那麼喜歡妳，一是因為看出妳是大煜人，大煜那位神將曾經幫過我們大周，所以我對大煜人有好感。二是我聽說那位神將的祖籍就在桃源村，後來得知妳就來自桃源村，我對妳好感更多。三是我看妳為了讓村民能夠活下去而忙碌奔波，覺得和我們那時候解救戰火中無家可歸的人們很像，我們都是一樣的人，做的事情本質上也是一樣，所以我格外喜歡妳。」

榮華覺得真的好巧，大煜近些年出過的神將僅有一個，那便是穆良錚。

八娘如此崇拜的神將，竟是她的將軍！

榮華臉上露出笑意，抱著八娘的身體，輕聲道：「以前我總擔心咱們的國家有對打過，現在卻放心了。妳提到的那位神將，確實是我們村子裡的人，我還和妳提起過他。」

八娘驚奇道：「是嗎？妳何時和我提過，我怎麼不記得了？」

榮華舔了舔嘴角，笑道：「妳不記得便算了，我以後再和妳說。」

八娘逗她，榮華卻是怎麼逗也不說的，只好作罷。

哭過又笑過，八娘還和她說了掏心窩的話，榮華感覺和八娘更親近了。

這一次榮華也知道為什麼八娘已經那麼有錢，還要出去擺攤，因為家裡沒人，她也沒事做，所以出去擺攤，做她自己喜歡做的事情。

她確實是個很瀟灑的大姊姊呀！

榮華很佩服她。

八娘喜歡小孩，所以對榮嘉和榮欣特別好，這兩個小孩也都喜歡八娘，平時輔導他們讀書，倒是八娘做得比她這個當姊姊的還多。

又過了兩日，家家戶戶都在準備年貨，榮華家亦然，炸了油條、豆包、肉包、菜包兩大筐，又炸了甜花生、鹹花生各兩盆，以及炸雞、炸魚兩大盆，過年時必不可少的炸蓮藕當然不能忘，還有各色蝦片無數。

這些東西全部做完，榮華花了兩天時間。

年貨都準備好後，也就沒什麼事了。等榮絨來送貨的時候，回程裝了三分之一的年貨，是榮華請託她帶回家給榮耀祖夫婦，省得他們自己做。

榮華又問了榮絨關於家裡的情況，榮絨說：「榮老太太前些日子氣病了，現在好些了，倒是不鬧了，大伯和伯娘也能好好過個年。不過上次的事，也給我和李文人提了個醒，我在村裡集結了一批現在賦閒的壯丁，每天守著咱們作坊，防止有人作亂。這些人平時也多往大伯家走，兩邊都看著。這次的事，大伯和伯娘都沒吃虧。」

榮華點了點頭，忍不住讚嘆道：「絨姊姊，妳真的很聰明，也很細心，什麼事情都想到了。」

榮絨不好意思地笑了下。

榮華想留她吃飯，榮絨說：「現在快過年了，妳之前說了，過年要給大家發紅利，現在特別忙，我怕文人哥一個人太忙了，我也趕緊回去看看。」

榮嘉和榮欣想家了，想回去看看爹娘。

榮華讓他們跟著榮絨一起回桃源村，送三人出門離開。

稍後，榮華去糖廠看了一圈，才回家。

轉眼馬上要過年了，榮華思來想去，她應該回去看看大家，向大家拜個早年。

一大早，她在袁朝買了兩頭豬，然後綁在馬車上，回到桃源村。

村民們聞訊，都興奮極了。

榮華先去拜訪趙大哥家，趙大哥的父母看到榮華，眼睛便紅了。

趙大爹和趙大娘，紅著眼睛看著榮華，哽咽道：「榮華丫頭，榮絨送來的一百兩銀子，我一分沒動，還給妳吧！當時要不是妳，我們一家人早就餓死了，我不能要妳這個錢。」

榮華在心底嘆氣，善良的人哪怕到此時此刻，依舊不改其性，這樣一來，讓她更加痛恨榮珍寶兩人。

「大娘，你們就收下吧！趙大哥這件事，我也特別難過，我根本沒想到會發生這樣的事，是我對不起你們，以後您二老的贍養，就交給我了，我會一直贍養你們，請放心。」兩位頭髮斑白的老人，聽到榮華這麼說，拉著她的手哭了好久。

榮華去趙大哥的墳上燒了紙錢，隨後把豬趕到穀場。

此時家家戶戶大部分人都來了。

榮華趕著這兩頭豬，說：「大家新年快樂！我回來給各位父老鄉親拜個早年，祝大家新的一年，和和美美，五穀豐登！」

「華丫頭，妳也新年好！」

「過年好啊，哈哈！」

喜悅的歡呼聲響了老遠，村民們看見榮華回來，一下子就像是有了主心骨，底氣都足了。

榮華等大家喊完，指著兩頭豬，說：「這是我送給村裡的兩頭豬，無論你們是殺了自己分肉也好，還是熬成大骨湯分了吃也好，或者養著生小豬仔也好，反正這兩頭豬是我送給大家的新年禮物，你們自己決定。」

「好！謝謝華丫頭！」

榮華笑起來，她很喜歡村民間這種純樸的羈絆。

和村民們說完話，榮華也回了作坊一趟。

榮絨已經按照她的吩咐，給作坊的每一個人都準備了新年紅利。

榮華在作坊裡轉了一圈，發現沒有什麼問題，不由得對榮絨和李文人豎起大拇指。

稍晚，榮華回到家。

榮耀祖一看到她，便整個人縮在一旁。

榮華看著雖然覺得難過，但父女兩人無話。

她在家裡住了一天，第二天要走的時候，榮耀祖卻要王氏跟著去。

「妳跟華兒一塊兒，不用管我，你們好好過個年。」

王氏問他一個人打算怎麼過這個年。

榮耀祖卻道：「華兒不是帶回來很多年貨嗎？那都是好東西，我每天吃那個，還能虧待了自己？」

榮華離開的時候，除了榮耀祖，大家一起回千武鎮過年。

從馬車上回頭，看著榮耀祖在村口越來越小的背影，榮嘉說：「姊姊，我們真的讓爹爹一個人在家裡過年嗎？」

榮華還沒說話，王氏說：「哪怕今天華兒不回來，我也是要帶著你們去華兒那裡，這一次我們肯定要陪著華兒過年。」

榮華看著王氏，聲音眷戀。「娘。」

王氏溫柔地笑了一下。

「妳爹爹啊，以前拎不清，做錯了事情，今年留他一個人過年，當作是懲罰吧！只有這一次，真切地讓他感受到有家人的感覺是多麼美好，讓他知道我們所有人真的有可能會離開他，他才會牢牢記住這次教訓，不會再犯。

「我知道華兒已經原諒他了，但是這一次妳付出那麼慘痛的代價，我也付出差點失去華兒的代價，這樣的事情不能再發生了，我沒辦法再承受一次失去妳的痛苦。就讓他一個人過年吧！讓他長長記性！我們不能忘記，這一次我們是冒著差點失去華兒的風險，才讓他明白道理的！」

王氏將榮華攬進懷裡，聲音溫柔。「這一次對我也是個教訓，當初看著妳絕塵而去的時候，我真的以為要失去我的女兒了，幸好一切還有轉機，我們還有機會，所以我們要杜絕任何可能，絕對不允許這樣的事情再次發生。如果不讓他記取教訓，誰知道他以後會不會又變卦了？所以都不用擔心，這一次讓他一個人嘗嘗苦頭，以後我們還會有很多次在一起過年的日子。」

說完，王氏低頭看著榮華，眼神慈祥。「華兒，妳說是不是？」

榮華小雞啄米似地點頭。「嗯嗯，沒錯！」

娘親真的太懂她了，想讓她把心裡的氣發洩出來。

榮華能夠那麼輕易地原諒榮耀祖，是因為她大度，而不是因為榮耀祖的補償作為。

所以這一次王氏自行決定，好好懲罰他。

可能爹爹自己都沒想到，娘親真的會丟下他離開。說到底，還是平時家裡人都太順著他，太愛著他了。

下午，一行人回到千武鎮，眾人便忙開了，做飯的做飯，包餃子的包餃子。

榮華請來林峰和八娘，大家熱熱鬧鬧地過了一個豐收年。

大年三十晚上，大家一起吃年夜飯，菜色非常豐盛，滿滿一大桌。卞一、卞二和井鹿、刺芽也和他們同桌，吃得很開心。

「今天我在餃子裡包了銅板，誰吃到銅板，誰就是新的一年最有福氣的人。」

榮華剛說完，楚行之就大喊：「我要成為最有福氣的人！」

看他一連吃了好幾個餃子，榮華笑道：「慢點吃，別噎著了，萬一吃到銅錢，卻把銅錢吞下去，就可憐了。」她又去提醒榮嘉和榮欣。「你們兩個要小口小口吃，吃到硬東西就吐出來喔！」

「姊姊，我們知道啦！」

最後榮華吃到了兩枚，楚行之吃到了一枚，榮嘉和榮欣也都吃到了一枚。

榮華這才知道，王氏盛餃子的時候，早就把藏有銅錢的餃子分好了。

她看向王氏，輕聲撒嬌。「娘，我分妳一個銅板。」

王氏慈祥地笑著拒絕。「不，娘願意把福氣都給你們。」

榮華心裡覺得很感動，於是把銅板洗乾淨，去找一條細紅繩子，把兩枚銅板串了起來，掛在脖子上。

這是娘親給她的福氣銅板，她要貼身收著。

因楚行之吵著自己也要戴，於是榮華順手幫那三個小孩都把銅板掛好了。

吃過年夜飯，大家都吃得肚兒滾圓，於是一起守歲。

一屋子人熱鬧到深夜，眾人吃著糖果、瓜子、炸的乾果等物，在屋子裡玩遊戲。玩到興起處，穿雲還去院子裡舞劍給眾人看，引得滿堂喝彩。

大家最後玩累了，才回家的回家、回房的回房，沈沈睡去。

大年初一祭神，院中的石桌上供了梅花、清水和新鮮水果，榮華一家子誠心誠意地跪下祈求，今年平平安安、健健康康、和和美美。

這個年過得豐盛而熱鬧，榮華覺得幸福極了。

大年初一市集上很熱鬧，榮華帶著家人，一整天都在外面逛。

晚上的時候又吃了豐盛的一餐，家人們圍爐一起過年。

這不就是前世她夢寐以求的事情嗎？

看著娘親和弟弟、妹妹的臉，榮華只覺得夢幻，興起時還喝了兩口林峰的酒，沒想到很快就醉了。

榮華覺得身上燥熱得慌，起身坐在門口吹風醒酒，天上有雪花飄下來，簡直太美了。這樣幸福美滿的家庭，這樣浪漫的夜景，滿足了她所有的期待。

新的一年開始了，忘記所有不愉快的事情吧！

榮華，向前看呀！

新的一年，她向著天空許了三個願望：第一個願望，家人平安健康；第二個願望，生意繼續發展；第三個願望，將軍平安如意。

她閉著眼睛誠心許下這三個願望，然後睜開眼睛後，忍不住樂了。

榮欣在屋裡喊她，榮華又回到屋裡。

當天晚上，暈暈乎乎的榮華睡著之後，作了一個夢，夢裡有個神明告訴她：妳許的願，神都聽到了，妳的願望會實現的。

榮華還夢到了穆良錚，夢到他衣錦還鄉，沒受半點傷，她在夢裡滿足極了。

接下來的日子，每天都差不多。時間緩慢流逝，過了正月十五，王氏才帶著三個小孩回家。

榮華簡直不敢想像爹爹一個人在家過年，現在會是什麼樣子。

不過此時此刻，榮華是真的原諒他了，真心的。

出了十五，這個年就過了，榮絨送貨的時候拿了帳本過來。

榮華用了兩天時間，對好帳本。

帳本沒什麼錯漏，她算了一下自己去年一整年的收益，覺得很不錯。

去年十月、十一月、十二月作坊交給她的收益，總共九千兩。

年底結算，李文人把帳上的整數金額取出來交給她，竟然有六千兩！

榮華太開心了，她都沒動帳上的錢，沒想到竟然有多達兩個月的盈利。

去年，扣除掉給林峰的一千八百兩，千武鎮糖廠的收益有八千兩。

現今全部的獲利，再加上之前存放在錢莊的五萬四千兩，一共是七萬七千兩。

榮華拿出一千兩，把剩下的錢全部存入錢莊，然後抽空回桃源村一趟，把帳本還給李文人，並將這一千兩銀票交給榮耀祖。

這是給李縣令今年第一季度的保護費。

過完年，榮華也開始籌備擴大規模的事情。去年編織品作坊一直穩紮穩打地發展，經過近一年的觀察，已經可以邁入下一階段。

林峰這邊，對編織品一直是處於供不應求的狀態，但是榮華去年不想一開始就這麼張揚，所以一直維持現狀。

新年新氣象嘛，而且林峰那邊對編織品的需求非常大，榮華決定將編織品作坊規模擴大一倍。

原本榮華是不打算變更糖廠的規模，畢竟糖廠剛建成兩個月，擴大生產也不急在這一時。

但是榮華不急，林峰很急。

林峰一聽說榮華要擴大編織品作坊的規模，當下提議，乾脆連糖廠也一起擴大。他對於糖果的需求比編織品還要大。

榮華覺得他說得有道理，便在糖廠旁邊又買了一塊地，另建了一個規模一樣的糖廠。林峰盯著糖廠的建設，榮華回到桃源村盯著編織品作坊的擴建。

她一邊擴建，一邊招手藝人，榮華優先請的是桃源村的人，但是桃源村馬上要春耕了，賦閒的人也不多。

榮華有心去隔壁村子請人，但是轉念想了想，與其去隔壁村請人，對方來到桃源村後，發現桃源村種植的秘密，倒不如直接把作坊建到別的村子！

何況桃源村內的作坊就算想擴建，目前為止人手也不夠，沒辦法一次性翻幾倍規模。供應竹條的朱大娘家位在隔壁的桃花村，而且李文人還和他們有親戚關係，這不就是現成的地方嗎？

說做就做！

榮華立馬去找了榮絨和李文人，和他們商量自己的想法。

「文人哥，我是這樣想，咱們桃源村的編織品作坊，看看村裡有多少賦閒的人，就請多少人，儘量擴大規模。我現在還想在桃花村開另一家編織品作坊，朱大娘和你家是親戚，所以我想著，他們可能會幫上忙，回頭我們一起去朱大娘家，問問情況，實地考察一番，看合不合適，如果可以，就盡快定下來。」

李文人自然說好。他們作坊生意好，不愁渠道也不怕貨物賣不出去，而且擴大規模也簡單，作坊棚子搭大一點，人請多一點，便可以了。

榮華道：「絨姊姊、文人哥，如果再開一個作坊，你們就更忙了，你們手底下若有覺得合適的人，也可以提拔一下，幫著你們做點事。還有這兩個夥計，叫卞一和卞二，他們兩個都很能幹，我現在分派給你們，你們一人一個，有什麼事也能幫上你們。」

李文人和榮絨都應了好。

一行人去桃花村實地考察，有朱大娘幫忙介紹和牽線，很快就買下場地了。

桃花村人口少，整個村子只有幾百人。主要是餓死了一批人，出去外面找活路又走了一批人，還有的是去鎮上、城裡做工，平時也不回來。

桃花村是去年沒繳上糧稅的村落，整個村子士氣很低落，也非常窮。

榮華要來這裡建作坊，朱大娘第一個高興。

因為建作坊就需要請工人，有錢就有活路！

他們每天看著村子裡死氣沈沈，也是非常揪心啊！

多虧了榮華，他們的竹條生意才會蒸蒸日上。

桃源村那一個作坊，已經養活十來家賣竹條的生意人，現在又要開作坊，他們自然開心。

榮華也和朱大娘等人談好合作條件。

「我在桃花村建作坊沒問題，但是不能讓別人知道這個作坊是我的，也不能讓別人知道這個作坊和桃源村有關係。我不希望桃源村太被人關注。而且這個作坊，依舊是文人哥和絨姊姊管理，現在建在桃花村，離你們家近，竹條供應就方便多了。但是現在生意做大了，每天忙碌的事情也多。朱大娘，妳不僅要幫我們在村裡挑選工人，也要找一批賦閒的小夥子，專門負責作坊的安全運轉，平時可以卸貨、裝貨。」

朱大娘滿口答應下來。

在桃花村選好址後，就要開始建作坊，這個不像糖廠那般繁複，所以建造起來很簡單。朱大娘選的工人都是人品好和手腳乾淨的，榮絨和李文人都一一審查過，他們看上去都機靈又能幹。

作坊建好，工人選好，竹條到位，這作坊便可以開始營運。

榮華依舊按照流水線模式營運工廠，李文人和榮絨都有了經驗，每個工序都從老作坊裡拉了兩個工人來，一對一教導。

桃花村的人都會做竹製編織品，老廠的人來教他們，只是教他們做哪道工序，做到哪裡停，大家也聰明，很快就上手了，都熟練掌握且適應作坊的模式。

桃花村裡沒有經濟來源，這些工人們平時吃不飽，現在也都精神不濟，榮華一看這狀態，便決定增加一項福利，那就是包辦所有工人一天兩餐。

光這項福利，工人們激動不已，尤其看到大米飯，菜裡還有肉，一個個熱血沸騰，恨不得不要工錢。

為了吃這兩頓飯，每個人做工的時候都很努力，榮華每次進去巡視，都沒有一個人偷懶。

這兩頓飯對別人來說，只是普通的飯菜，對他們來說，卻是能讓他們活下去的東西。那是命，所以哪有不努力的。

李文人很忙，每天都在算帳，兩村來回跑。榮絨也忙，每天都在調配人手。

卞一和卞二是很精幹的小夥子，他們跟著林峰長大，每天耳濡目染，對於輔助李文人和榮絨維持好兩個作坊，能夠幫上很大的忙。

兩個作坊雖然忙碌，但一切井然有序。

第三十三章 步上軌道

在這樣忙碌了一陣子之後，兩個作坊都有序地營運起來。

榮華也考慮到現在的情況，周邊村鎮吃不上飯的人越來越多，她擔心送貨的時候會遇到危險，所以每次送貨的時候，不能只有榮絨和作坊裡的幾個夥計。所以榮華從桃源村裡集結了一批壯碩的小夥子，並雇別人種他們的地，給他們工錢，每次送貨時跟著壓車。

因為編織品的出貨地是袁朝，對大煜來說是很敏感的地方，她不敢雇用外村人，所以她聘請趙大壯和他的兄弟們。

由於榮華和他們相熟，也有交情，對方很樂意做。

新作坊第一次送貨的時候，榮華不放心，還跟著去了。後來同行送了幾趟貨後，她發現一切都步入正軌，才放下心來。

現在這兩個作坊，平時都有夥計看著，出貨的時候幫忙裝貨、卸貨，不出貨的時候負責作坊安全。

至於李文人和榮絨，榮華特別問過他們，會不會覺得吃不消。如果兩個作坊都交給他們打理，他們覺得吃不消，她可以另雇夥計管理新作坊，但是李文人和榮絨都說沒問題。

榮華這半個月來一直和他們在一塊兒，這兩個人雖然每天很忙，要做的事情很多，但還能掌握住局面，她很滿意。

卞一和卞二跟著林峰走南闖北，看得多了，有時候生意上的事，比榮絨他們還要懂，也幫了不少忙。

榮絨兩人遇到問題時經常請教他們，卞一和卞二也會把林峰的觀點告訴他們。

榮絨和李文人透過幾次交流，反而學到不少東西。

榮華看在眼裡覺得很是欣慰，李文人和榮絨算是她手下的第一批管事，榮華自然希望他們能遇強則強、一直成長，將來能幫她挑起更重的擔子，而不是止步於一個作坊。

目前看來，他們還是有成長空間，把卞一和卞二給李文人他們，榮華覺得是很正確的決定。他們相互輔助，共同進步，非常好。

起初，八娘剛把卞一和卞二送給榮華的時候，榮華還以為八娘打發他們來，只是做鞍前馬後的小廝。

後來榮華和他們聊天的時候，仔細問了，才知道他們本就是林峰的得力夥計，是林峰點名把他們送過來的。

榮華當時就明白了，這是林峰看她手底下沒人，所以送了兩個得力的夥計給她。

林峰把好夥計送過來，榮華自然不能浪費，當時就想要發揮他們的價值。

結果這兩個夥計現在真幫上忙了！

李文人和榮絨自己也提拔了兩個小管事，這兩個小管事平時負責維持兩個作坊裡的秩序，幫著他們打理一些事情。

榮華按照前世工廠的管理制度安排職位，各工序都有副組長，副組長上面有組長，組長上面有主任，主任上面有廠長，一級管一級，錯不了。

要是被袁朝的其他生意人看到，可能還覺得這些稱呼稀奇呢！

但是作坊大了，就需要這樣階級嚴明。

李文人和榮絨運籌帷幄，所有的進出貨都由他們負責，帳上資金和帳本也是共同管理，在下一和卞二的輔助下，一切井然有序，很是不錯。

能者多勞，既然李文人和榮絨現在管理兩個作坊，榮華也替他們加薪，工錢提高一倍。

李文人和榮絨都很感謝她。

這廂作坊搞定了，千武鎮傳來消息，糖廠已經建好了。

榮華從桃源村去千武鎮，開始忙碌新糖廠的起步工作。

榮華必須盯著新糖廠，每一步工序都務必做到最好，所以在糖廠一盯就是半個月，最後兩個糖廠月中一起出貨的時候，產量是一樣的。

到了二月底，榮華算了一下現在規模擴大後，每個月的盈利。

新作坊是一月下旬開始運營，盈利有二千兩銀子，全部抵消了糖廠和作坊擴建的成本，不計算在內。

盈利從二月分開始算。

扣除所有成本，老作坊擴建後，二月分的純盈利從一個月三千兩，漲到了五千多兩。

新作坊建成後，工人是老作坊的一倍，而出貨量也是老作坊的一倍有餘，所以二月分的盈利，一個月有一萬兩左右。

舊糖廠一個月盈利穩定在四千八百多兩，新糖廠也是如此，與其持平。

榮華規定兩個糖廠每個月交給她一萬兩銀子，其餘的留在帳上，維持日常開銷，然後年底總結算一次。

舊作坊每月交給她五千兩，新作坊每個月交給她一萬兩，其餘多的留在帳上，同樣年底總結算一次。

這樣算來，新的一年，除去一月分，從二月開始，每個月盈利將近兩萬五千兩。

這個數字委實壯觀！榮華現在要做的，就是維持這個利潤。

只要維持得好，這樣今年的收益，會比去年翻好幾倍。

榮華知道糖廠的盈利，因為袁朝皇室對糖果的需求，所以整個袁朝都是嗜甜如命。

而榮華的水果硬糖是獨家販售，除了她之外，其他地方都沒有。

因需求量大，又有技術壟斷，只要她願意，開十間糖廠，可能都供不上袁朝的需求，想想都知道賺死了。

但是榮華在短時間內，不打算繼續擴大糖廠的規模。

就是要稀奇、量少，不能輕易得到，讓人欲罷不能，一直垂涎。

如果一股腦兒供貨太多，雖然短時間內可能會賺很多錢，但是從長遠來看，市場上出貨量多了，就顯得不稀奇了。

要維持住糖果本身的稀有、獨特、奢侈性，才能保證袁朝皇室，一直對這款糖果愛不釋手。

畢竟不能輕易買到，才能一直維持糖果的高價。就像前世的奢侈品，限量款總是有人瘋搶。

榮華就要把糖果打造成袁朝限量版的輕奢產品。

這個價格對於皇室來說不算貴，所以榮華將它定義為輕奢產品。

而編織品作坊能賺這麼多錢，最大的原因是袁朝有需求，但是大煜不供應，所以袁朝編織品的單價比大煜高很多。

如果有一天，大煜選擇向袁朝供應編織品，以物換物或者單純出口，那麼榮華的這個編織品收益可能會大幅度縮水。

因為如果大煜大幅度供應，就會減少需求量，而需求量減少，價格勢必會下跌。

榮華不知道未來大煜會不會這麼做，但是以商人的角度來看待問題，既然已經有了這個擔憂，那麼當然要在大煜還沒這麼做的時候，多利用編織品來賺錢。

現在兩個作坊每月有一萬五千兩的盈利，這是建立在龐大出貨量的情況下。

作坊裡的工人突破五百人，每月出產各種類型、大大小小的編織品，將近二十萬件。

每位工人平均每個月，做了四百個大小不一的編織品。

按正常一個人做的速度，做起來是有點難，但榮華有優化過工序，做起來就簡單多了。

再說，榮華一直都有去其他村落收購，尤其會專門去收購那些老人的編織品。

榮華幫不了所有人，只能盡自己所能，幫一幫那些最需要幫助的人。

一邊在其他村落收購，一邊自己作坊加工，三天出一次貨，每天都忙得腳不沾地，才有這個利潤。

這是每個人努力的結果。

上天總會回報努力的人。

那個才十三歲就一個人揣著剪刀、趕夜路送貨的小姑娘，現在實現了自己的第一個目標呢！

兩個糖廠和兩個作坊都穩定了之後，榮華也空閒下來。

她經常在桃源村住一段時間，再去千武鎮住一段時間，兩邊都盯著，經常去巡視。

後來和李文人聊天，聽他說，現在桃花村的村民，對榮華十分感恩。

桃花村的人口本就不多，基本上大半村民都在榮華的作坊裡。原本幾乎要活不下去的村子，因為榮華的作坊又萌發生機。

有人提供飯菜，每個月還給他們工錢，這是村民以前作夢都不敢想的事情，現在卻是每天的日常。

對於他們來說，榮華的作坊救了大家的命，所以榮華說什麼就是什麼，他們也擔心這來之不易的幸福破滅了，所以從不出去亂說，一個字也不向外人提起。

這是榮華很希望看到的局面。

時間緩緩流逝，天氣漸暖，但乍暖還寒，春寒最冷。

柳樹發了新芽，野菜生機勃勃，桃花開得肆意，春天在無數人的盼望中，終於來了。

萬物復甦，大地一片生機，每一天都是好日子，野貓開始叫春，動物們都開始交配，而村裡未婚的少男少女們，不經意看著對方，都紅了臉頰。

榮華閒的時候看書練字，或者跟著林峰去別的城池長長見識。她不愛管閒事，只操心自己的一畝三分地，低調地在千武鎮和桃源村活動，真的是悶聲發大財。

時間流淌，忽聞驚雷陣陣，伴隨著陣陣雷鳴，夏天在不知不覺中到來。

天氣一熱，榮華每天運動都出了一身汗，她感覺自己的身體在一次一次的運動中越來越好，受涼、感冒這種小病已經很少發生。

有時候回桃源村，榮華看著村裡那黃澄澄的一片農作物，都覺得欣慰。

夏天到來，秋天就不遠了，農作物都快成熟啦！

每次回村，經常能看到哪一家的門上又貼了喜字，那些嬌俏的姑娘們，終是嫁給了自己的如意少年郎。

今年的八月十五，家人和村人們熱熱鬧鬧地慶賀一整天，榮華在熱鬧中過了十五歲生辰。

晚上的時候，榮華帶著家裡三個小孩在村裡賞月，她記得去年這個時候，穆良錚特地趕回來送她生日禮物。

今年的生日，沒有將軍，沒有他的禮物。

榮華甚至不知道他身處何方，人是否安康？

抬頭看向頭頂那輪圓月時，榮華不由得嘆氣，只覺得心底有些惆悵。

跟在她身後的三個小跟屁蟲，聽到榮華的嘆氣聲，齊齊問道：「姊姊嘆什麼氣？」

榮華回頭去看。楚行之的個子長高很多，臉上的嬰兒肥雖然還沒有褪去，但是眉眼卻明朗了些，看上去頗有風流倜儻的感覺。

榮嘉和榮欣也都過了生日，齊齊長了一歲。

榮嘉過了九歲生日，此時個子長高了，人也白了不少，黑棋似的星眸很明亮，頭腦也聰明。王夫子說他是個讀書的好料子，穿雲說他在武術上有天賦。

榮華一合計，得了，那就文武兼修吧！

榮欣已經六歲了，像個粉妝玉琢的小團子，很可愛的小娃娃。榮華有心培養她，請人在千武鎮教她彈琴、作畫，不過不強求，小傢伙高興時就學，不高興了十天半個月也不碰一下，開心最重要。

彈琴作畫的師傅，到頭來竟是教榮華最多，她想想都覺得搞笑。

榮華想著自己的事情，卻聽楚行之也嘆了口氣，似乎有心事。

「果然是我家少年初長成，連小孩你都有心事了。」

楚行之白天的時候很高興，鬧了一整天，此時卻覺得心底難過。他勉強笑了下，神色又暗淡下來。「我聽村裡的伯伯說，中秋節是家人團聚的節日，我出來這麼久，也不知道家裡人有沒有想我。」

榮華聽他想家，當下肯定地點頭。「他們肯定想你快想瘋了。」

「姊姊妳說，我是不是很不孝？在家裡鬧得人仰馬翻，然後自己跑了，他們是否對我很失望？可能早就沒有找我了吧？」

榮華拍了拍他的肩膀，安慰地道：「不會的，他們肯定一直在擔心你，如果你想家了，就回去看看。」

楚行之皺著眉，認真想了一會兒，然後搖了搖頭。

「不了，我回去了就走不了了，雖然很想他們，但我還是不想回去。」

場面一時間有些低迷，就連小小的榮欣都捧著臉嘆了口氣。

榮華笑了起來，這件事就這麼在淡淡的惆悵中過去了。

過了中秋，農作物一波一波成熟了，榮華依舊和去年一樣，先把村民的農作物買下來，又賣給楚國商人。

今年村民們都有了經驗，收成比去年還好，這次的農作物總共賣了六萬兩，榮華這次讓了很大的利給村民們。

去年賣完農作物，桃源村每戶人家，差不多有六十多兩銀子。

但是今年農作物賣完後，桃源村每戶人家，有將近一百三十兩銀子！

一百三十多兩，這對村民們來說，是一筆很大的金額。

這都是他們靠自己雙手努力後得來的成果！

今年他們翻倍的收益，很大程度上取決於榮華故意讓利。

可能很多人會覺得，榮華今年在田地種植上，一分力都沒出，卻依舊賺到錢，是不是有點黑心。

先不說其他的，就以商人角度來說，農作物能夠賣出去，甚至賣了這麼高的價格，全靠榮華的商人通路。否則這些農作物在大煜沒有通路，村民們是賣不出去的。

做生意就是這樣，我給了高價，買了你的農作物，但是我手裡有其他通路，以更高的價格賣了出去，這不代表我佔你便宜。

榮華給村民的價格，已經是行情裡的高價，只不過她有更好的管道賺差價。

大家互惠共贏罷了。

村裡人都很感激榮華，拿到錢後，成親的人一波接著一波，還有人連大胖小子都生了。

榮華感覺自己每天都在喝喜酒，村民的日子真是越來越紅紅火火。

豐收的喜悅過去後，北風漸起，秋去冬來，冬天的腳步近了。

榮華有時候跟著八娘去赴宴，有時候跟著林峰看他談生意，她這一年沈澱了很多，也長進不少。

天氣越來越冷，榮華起床時，忽然看到院子裡一片潔白，才意識到現在已經十二月了。糖廠和作坊擴建的日子在年初一月分，對榮華來說似乎還是昨天，可是現在已經年尾，馬上要過年了。

這一年對榮華來講，是積累和學習的一年。她越發沈澱，胸有成竹，鋒芒卻不外露，她相信只有厚積薄發，才有可能走向更遠的未來。

榮華喜歡下雪，所以一下雪，她就覺得高興。

起床後，她帶著弟弟、妹妹堆了一會兒雪人，便覺得冷得不行，縮著脖子、跺著腳跑回屋。

榮耀祖見了，默默去燒了兩個炭盆，放在堂屋裡，又在炭盆裡煨了些紅薯、花生。

榮華帶著小孩們烤火，瞧見穿雲還在院裡練劍，不由得喊道：「穿雲，妳不冷啊？」

穿雲默默搖頭，練劍練到興起時，甚至還脫去保暖的外衣。

怕冷的榮華只能默默看著，她可不敢。

一旁烤火的榮嘉看見穿雲師傅依舊在練劍，他咬牙撿起自己的木劍，掀開門簾子走出去。

他小小年紀卻一臉正經地跟在穿雲身後舞劍，學了一年多，舞劍已經有模有樣。

王氏有些心疼，口中輕聲道：「他還小，哪受得了這個苦啊？別凍壞了。」

榮耀祖勸她。「嘉兒自己願意，他有這個魄力，我倒覺得很好，不怕吃苦不怕難，說不定以後會和那個穆家小四一樣，做個將軍呢！」

「做將軍有什麼好的，那穆家小四不就死了嗎？」王氏皺著眉，一想到萬一榮嘉以後要是真做了將軍，戰場上刀劍無眼，她就心疼壞了。「我只希望這幾個孩子平平安安的，不求大富大貴，一生順遂平安如意就行了。」

提起穆良錚，榮耀祖也傷心。

榮華只好打著哈哈轉移話題。

王氏說起了榮淺，口中欣慰。「榮淺那丫頭，長得漂亮，人也乖，村裡來說親的人快把門檻都踏破了，我見那丫頭一個也沒點頭，不知是怎麼個意思。」

「不用急，榮絨那丫頭不還沒成親嗎？咱們榮家這幾個孩子，榮絨是最大的，要成親也是她先成親。」

「耀祖，我說的不是這個意思，我的意思是，榮淺心裡不會有人了吧？只是我們不知道而已。」

聽王氏說起這個，榮華心裡不知怎的，想起榮淺曾經對著廖長歌一步三回頭的樣子。

不會吧？

難道淺姊姊真的看上廖長歌？

如果真的是這樣，那也就不難理解為什麼她拒絕了那麼多的求親者。

廖長歌多麼風流倜儻、英姿勃發，家世好，樣貌好，哪個小姑娘不心動？

她見過了風流倜儻的廖長歌，自然看不上其他人。

只是這樣一來，倒是非常難辦了呢……

榮華兩手捧著臉，心中默默替自己這個姊姊苦惱了一會兒。

榮淺太怕她娘了，她從小被打到大，被打怕了。

無論榮華怎麼說，她都不敢反對三嬸，這樣的姑娘，廖家恐怕是看不上。

就算廖家不在乎門第身分，但是妳嫁過去就是當家主母，自然要有主母的氣派，榮淺太膽小懦弱了。

榮絨也經常被二嬸打罵，可她就敢反抗，甚至還會想辦法為自己和妹妹謀取出路和未來。

就像她現在管理兩個作坊，不就是她自己爭取來的嗎？

現在二嬸可不敢打榮絨了，榮家二房現在指望著她呢！

榮絨現在每個月賺來的工錢加上獎金，快一百兩銀子，每年賺一千多兩，這麼能幹的姑娘，以後只要不想著嫁進高門大戶，什麼人家都搶著要。

而且她多幹練啊，管理得了好幾百人，還怕管不了十幾個人的宅子嗎？

但是這麼能幹的絨姊姊，求親者卻不多，大概是她長得不是特別漂亮吧？

這看臉的現實啊……無論在哪裡都一樣。

榮耀祖之前對外放話，說榮華要為穆良錚守孝三年，三年內不許媒人登門，所以榮華倒是每天清靜，免受打擾。

「絨姊姊，淺姊姊，妳們來啦！」

是榮嘉在院裡脆生生的喊話聲。

榮華掀起門簾，朝她們喊道：「兩位姊姊，快進來。」

榮淺現在出落得越發漂亮，身段柔弱，膚色白皙，長得我見猶憐，連榮華見了都忍不住心疼她，真的是好看極了。

榮絨和榮淺一起走來，襯得榮絨更加普通。

其實榮絨長得不醜，只是沒那麼漂亮，但和漂亮的榮淺站在一起，真的顯得黯然無光。

兩個人一道走進來，榮華讓她們坐下，笑道：「剛煨了紅薯和花生，妳們來得巧，現在正好可以吃。」

姊妹三人說說笑笑，吃著烤紅薯和烤花生，很是愜意。

正笑鬧著，榮華聽到院外響起了一道哭腔。

「淺姊姊，娘讓我來叫妳回去。」

稚嫩童聲沙啞，不知哭了多久，才哭成這個樣子。
幾人急忙走出去，是榮淺的四妹，小小年紀，臉上被打了幾道紅印子，都是巴掌印。此時她站在雪地裡，臉上都是淚水，手上都是凍瘡。
榮淺心疼，急忙走過去輕聲哄道：「乖，不哭了啊，娘為什麼打妳？」
「她叫我洗衣服，可是我手好冷，凍瘡也破了，我手好疼，就洗得慢了一點，她就打我了。她還問我妳去哪裡了，我如實說了，她很生氣，讓我叫妳回去。」
榮華眼尖地發現，榮淺聽到「她很生氣」那一句時，身體抖了一下。
榮淺拉著自家四妹，站起身，抱歉地看著榮華。「華兒，我先回去了。」
「淺姊姊，沒事吧？要不我陪妳一起回去？」
榮淺苦澀的搖頭，拒絕了榮華的提議，她輕輕笑了下，拉著那個滿手凍瘡的小女孩，從雪地裡走了出去。
榮華看著心疼不已。「淺姊姊這麼好，她娘為什麼這麼對她啊？」
王氏也心疼榮淺這個孩子，嘆氣道：「以榮淺的心性，怕是在她娘手裡翻不了天，只盼著她以後能嫁個如意郎君，能過上好日子。」
「所有好日子，都必須要靠自己爭取，就算老天爺把好日子送到你面前，也要你自己伸手接住不是，如果一步也不敢爭取……」榮華輕輕搖頭，一聲嘆息，挽著榮絨和王氏的手。
「絨姊姊，娘，外面冷，我們回去吧！」

坐在炭盆邊烤火，榮華看著窗外的院裡雪景，想到那些吃不上飯的人。
天一下雪，那些村民的日子更難過了……
一想到這裡，榮華覺得自己應該做些什麼，於是她和家裡人商量。
「等到雪融化了，我們就去建個粥廠，給那些吃不上飯的可憐人弄點吃的。」
榮耀祖立馬表示同意。
王氏也覺得很好。
榮華轉頭對榮絨說道：「絨姊姊，妳回頭去帳上取一千兩，記我名上。」
「好，妳什麼時候要？」
榮華本想等過兩天雪融化了再說，但現在剛下完雪，正是冷的時候，不知道多少人熬不過這場雪，在雪中默默死去。
「就現在吧！妳去取錢，然後我命人去買米，到時候以我爹爹的名義，煮了粥分給附近的幾個村子，先把這幾天撐過去再說。」
榮絨說好，轉身離開了屋子。
榮華站起身，打算出門一趟。
榮耀祖問她。「華兒，妳為什麼要以我的名義做粥廠啊？」
榮華撩了撩頭髮，隨意道：「因為爹爹是村長，說起來也是個小官，以你的名義做粥廠，你名聲好了，說不定上頭賞識你，給你升一級。」

榮耀祖兩隻手攏在袖子裡，聽她這麼說，只覺得心裡暖暖的。他看榮華要出門，忍不住道：「華兒，現在外面雪剛停，正是冷的時候呢，妳別出去了，過幾天再說吧！」

榮華將手放在嘴邊哈了口氣，又使勁搓了搓手，搖頭道：「我不冷。」

她走出門，背影堅決，脊背筆直。

榮耀祖看著榮華在雪中的背影，只覺得鼻頭發酸，忍不住對王氏說：「咱們華兒太有出息了。」

王氏滿臉欣慰。

在榮華的安排下，幾個粥廠很快就在周邊村子裡開辦起來，每人可以領一大碗濃稠滾燙的粥，配上一顆夾菜的大饅頭。

粥廠中午和傍晚開放，一天提供兩頓飯。

按榮華的意思，現在十二月，如果可以，就一直把粥廠開到過完年，熬過這個冬天。

冬天大雪覆蓋，這些村民們是真找不到東西吃，太可憐了。

榮華都不敢去粥廠那邊看，害怕看到那些苦難的景象，自己會忍不住難過。

榮耀祖負責管理粥廠，他每天也忙起來，都要去巡視每個粥廠，看看有沒有人偷工減料，有沒有人領不到。

日子每天過著，粥廠開了十來天，風雨無阻，每天都準時開放。

那些可能會在這個冬天默默死去的人，因為榮華的粥廠，又有了活下去的希望。

榮華合計著兩個作坊這個月的收益已經達標，準備抽空和李文人、榮絨商量，看看是不是可以準備放假。

最近雪融化得差不多了，北風又起，冷得厲害。

榮華怕冷，都不怎麼出門，她賴在炭盆前，對王氏說：「娘，我們不如去千武鎮過年，那邊房子有地龍，暖和呀！」

王氏想了下，又搖了搖頭。「妳爹爹肯定是去不了，他現在每天的心思都在粥廠上，一天不盯著，他就不踏實。」

榮耀祖一心想幹出一番成績，雖然能力不太行，但是在榮華的引導和帶動下，他已經帶著桃源村的村民們做了不少事。

現在榮華把粥廠交給他，他很是用心。

榮華伸手烤火，淡聲道：「那就算了。」

日子有條不紊地過著，一眨眼到了臘月二十三小年這天。

榮華開始和李文人、榮絨一起看帳簿，對帳，算自己這一年的總盈利。

除去一月分的擴廠成本，自二月開始，糖廠和作坊每個月盈利兩萬五千兩，共得二十七萬五千兩。再加上農作物的獲利是四萬兩，這一年的總盈利是三十一萬五千兩。

減去交給李縣令四個季度的保護費四千兩，她今年賺了三十多萬兩銀子，比去年翻了三倍以上！

兩個作坊和兩個糖廠帳上留存的錢，都用作成本和開銷，此時帳上的錢加在一起，尚有一萬多兩。

榮華自己算著帳本，都有種不真切的感覺。

這樣算一算，年收入還是很駭人！

不得不說，走私商真的是太賺錢了。

對好帳本後，榮華認真思考了很久，取出了四萬兩銀票，其餘全存入錢莊。

她兩年行商的收入，賺了三十八萬兩多，這是一個很誇張的數字。

榮華對於自己賺到的每一分錢，都拿得心安理得，這些都是她的辛苦錢。但是她在賺到錢的同時，也會想為那些可憐的貧民們出一分力。

俗話說：「德不配位，必有災殃。」榮華覺得財不配位，也有災殃，所以她賺到錢，很願意拿出一部分，幫助別人。

拿著四萬兩銀票，榮華自己留下四千兩自用，然後把剩下的三萬六千兩全部交給榮耀祖，輕聲說：「爹爹，我已經算好帳了，這些錢是我拿出來給你辦粥廠用的。」

以後每年，她都會拿出當年總收入近十分之一，用於救濟貧民。這樣幫助別人，她賺錢的時候會更開心。

榮耀祖數了數銀票，一邊數一邊腿抖，說話聲音都哆嗦起來。「華兒啊，這、這麼、這麼多錢，我、我……拿著人都慌了，妳爹爹我這輩子，都沒有見過……這、這、這麼多錢。」

榮耀祖緊張地吞口水，握著銀票的手都在抖。

榮華搖了搖頭，忍不住笑他。「爹爹，你看我做生意有兩年了，怎麼現在看到錢還是這麼慌？你好好收著這筆錢，然後安排一下，這是你新的一年，一整年辦粥廠的費用，你一定要好好利用這筆錢，幫助到更多的人。」

榮耀祖「嗯嗯」點著頭，看著竟然還有點可愛。

他一向不過問榮華的生意，也不過問榮華的收入，此時愣怔許久，才慢慢反應過來。

「華兒，這是妳作坊一年的收入嗎？不對！華兒，妳的這個作坊，一年能賺這麼些錢？太嚇人了，太嚇人了，行商也太嚇人了，我讀書讀一輩子，也見不到這麼多錢……華兒，要不妳還是把錢拿回去吧！我這輩子拿過最多的錢，還是妳讓我送給李縣令的一千兩銀票，我何時經手過這上萬兩的銀票啊！華兒，爹心慌啊！」

榮華這次是真的忍不住笑了。

她捂著肚子笑了半天，搖頭道：「爹爹，我不得不承認，有時候你真的挺可愛的。」

看著榮耀祖縮著肩膀的樣子，榮華真的笑了很久，笑過之後，才認真說：「爹爹，你放心好了，你粥廠不是辦得很好嗎？粥廠的所有事情，你都親力親為，做得很好，所以這筆錢你就安心拿著。你要是把錢放家裡心慌，你也和我一樣，把錢存入錢莊，然後每個月取用。

「爹爹，你是個一心為民的人，你心裡也有抱負，所以我把粥廠交給你負責。你現在積累一點好名聲，積攢些聲望、名望，日後指不定真的可以升官。爹爹，你可以的，加油！」

榮華朝他揮了揮拳頭打氣。

榮耀祖都快哭出來了。他覺得自己的女兒太爭氣了，會賺錢，心地又善良，願意拿出這麼多錢來救濟貧民，而且還那麼孝順，現在就在為他鋪以後的路。

這世上都是當爹的為女兒鋪路，哪有女兒替父親鋪路的。

他什麼都沒有為華兒做過，結果華兒還對他那麼好。

華兒真是太好了！

榮耀祖抱著銀票，淚眼婆娑地進了房間，撲到王氏懷裡哭出聲來。「華兒真的太有出息了，我何德何能，有這個好女兒。我以前做了那麼多對不起她的事，我何德何能，能讓華兒這麼為我謀劃……」

王氏安慰地抱著榮耀祖，臉上滿是欣慰。「你們說的話，我都聽見了。華兒是一個心地善良的好孩子，如果她真的想讓你當官，這些錢足夠在筠州城買一個好官了。但是她沒有，這說明她的初衷是救濟貧民，在救濟貧民的基礎上，能讓你有好名聲。所以耀祖，你一定要好好做，不要辜負華兒對你的指望。」

榮耀祖感動到一直點頭。他怎麼也想不到，有朝一日，他會被自己的女兒感動到淚崩。

第三十四章 想吃天鵝肉

榮華現在錢莊內將近快三十五萬兩，身上有錢就是有底氣，感覺非常好。

她將一切都安排好了，現下什麼也不用管，準備接下來和家人們一起開開心心地過一個年。

可惜天不從人願，李縣令派人傳話，說是請她一敘。

榮耀祖皺著眉，看著孫正。「差役大人，你沒有說錯嗎？李縣令請的是我的女兒，不是我？」

「榮村長，小的沒說錯，李縣令確實請的就是你家大姑娘。」

「他為什麼要請我華兒一敘？我華兒和他有什麼好敘的？」榮耀祖的臉色十分難看。

榮華垂手站在一旁，輕輕蹙眉。除了第一次見過李縣令外，這一年多她都從未再見過他。只是不知今日，為何對方又突然要見她？

孫正看著榮華，眼中有抹隱憂，但還是說：「姑娘，李縣令說了，今日妳必須得去。」

榮華看向孫正。「我隨你去。」

孫正恭敬地應了聲。

看王氏很是擔心，榮華勸慰了幾句，道：「娘，有穿雲陪著我，沒關係的。」

榮耀祖想跟著，榮華沒答應，於是她和穿雲一起，隨孫正去了安平縣李府。

再次見到李縣令，李縣令比起一年多前見到的樣子，更油膩也更胖了一些。

現在的他油光滿面，臉上還裝作一副翩翩公子的模樣，榮華幾乎控制不住地生理性反胃。

看著這個人、這張臉，她都想吐了，但還不得不耐著性子和他虛與委蛇。

李縣令看著榮華，滿眼驚豔，輕佻地說：「華兒，一年多未見，妳出落得更加漂亮了。」

李縣令本來只是想喊榮華過來，訛詐她一番，等到來年把保護費漲一倍。但是今天看到榮華時，他被驚豔到了。

榮華竟然有如此美貌！

他垂涎地看著榮華的臉和身段，越看越挪不開視線，越看越想得到！

榮華擰著眉頭，強忍著反胃，道：「李縣令謬讚了，不知道李縣令這次突然要見我，是有什麼事嗎？」

李縣令笑了下，臉上泛著油光，從椅子上站起，一雙眼睛上上下下打量著榮華，徐徐地說：「倒也沒什麼要緊的事，只是我好久沒見妳了，次次都是妳父親來，不知華兒為何不自己來呢？」

他邊說邊朝榮華走來，說話聲音越來越低，語氣越來越曖昧，身子也越來越近。

榮華咬著舌尖，忍著心底的不快，快速退後幾步，朗聲道：「我一個閨中女兒，本不應該太拋頭露面，而且男女有別，我也不該與李縣令因私事相見，故而每次都是家父前來。」

「呵呵……華兒，這次不叫妳來，我還不知道妳現在如何美貌動人。華兒，妳已到了嫁齡，如今就連本縣令看著華兒，都覺得心動啊！」

李縣令眼神色迷迷的，心思不言而喻。

榮華抿著唇，冷眼瞪著他，對方反而直勾勾看過來。

她聽到了穿雲手指咯吱響的聲音。

為避免穿雲沈不住氣，也避免自己被這狗玩意兒氣死，榮華又退後了幾步。「李縣令，如果沒有什麼事，那我便要告辭了。」

「別急，妳難得來一次，我請妳吃頓飯，我們去喝點薄酒如何？」

榮華冷聲道：「男女授受不親，恕我難以從命。」

李縣令盯著榮華，吞了吞口水。

初見這丫頭的時候，他就覺得這丫頭長得好看，那時候榮華才十三、四歲，就已經亭亭玉立，如今一年多過去更加不得了，這身段、這模樣，簡直比他所有的小妾都要好看。

李縣令目光如炬地盯著榮華看，看她杏眼梅腮，看她紅潤的唇，看她窈窕婀娜的身段……他越看越覺得口乾舌燥，忍不住吞了好幾次口水，只覺得身上直冒汗，恨不得脫了衣服。

不過他覺得就算脫了衣服也卸不了火，要是能親到眼前美嬌娥的嘴，摸摸她的身子，那便是賽過神仙了。

李縣令呼吸都有些喘，興奮地看著榮華，幾乎要朝她撲過來。

榮華還未有所動作，穿雲已經站在榮華面前，擋住李縣令的視線。

她看著李縣令，手中握著袖中短刀，恨不得將他大卸八塊。

穿雲的目光充滿殺機，讓李縣令渾身一抖，就像是被凶獸盯上一般，登時顫了下，那些骯髒齷齪的心思一時間也嚇沒了影。他擦了擦額頭上的冷汗，笑道：「華兒啊，妳別怕，我今日找妳來，不過是想問問妳生意做得怎麼樣，如果遇到了什麼困難，有任何需要我幫忙的，儘管大膽提出來，沒關係，我都會幫妳的。」

李縣令笑咪咪地看著榮華，眼睛裡都是輕佻的意味，還繼續佯裝成一副風流倜儻的模樣，那張油光滿面的臉都能炒菜了！

榮華翻了個白眼，忍了半天，最後沒忍住對李縣令的噁心感，她伸手捂住肚子，躲在穿雲身後，乾嘔了一下，才抿著唇，輕聲道：「李縣令，我身體有些不適，如果沒有其他的事，我就先告辭了。」

李縣令聞言，又說要請大夫，又要請榮華去內堂休息，怎麼說都不讓人走。

榮華恨不得讓穿雲一路打出去。

但是不能，她必須忍！

雖然李縣令官職不算大，但民不與官鬥，如今她沒有靠山，被拿捏得死死的。

李縣令看榮華一直避著他，不由得笑咪咪道：「華兒啊，我知道妳害羞，其實妳不用害羞，我看妳如此辛苦，若是妳能有我這個靠山，便無須這麼辛苦了。妳是個聰明人，應該知道我這麼說是什麼意思吧？」

榮華冷漠搖頭。「我不知道。」

「罷了，妳現在倔強，但是總歸會知道我的好。妳先回去吧！有任何事情，都可以來找我幫忙。」

李縣令吞著口水，看著藏在穿雲身後的倩影，心裡想著要用什麼辦法得到榮華。

「嘿嘿！」

李縣令想到榮華在自己身下婉轉動人的模樣，忍不住嘿嘿一笑，只覺得身上燥得很，轉身去後堂，進了新娶進來的小妾房裡，一通洩火。

榮華離開李府後，忍不住捏得手指咯咯作響。

這噁心玩意兒，真是令人火大。

榮華在回家的路上，道：「今天的事情，不許告訴家裡人。」

穿雲悶聲應了聲，可是越想越覺得憤怒，還是忍不下這口氣。「我們真的不能殺了他嗎？」

「不能，最起碼現在不能，如果他死了，咱們的作坊便不能開了，這還不是最要緊的，最要緊的是咱們村子不能種袁朝的農作物，那村民可怎麼辦？好不容易大家才過上好日子，若是一朝回到從前，好日子不過曇花一現，那有什麼意義？」

穿雲憤怒不已，咬牙道：「若是將軍回來就好了，他一定會把這狗官碎屍萬段！」

榮華默然不語。

對於有大官護著的李縣令，她真的不知道該怎麼做。

筠州城離皇都遠，天高皇帝遠，城主就相當於土皇帝。

李縣令有城主的人護著，她能去哪裡報官？

榮華忍不住嘆氣，只覺得生活真的是太難了，處處都是為難。

本以為這件事到此為止，可是兩天後的深夜，家裡突然來了一個不速之客。

差役孫正大晚上拍響了榮華家的院門，趕著送來一個消息。

「榮華姑娘，李縣令要來桃源村見妳，他明天上午出發，午飯前到。」

孫正來敲門的時候，是榮耀祖去開門，他聽到孫正這話嚇了一跳，立馬去叫榮華起床。

榮華穿好衣服來到堂屋時，孫正和榮耀祖正在說話。

看到榮華走出來，孫正急忙道：「姑娘，我今兒聽到李縣令說，明天要來桃源村看妳。」

榮華聽到這消息，也是相當驚訝，急忙追問細節，仔細聽他說了經過。

「那個李縣令，他說的是來看我嗎？你會不會聽錯了？」

孫正回道：「李縣令原話就是來看妳，我聽得真切。」

榮華認真地謝謝他送來消息，並給了他十兩銀子。

然而，這一次孫正沒收。

「姑娘，妳已經知道我的目的了，我就不會再收妳的錢。」孫正看了眼天色。「我還要趕回去輪值，所以我要先走了。姑娘，妳早做準備。」

「好。」榮華送他出門。

門外，孫正湊近榮華，有些擔憂地開口道：「姑娘多保重，我覺得他對妳不懷好意。」

孫正面色凝重，娓娓道來。

「姑娘，妳不知道，這個李百萬有多麼喪盡天良，被他禍害的良家婦女有幾十人，他看上的姑娘，不論對方願不願意，都強娶回來，遇到父兄家中反抗的，便打死丟棄。現在這世道，到處都是餓死的人，那些被他打死的人，都會當作餓死處理。

「有些姑娘反抗，還是遭他毒手，最後投井的投井、自縊的自縊，被他害死的姑娘、打死的無辜百姓，活活有上百人。妳看他妾室十幾人，外室十幾人，這些人都是安平縣小商戶的女兒，他們為了能夠在安平縣做營生，哪怕女兒被強娶也無可奈何啊！而這些苦命的女子，為了家中的父母兄弟，心中有所牽掛，好好的良家女子只能答應做妾。

「他仗著自己是安平縣的縣令，所以在安平縣胡作非為，大家求告無門，竟然沒有人能管他！他當上縣令這些年，手上不知道沾了多少人命，他這樣的人盯上妳，我只覺得害怕。

姑娘，妳可一定要想好自保之策，明天小心應對！」
榮華聽來心驚膽顫，然而，更多的是憤怒，這麼一個喪盡天良的人，竟然還活在世上！
見孫正說得懇切，榮華輕輕點頭，再度道謝，他才騎馬離去。
看著孫正騎馬的身影隱沒在夜色中，榮華只覺得頭大。
回首瞧見父親和母親擔憂的神色，榮華道：「爹爹，李百萬這個人極度好色，我們還是把淺姊姊她們先送到別的地方避避風頭，萬一明天被他看到了，那姊姊們不是完了？」
榮耀祖有些驚慌地點頭，叫上幾個人，用馬車、驢車連夜把村裡長得漂亮的年輕姑娘都送到隔壁的桃花村。
桃花村上下，現在對榮華的指示是說一不二。
他們曾經面臨著餓死的僵局，是榮華的到來給了他們生的希望。現在哪怕榮華說謀反，他們也會立馬拿著菜刀、鋤頭跟著她起義。
所以榮華信得過桃花村。
把村裡的漂亮姑娘都送走之後，榮耀祖也想讓榮華去避避風頭。
榮華拒絕了。
李百萬既然要見她，那麼如果見不到，他絕不會善罷甘休。
而且要是她走了，爹娘怎麼辦？弟弟、妹妹怎麼辦？桃源村的村民怎麼辦？
她不能自己去避難，而留家人在這裡，她的良心不允許。

而且她若是走了，爹爹老實，娘親軟弱，家裡沒有一個能主事的人，誰與李百萬周旋抗衡？只怕一家人都會被對方拿捏住。

更何況她這次能出去躲一躲，但是能躲幾次？她總不能躲一輩子。

桃源村就在這裡，家就在這裡，除非她帶著家人舉家搬遷，否則勢必要和李百萬周旋。

所以她不能離開，明天必須出面。

王氏急得直哭。「我的華兒生得如此好，若是被那個混球看上了可怎麼好？」

榮耀祖也很著急。

榮華看著父母的樣子，很是心疼，抱著他們道：「爹娘，你們放心！兵來將擋，水來土掩，我一定會好好保護自己。」

說完，她哄著爹娘回房睡覺。「明天還要和他周旋，今天不睡，明天哪有精力？」

榮華說得有理，大家都各自回房睡了。

可是所有人都是一夜無眠。

等到天邊都冒出魚肚白的時候，榮華才迷糊地睡了一小會兒。

午飯前，李百萬果然到了桃源村，還有幾位縣丞、主簿作陪。

榮耀祖實在不願意見他，可是縣令下鄉，村長必須要去接待。

李縣令見了榮耀祖，說了幾句客套話，他身邊的縣丞便提出去榮耀祖家裡看看。

榮耀祖推諉不過，迎他們回家。

李縣令一看到榮華，眼睛都恨不得長在榮華身上，一刻也不離開。

榮華心裡對他感到噁心，但此時坦然與他對視，她已經想好措詞，待會兒該怎麼說話。

幾個縣丞你一言我一語，提出讓榮華帶著李縣令在村裡轉轉，榮耀祖立馬提出自己作陪，被幾個縣丞推著不讓上前。

榮華落落大方地請李縣令出門。

穿雲跟在她身後，一步也不離開。

兵來將擋，水來土掩，此時她也別無他法，只能靜看李縣令這個混球究竟想幹什麼，然後才好想對策。

李百萬的眼珠子一直看著榮華，越看心裡越覬覦，忍不住柔聲說：「華兒，妳知道嗎？自從上次一見，我白天心裡想著妳，晚上作夢也夢著妳，我寫著公文都寫成了妳。華兒，一日不見，如隔三秋，我想妳想得都快瘋魔，所以立馬來看妳了，不知華兒是否思念我了？」

噁！

尤其他自命不凡，故意裝成風流倜儻的模樣，說著這些噁心話，真是讓她噁心到了極點。

榮華沒理他。

李百萬舔著嘴唇色迷迷地道：「華兒，妳也到了嫁齡，本官有心求娶妳，妳意下如何？」

榮華停下腳步。「如果我沒記錯的話，李縣令已有正妻，且堂下美妾十幾位，我不過是一個無知村婦，實在是配不上李縣令。」

「不，妳配得上，妳絕對配得上！華兒，我知道妳介意，沒關係，只要妳點頭，我立馬休了那個黃臉婆，娶妳為正妻！」

「我聽說李縣令你這個官，還是你的妻子幫你買的。」

李百萬面色一變，臉色立馬變得難看起來，不過很快又換了笑臉，笑咪咪地道：「華兒，這是聽誰亂咬舌根說的，這是沒有的事！我這個官，是我得了上頭賞識，才得來的。華兒，妳行商，我做官，妳嫁給了我，我們夫婦二人一體，一定會成就一番大事業！只要妳嫁給我，以後妳無論做什麼生意，都會暢通無阻！而且我也算風流倜儻，是個風度翩翩的才子，我們真是郎才女貌、天作之合，這麼好的事，妳不會拒絕吧？」

榮華果斷拒絕。「李縣令的好意，我心領了，恕我實在不能答應。」

李百萬臉上的笑有一瞬間掛不住，眼中閃過一抹陰狠，不過他隱藏得很好，很快又恢復原樣。

榮華朗聲說：「李縣令，我們實在不合適，所以這件事請你不要再提了。我知道李縣令勞苦功高，實在是累著了，所以從明年開始，每季度的保護費漲三倍，我和李縣令還如從前一般，彼此合作，李縣令覺得如何？」

李百萬笑著搖頭。「不行。」

榮華強忍下氣，問道：「三倍都不可，那李縣令想要多少？」

李百萬笑得陰惻惻。「華兒嫁給了我，那妳的不就是我的了嗎？我們夫婦本是一體，還分什麼妳的、我的？到時候就沒有這麼生分的話了。」

無恥！

想要她的人，還想要她的錢，這個混蛋根本不是人！

「我不可能答應你！」

李百萬見榮華態度強硬，冷笑一聲。「妳憑什麼拒絕我？妳的生意，妳村民們地裡種的東西，每一樣都是不能見光的！只要妳敢拒絕我，我就立馬查抄了你們桃源村！」

榮華憤怒地瞪著他。

她這輩子，最討厭別人拿她愛的人來威脅！

李百萬終於撕碎臉上虛偽的面具，笑得志在必得。

「我是一定要娶妳的，妳聰明又能幹，重點是還漂亮，比我那個黃臉婆有用多了。妳能賺錢，能幫我交際，只要娶了妳，妳的錢就是我的錢，這麼好的事，這麼肥的鴨子，我怎麼可能放過？求親的聘禮和媒婆我都帶來了，現在就在你們桃源村外，只等著妳點頭，我就讓他們立馬來提親，三天後就是好日子，我們在年前就把好事給辦了！」李百萬朝著榮華逼近，一步一步想將她逼到死角。「好丫頭，妳就從了我吧！我會好好待妳的，妳這麼水靈好看，比我的所有妾室都好看，以後我會好好疼妳的。」

榮華咬牙，被他氣得幾乎快吐血了。她蹲下身子撿起一塊磚頭，重重砸到他頭上。

李百萬痛呼一聲，以手捂住頭，鮮紅的血液從指縫間流出，已經頭破血流。

他看了看自己手上的血，憤怒地看著榮華，大罵道：「妳個婊子，竟然敢打我？我想娶妳是看得起妳，妳竟然敬酒不吃吃罰酒，想找死是不是？」

李百萬揚起拳頭想打榮華。

穿雲握拳，狠狠給了他一拳，又一腳把他踢飛起來，李百萬狠狠砸到對面的牆上，再滾落在地。

李百萬悶哼了好幾聲，吐出一口血來，顫抖的手指著榮華和穿雲。「妳、妳敢打我，我一定要殺了妳，殺了妳全家，殺了你們桃源村所有人！」

榮華緩步走到他面前，面容冷峻。

她在乎身邊人，最恨別人以此威脅她。

此時她微瞇著眼睛，冷聲說：「既然如此，那你這條命，怕是留不得了。」

李百萬渾身一顫，眼中露出憤怒又驚恐的神色。「妳、妳敢！妳若是敢殺我，妳的家人也別想活！」

「你算準我不敢報官，所以吃定了我會讓你為所欲為，你覺得我肯定會被逼無奈嫁給你是不是？但是李百萬，我也不是吃素的，我也算定了你不敢把此事鬧大！你強娶民女，勒索綁架，貪污收賄，無惡不作，民怨早已沸騰，只是無人敢第一個出頭罷了。縱使你有筠州城的人護著，但若是因為你喪盡天良而引起百姓暴動，不止你，就連筠州城的那位都會被問責，你覺得他還能保住你嗎？只要你敢動我家人、傷我村民，你大可以試試看，最後場面會鬧到何種地步。」

李百萬神色變幻，不敢置信地看著榮華，實在是沒想到這個女人，竟然如此聰明！

榮華冷眼看著他，冷冷笑了一下。

「筠州城一直向朝廷申請賑災糧，但是這賑災糧卻沒有一顆落在災民手裡，朝廷不知道這件事，但是如果有人帶頭引發村民暴動呢？你可能會覺得，村民暴動，駐軍一定壓得住。但是壓得住、壓不住又何妨呢？

「我自己做的生意犯了律法，我是不能去告御狀為自己贏得公道，不能告你強娶民女、告你威脅勒索，但如果村民暴動，我就可以去告御狀，告你貪污收賄、告你筠州城官員蛇鼠一窩、告你貪了賑災糧！就算你們鎮壓下來，但是暴動確有其事，朝廷必定徹查。李百萬啊李百萬，你自己說說，到時候筠州城那位會怎麼做呢？可能在我還沒有去告御狀的時候，就恨不得把你千刀萬剮了吧？」

李百萬面色蒼白，嘴唇微微顫抖，最後罵道：「妳這蛇蠍女人！」

「我蛇蠍女人？比起李縣令你，我不過是小巫見大巫罷了，你作的孽、你害過的人命，殺你一萬次你都不夠償命！李縣令，現在就看我們誰豁出去了，看你敢不敢動我、動我的家人、動我的村民一絲一毫。只要你敢碰他們，我一定會讓你無數次後悔這個決定。我有幾萬種方法，讓你求生不得，求死不能！」
李百萬狠狠地吐了一口血沫。「毒婦！毒婦！」
榮華冷眼看著他，像是在看一具屍體。
李百萬身體一抖，看著榮華的眼睛，他覺得此時的榮華，簡直是一個魔鬼！
不、不，她比魔鬼還可怕！
李百萬身體顫抖，只覺得腿間一陣濕熱，竟是嚇得失禁了。
榮華伸手掩住鼻子，眉毛嘲諷地上挑，轉身時看到穿雲正佩服地瞧著自己。
穿雲小嘴微張，愣怔地看著榮華，道：「我剛剛看著妳，忽然覺得好像看到了將軍，妳方才的神情，和將軍好像。」
「是嗎？」榮華垂眸輕笑。「我方才不過是被逼到死路的絕地反擊，想來世間所有瀕死前的絕地反擊都是一樣的，所以妳覺得我和他相像。」
她伸手指著拐角。「出來吧！早就看到你們了。」
榮耀祖、李文人、楚行之、榮絨還有趙大壯等人，此時都從拐角處走了出來。
他們有的拿著菜刀，有的拿著鋤頭，還有榮嘉也拿著一把小劍。
楚行之尷尬地撓頭。「姊姊，妳什麼時候看到我們的？」
「你們這麼多人一起跟蹤，腳步聲那麼大，我怎麼可能沒看到？也就那個混蛋一直沈浸在自己的春秋大夢裡，沒發現你們罷了。」

「姊姊，我剛才聽見妳說話，妳也太厲害了！」楚行之嘿嘿一笑，急忙跑過來，轉頭瞪向在地上掙扎坐起的李百萬。「姊姊，這個人怎麼辦？」

榮華冷笑一聲。「打！」

李百萬手一軟，直接又摔倒在地，他不敢置信地看著榮華，口中又有血噴出，手顫抖地指過來。「你、你們敢！」

趙大壯踩在他手上，狠狠踹了一腳。「早就看你不順眼了，敢打我們姑娘主意，打死你個狗雜種！」

榮華冷眼斜睨李百萬。「打，要狠狠地打，給我打殘他！但是記得不要打死，只留一口氣就好。」

「好！姑娘就看我們的吧！」

趙大壯等人，早就憤怒不已，此時走上前來，一人一腳。

李百萬哼都沒哼一聲，直接暈死了過去。

榮華看都沒看李百萬一眼，只是笑看榮耀祖等人，心中很是感動。她上前彎腰抱起榮嘉，帶他離遠一點，並摸了摸他的頭，輕聲細語地問：「嘉兒怎麼也來啦？」

榮嘉揮舞著木劍。「保護姊姊！打壞人！」

「嘉兒真棒，都會保護姊姊了，姊姊好感動。」

榮嘉現在九歲了，還挺沈的。榮華抱了一會兒就抱不動了，於是放下他，改為牽著小手。

榮耀祖有些不好意思，主動說：「我們怎麼也放心不下妳，所以得跟過來看看。那個混蛋要是欺負妳，我們定要他付出代價！」

他手裡拿著一根擀麵杖，舉得高高的，和他老學究的氣質十分不符。

榮華感動地紅了眼睛，下巴輕揚了一下。「走，邊走邊說。」

榮耀祖看著地上那團出氣多、進氣少的李百萬，他湊近榮華，顫抖個不停，哆嗦出了一句話。「華兒，現在怎麼辦？要不、要不……我們打死他，然後把他找個地方偷偷埋了？」

榮華驚訝地看了榮耀祖一眼，看到他在數九寒天裡是一臉冷汗。

一句話說完，榮耀祖嚇得自己都腿軟了，榮華不由得扶住他。

「爹爹，我們不殺他，留著他一條命就行。」

「為、為何？」

榮耀祖一向膽小懦弱，膽子比針眼都小的他，此時能說出殺人埋屍的話，榮華知道他是真的在為她考慮了。

榮華平靜地說：「因為現在不是他制衡我，而是我制衡他。我打傷他，是因為我憤怒、生氣，所以純粹是為了洩憤。我留著他，是因為他還有用，所以暫時不殺他。剛才我的話你們也聽見了，他有把柄在我手裡，他不敢對我們怎麼樣。只要他敢對我們下手，我們立馬就引導村民們暴動。

「那位一直在筠州城做土皇帝，整個筠州城都被他掌控在手裡，他絕對不會允許村民暴動的消息傳回朝廷。因為村民暴動是大事，朝廷一定會來人巡查，這個代價和結果是李百萬這種小嘍囉無法承受的。

「別說村民暴動了，現在的李百萬，也很害怕有人把我今天說的話，告訴他上頭那一位吧？如果他上頭那位知道了，不知道李百萬還能不能活到明天太陽升起？不過這件事，暫時不要捅到筠州城，我們就看李百萬接下來怎麼做，我們再怎麼做。如果他以暴制暴，我們就立馬引發暴動，如果他嚥下這口氣乖乖為我所用，那這件事就結束了，我就當他是一條狗，留他一命。透過他，我也能控制住安平縣。所以我讓你們打殘他，但不要打死，便是因為這個。」

眾人面面相覷，一時間都沒有說話，只目瞪口呆地看著榮華。

榮耀祖抹了一把自己額頭上的汗，簡直快要被嚇死。

「我的老天爺啊，妳都算計到朝廷頭上去了，妳還想控制整個安平縣？我的老天爺啊，妳真是……膽大包天啊！」榮耀祖既崇拜又震驚地看著榮華，彷彿是第一天才認識自己這個女兒一樣。「妳竟然是我的女兒，我怎生得出這麼厲害的女兒？」

他一口氣沒上來，差點昏厥過去，一群人趕緊給他順氣。

見榮耀祖緩過來後，榮華笑道：「爹爹自己說，我剛剛的謀劃，有沒有道理？對不對？」

榮耀祖腿肚子直打顫，他扶著趙大壯的胳膊，才沒倒下去，此時聽到榮華這樣問，狠狠嚥了口唾沫，才答道：「我就是盤算著妳的計謀，越盤算越覺得可行，越思量越覺得厲害，我才這……這麼抖。女、女兒，妳可……可真讓為父刮目相看！」

榮華輕輕一笑。「爹爹，知道我聰明了吧！以後凡事記得多聽我的。」

榮耀祖哆嗦道：「是是是，我以後一定唯華兒馬首是瞻，妳讓爹爹做什麼，我就做什麼。」

大家都笑了起來。

有了解決方法，氣氛又輕鬆起來，不似之前那麼低沈。

榮耀祖走在榮華身邊，看了她好幾眼，他想說什麼又不敢說，猶豫了好幾次，都沒說出來。

榮華看他。「爹爹，你有話就說。」

榮耀祖握著拳，像是下定決心，忐忑地問道：「華兒，妳不是真的想造反吧？」

榮華愣了一下，立馬搖了搖頭。「不，這只是制衡的手段而已。」

「那就好、那就好！」榮耀祖長吁了一口氣，摸著自己的心口。「剛剛真是嚇了我一大跳，我看妳那樣子，就跟真要造反似的。」

「造反不造反的，其實沒什麼，主要是看活不活得下去。現在活得下去，就不必反，要真被逼到活不下去的那一刻，那不反也要反。」

榮耀祖心虛地左右看了看，咬牙低聲道：「這話可別亂說，什麼反不反的，咱們現在可還是活得下去的。」

榮華笑了起來，不再說話。

穿雲敬佩地看著榮華，只覺得榮華自信滿滿說著話時，身上簡直在發光。

她一開始是奉將軍之命來保護榮華，而後來卻是實打實被榮華的人格魅力所打動，現在是真心地佩服榮華。

她在心中立誓，願意一生追隨榮華。

這樣的主子，和將軍一樣，值得她追隨。

榮華尋了個避風頭的地方，將一應事宜安排下去。

「我現在和你們說的話，你們務必都要記清楚。如果李縣令服軟，為我所用，那我們就不需要下一步動作。如果李百萬事到如今，依舊不死心想和我魚死網破，文人哥，你就帶著村民去城主府靜坐。切記，不要鬧事，不要暴動，只靜坐即可。

「而爹爹在這個時間，去弄一份萬人血書。你一直在辦粥廠，那些貧民們一定很聽你的話，你記得低調去做，血書要盡快弄好，寫上李縣令的罪狀，然後讓貧民寫上名字。李縣令臭名昭著，那些貧民們一定會願意。

「我們靜坐是要讓城主府知道，如果再不制止李百萬，情況會變得很糟糕。我們這是給城主府出一個難題，看他們如何選擇。而到了這一步，會有兩種結果：其一，李百萬上面的人大發雷霆，為了不將事情進一步擴大，會快刀斬亂麻地將李百萬處理掉。這不是我想看到的局面，我更希望李百萬服軟，讓他成為傀儡，以後安平縣縣衙由我們說了算，那麼我們以後行事就簡單多了。其二，城主府覺得李百萬還有用，想要保他。如果城主府如此愚蠢，依舊要保李百萬，而李百萬想殺我，那麼到了這種地步，就只有最後一種處理方法了。

「到時候我會給你們傳信，到了這個階段，你們該怎麼鬧就怎麼鬧，鬧得越大越好，但是要注意自身安全，不要和官兵硬碰硬。這個情況一旦出現，你們就拿著我的手信，去戰馬司借人。讓他們騎快馬，帶著咱們自己人，拿著萬人血書和李百萬的罪狀去皇都告御狀，就說『李百萬喪盡天良引發村民暴動』。戰馬司廖長歌是自己人，他會幫忙的。」

眾人聽得一愣一愣的，臉上神情各異。

榮華靜等他們消化資訊了一會兒，才問道：「你們聽清楚了嗎？」

大家都鄭重點頭。

榮華和他們對過一遍流程，發現大家都記得很清楚後，又著重講了一些細節。

榮耀祖聽得心驚膽顫，雖然覺得鼓動暴亂很是大逆不道，但為了女兒，無論多麼大逆不道，也是必須要做。不過他更擔心另一件事情。

「華兒，如果他直接殺了妳怎麼辦？」

「他不敢。」榮華輕輕搖頭。「我有八成把握，他根本不敢魚死網破，他乖乖聽我的還能活命，否則他無論怎麼做，都是死路一條。他上面的人絕對不會容他，只怕你們前腳剛去靜坐，後腳他就悄無聲息死了，所以你們不用擔心。」

「那不是還有兩成機會，他會與妳魚死網破！雖然只有兩成，但依舊很凶險啊！而且到時候告了御狀，朝廷派人來徹查，妳怎麼辦？」榮耀祖還是擔心得要死。

榮華聽聞此言卻笑了起來。「如果真到了這一步，我更不可能有事啊！將軍意外身死，而我小時候和將軍定了婚約，怎麼說也算是將軍未過門的媳婦。只要有這一層身分在，朝廷到時候為了避免天下人罵他涼薄，不僅不會殺我，可能還會有厚厚的封賞呢！」

榮耀祖聽到這裡，這才放下心來。「說得也是。」

榮華把所有細節都和他們講好。

她心裡想得很清楚，李百萬絕對沒有膽子把事鬧大，現在她這麼安排，也不過是以防萬一，留一手後路罷了。

第三十五章　化險為夷

所有事情都商議完畢，一行人各自返家。

剛走到家門，榮華就看到院子張燈結綵、敲鑼打鼓，好不熱鬧。

門口圍了一群村民往裡看。

村民看到榮華後，都驚訝道：「華丫頭，我聽妳嬸嬸說，李縣令來向妳提親了，這是怎麼回事？」

榮華笑了下。「我也不知道是怎麼回事，進去看看吧。」

走進院子，二嬸和三嬸正在院裡張羅著，臉上都快笑出一朵花來了。

一看到榮華，她們立馬奔過來，一左一右拉住她的手。

二嬸道：「華兒啊，妳真是好福氣啊！李縣令那什麼人家，那可是知縣大人，以後妳就享福啦！華兒，妳嫁過去了，可別忘記二嬸我啊！我們可是一家人，到時候妳兩個堂哥，還要靠妳提攜提攜。」

三嬸在一旁哼了一聲，挑眉道：「華兒自是不會忘記我們的！華兒，妳說是不是？」

榮華淺笑盈盈，在院門口站定，看著這一院子敲鑼打鼓的人，道：「這是怎麼回事？」

「華兒，我剛剛看到媒婆和差役們挑著聘禮在村口等著，我問他們是來誰家求親的，他們說是李縣令家的，來向妳求親，只等李縣令指示之後，就立馬上門。

「我這一看，都到了午飯時間，怎麼好讓人家在那裡白等著，所以就直接把他們請進來了，妳看看多熱鬧！」二嬸喜孜孜地說完，轉身朝榮耀祖道：「大哥，這可是一門好親事啊！你看看多氣派！」

「什麼好親事！那李縣令家裡多少個小妾，你們又不是不知道！」榮耀祖壓低了聲音，朝她們怒斥。「妳們在這裡攪和什麼？」

二嬸臉上笑容僵了一下。

「大哥，華兒攀上了高枝，也不用這麼直接把我們踹開吧？怎麼說咱們也是親戚，華兒嫁得好，以後幫幫大哥你的兩個姪子，有什麼不好？」

榮耀祖無奈道：「我們早就分家了！」

「分家了又怎樣？打斷骨頭連著筋，分家了我們也照樣是一家人。」三嬸哼了一聲，伸手拉住榮華。「華兒，妳說是不是？」

榮華聞言覺得好笑，她看了眼在堂屋陪著幾位縣丞說話的二叔、三叔，然後垂下了眼瞼。

當初爹爹因為糧稅的問題，有生命之危，這些人擔心受牽連，恨不得逼死他，也是因為他們怕受連累，這才分家。

而現在他們又來說什麼骨肉血親的話，真的是太搞笑了。

榮華抬眸看著二嬸，眉眼柔和，唇角輕揚。「對，我和兩位嬸嬸，自然是一家人。」

希望他們待會兒可不要哭喔！

媒婆頭上戴著一朵大紅色的絹花，身上穿著大紅衣裳，臉上胭脂抹得十分濃，看上去很是喜慶。她此時看到榮耀祖，便笑嘻嘻地上前來說親。

榮耀祖臉色十分難看。

榮華眼神示意他敷衍下去。

幾位縣丞和主簿坐在堂屋，二叔和三叔在旁邊陪著，他們見榮華和榮耀祖回來，卻未見李縣令，忙問道：「知縣大人呢？」

榮華乖巧回答道：「李縣令去更衣了。」

幾位大人又笑呵呵地坐下。

二嬸同三嬸和幾位縣丞攀關係，聊得十分熱絡。

榮耀祖和王氏被媒婆纏著，脫不開身。

榮華進了裡間，抱著自己的弟弟、妹妹，靜靜等待。

二嬸和三嬸兩個人，不一會兒也來了裡間，和榮華說了好一會兒話。

三嬸雖然說著恭喜，語氣卻依舊酸得不得了。「我說呢，妳爹昨晚上深更半夜的，把我的幾個女兒連夜送出了村，說什麼情況緊急，一句解釋都沒有便把她們送走了。我還以為怎麼了呢，原來是今天李縣令要來，你們擔心我女兒貌美，被李縣令看見後搶了妳的風頭，才故意把她們支走。要我說，你們倒也不用如此費盡心機，我家淺淺比妳漂亮不知道多少，以後嫁的人家啊，定是比縣令要好多了。」

榮華一直覺得三嬸這個人，特別矛盾，想討好她又忍不住酸溜溜地嘲諷她，次次都如此，她便隨便敷衍這兩個人。

等她們走後，裡間安靜了下來，榮華逗著榮嘉、榮欣玩。

榮嘉手裡還拿著那把木劍，小小的臉上嚴肅得不得了。「姊姊，以後妳遇到危險，我會保護妳的！」

「嘉兒真棒！姊姊已經知道了，嘉兒今天就保護了姊姊呀！」

榮嘉臉上露出笑來，黑曜石般的眼珠子亮晶晶地看著榮華，十分開心。

時間緩慢流逝，吃飯的時間到了，幾位縣丞左等右等，不等李縣令回來，派人出去尋。

不一會兒，一名衙役大喊道：「縣丞大人！不好了！知縣大人被人打死了！」

坐在堂屋的幾位縣丞幾乎嚇死，立馬站起來跑出去，問道：「你說什麼？知縣怎麼了？」

趕來報信的衙役面色如土。「我們幾個人出去找知縣大人，結果發現他一個人躺在一偏僻屋舍處，他身上都是傷，好似死了一般。」

院內敲鑼打鼓的人都停了下來，彼此面面相覷。

拉著榮耀祖和王氏東拉西扯的媒婆，茫然站在原地，不知發生了何事。

臉色最難看的人要數二叔、三叔他們，此時宛若吃了死蒼蠅般，面色扭曲。
「大膽！」為首的縣丞大喝一聲。「知縣大人在你們村裡出事，這個村子的人一個都跑不了！命人把桃源村圍起來，我們一定要找到害死知縣大人的凶手！」
「尤其是榮家！」縣丞伸手指著榮家等人。「李縣令和你們榮家的人一起出去，結果縣令出了事，你們榮家所有人都有嫌疑，給我全部抓起來！」
這突如其來的變故嚇了所有人一跳。
二嬸和三嬸都嚇壞了，急忙喊道：「縣丞大人，我們和榮家長房是分了家的！我們和他們沒有關係，請您明鑒啊，真的不關我們的事！」
「剛剛你們還拉著我，說你們榮家幾房關係如何好，彼此毫無嫌隙，親密無間，現在又來說這個話？你們在本官面前謊話連篇，又害死知縣，本官豈能饒你們！來人啊！把他們全給我抓起來，各打三十大板，然後關入縣衙大牢，以儆效尤！」
聽得此話，三嬸臉色遽變，忽然白眼一翻，暈了過去。
二嬸也是呼天搶地，大喊道：「冤枉啊！冤枉！」
榮華也被人趕了出去，院裡站了一堆人。
就在這時，又有一名衙役跑了進來，大喊道：「知縣大人沒有死！他還活著，還活著！」
幾名縣丞聽到這話，立馬衝了出去。

李縣令確實沒有死，只留了半口氣的他，被人抬回榮家院子。
李百萬看到榮華時，眼神裡都是怨毒，恨不得當場殺了榮華，以此洩恨。
榮華抬眸看他，朝他輕輕一笑。她眉眼溫潤清麗，笑容溫柔婉約，明明是極漂亮的一個笑容，卻讓李百萬忍不住渾身發抖。
魔鬼，這是個吃人的魔鬼！
李百萬想起榮華之前所說的話，便覺得自己命不久矣。
他真的被榮華拿捏住把柄。
他不敢殺榮華，也不敢對榮華如何。
他害怕這件事被鬧大。
李百萬清清楚楚地知道，如果此事鬧大，他必死無疑。不需要等到民眾暴動，他就已經被推出來殺死洩憤了。
李百萬只要一想到榮華的一言一行，就覺得渾身顫抖，同時心中無比惱恨，他好端端的，招惹這個蛇蠍女人做什麼？
本來以為能夠拿捏住榮華，結果反而自己七寸被對方死死掐住！
榮華現在就像是一個燙手山芋，打不得，罵不得，殺不得。
李百萬現在看榮華，只覺得心驚膽顫，什麼齷齪心思都沒有了，一心只想活命。
幾位縣丞看到李百萬如此狼狽的模樣，心中勃然大怒，要衙役立馬對榮家一干人等用刑。

二房、三房的幾個人呼天搶地，大喊冤枉，幾乎要哭死過去。

衙役們已經開始推搡榮家諸人。

李百萬看了眼榮華，看著她唇角若隱若無的笑意，只覺得被驚雷劈中，用盡吃奶的力氣大喊：「住手！都給我住手！不許傷害榮家任何人！放開他們！」

縣丞不解。「知縣大人？」

李百萬差點氣暈過去，但還是一遍遍告訴他們不許動手，待手下都領命後，他才怒氣攻心又暈了過去。

之後縣丞忙派人去請大夫，現場一片忙亂。

榮華靜靜看戲，甚至還覺得有趣。

嚇暈過去的三嬸迷糊地醒來，摸了摸自己的腦袋，發現腦袋還在自己的脖子上，登時放聲大哭。

二叔和二嬸，三叔和三嬸，此時都跪在地上，不解地看著榮華。

他們的目光有不解和茫然，更多的是憤怒和氣憤。

三嬸咬牙道：「小賤人，這一切是不是妳搞的鬼？妳是不是想害死我們所有人？」

榮華聽著覺得好笑，輕笑出聲。「三嬸，是妳自己拉著我的手，要和我做一家人，可不是我逼迫妳的。所以呀，待會兒我是死是活，妳便知道妳是死是活了。三嬸與其在這裡罵我，不如求求菩薩保佑我活下來，否則咱們是一家人，一榮俱榮一損俱損，我要是死了，你們一個都跑不了。」

「妳、妳這小賤人！妳竟然算計我們！」

三嬸快氣炸了，竟然想要撲過來打她，不過被衙役按住了。

她憤怒地罵著榮華，什麼骯髒的話都罵出口，那髒話要多難聽就有多難聽。

榮華懶得理她。

時間到了晚上，天空中撲簌簌地飄起雪花，格外好看。

榮華和家人們一起喝茶、吃果子，好不快活。

三嬸罵了半晌，口乾舌燥，還被衙役按著跪在地上動彈不得。此時她披頭散髮的樣子，很是狼狽。

榮華喜歡榮淺，但是對三嬸這個人，真是厭惡到極點。

榮淺老是被三嬸打罵，榮華看見都覺得心疼。

衙役們得了李縣令的命令，對榮華和她的父母都相當恭敬，不敢得罪。

王氏本來擔心榮華，可榮華和她耳語了一番，她也知道榮華的謀算。本來還十分擔心的她，此時看到那些縣丞、主簿們果然不敢對他們如何，心中知曉華兒說的是對的，也稍稍放心一些。

李百萬醒了過來，喝了大夫開的藥，依舊氣息奄奄。

醒過來後想起榮華，他就悔得腸子都青了。

他究竟為什麼要招惹這個女人？

世上沒有後悔藥賣，李百萬冥思苦想，也不知道該如何是好。

身邊站著的幾位縣丞都是他的心腹，他咬著牙把榮華做的事、說的話都給說了，那幾位縣丞也都慌神了。

他們和李百萬是一條繩上的螞蚱，要真出了事，誰都跑不了，都是一個死。

幾個人一商量，眼下最重要的就是別讓榮華搞事！

也有縣丞低聲道：「大人，我們為什麼要這麼麻煩，不如我們神不知鬼不覺地偷偷幹掉她，就萬事大吉了。」

「愚蠢！」李百萬冷哼一聲，皺眉瞪他。「你知道這女人有多可怕嗎？她是蛇蠍心腸的人！而且不僅心腸歹毒，還聰明得不像人！她既然說出這些話，必然是早早安排好了一切！我們殺了她事小，如果連累到我們自己就得不償失了！你們去把她請進來，我有話和她說。」

稍晚，榮華走了進去，李百萬氣息奄奄，面容扭曲，卻還是服了軟。

榮華臉上帶著盈盈的淺笑，聲音溫和。「那以後李縣令你凡事就要聽我的了。」

李百萬看著她的笑都覺得心底一寒，顫著聲音道：「那是自然，那是自然，只要妳饒我一條命，從此以後妳讓我往東，我絕對不往西。」

榮華嘲諷一勾唇，決定先讓他把搜刮的民脂民膏都吐出來，然後把安平縣好好地整治一番。

就在這時，榮華忽然聽到房門外此起彼伏的慘叫聲不斷。

榮華驚了一下，回頭看著幾名縣丞，冷聲道：「出去看看是怎麼回事！」

幾名縣丞你看看我、我推推你，最後慢吞吞地往門口走，走到門口時，便更加清楚地聽到門外的打鬥聲。

與其說什麼打鬥，基本上就是一面倒吧！

伴隨著重物落地聲，傳來的還有痛苦的呻吟。

縣丞們聽著那些痛苦呻吟聲有點耳熟，都是縣衙內的衙役們發出的。

這是一場單方面的殺戮。

縣丞們嚇都要嚇死了，腿軟得幾乎站不住，怎麼敢出去。

唯一一個膽大的，朝外面問道：「發生何事了？」

就聽到衙役在外面大喊：「不好了，有人打進來了！」

一聽這話，幾個縣丞直接癱坐在地，驚慌失措地喃喃自語。「怎麼回事？怎麼會有人打進來？難道是袁朝的人？不可能，不可能……」

「怎麼辦？現在該怎麼辦？」

有腳步聲自門外響起，隨後在門口站定，幾個縣丞驚恐地回頭。

「砰」的一聲，大門被一腳踹開，癱軟在門口的他們瞬間被踹開的門拍飛，發出了痛苦的喊聲。

冷冽寒風順著大開的門灌進來，榮華覺得自己滾燙的臉舒服了些，抬眸朝門口看去。

那人的身後，夜色如墨，雪花在昏黃燈光下紛飛不止，他一身玄衣，手持寶劍，像是從天而降一般，站在大堂門口，目光直直望了過來。

略黑的膚色，堅毅的眉眼，完美的輪廓，以及見慣了生死後無欲無求的目光。

是她熟悉的將軍呀！

榮華臉上不受控制地露出笑來，提裙起身，朝著他飛奔而去。

「將軍！」

榮華一瞬間還以為自己在作夢，她沒有想到在這個時刻，竟然看到了將軍！

她驚喜地瞪大眼睛，上上下下打量著穆良錚，發現他渾身都好好的，一塊肉都沒少，這才放下心來，驚喜地喊道：「穆哥哥，你回來了？」

穆良錚眼中泛起笑意，沙啞的聲音都溫和了些。「我曾答應過妳。」

榮華點了點頭，伸手捂住嘴，哽咽道：「回來就好，回來就好，能再見到你真好！」

穆良錚笑了下，視線掃向榮華身後，忽然覺得無論怎麼看，吃虧的人好像都不是他的華兒。

榮華探頭看向穆良錚身後，瞧見一地哀號的衙役，剛想出去看看，穆良錚已經伸手捂住她的眼睛，把她往屋內一帶，聲音是一貫的沙啞。「外面冷，妳穿得少，一冷一熱的，別凍著了。」

他又看向李百萬等人，聲音是前所未有的冷凝。「滾出去。」

幾個人嚇得瑟瑟發抖，架著李百萬連滾帶爬地走了出去。

穆良錚和榮華都進了屋，大門被人從外面關上，他這才放開她。

榮華眨了眨眼睛。「穆哥哥，你的手好冰，一定凍壞了吧？」

穆良錚輕輕搖頭。「我不冷。」

「外面那是怎麼回事？」

「我本來明日歸鄉，但是聽說李百萬要強娶妳，我就趕過來了。」

穆良錚眼底浮現笑意。「但我卻忘了，妳是個不會讓自己吃虧的，看樣子妳把自己保護得很好。」

榮華聞言有些不太好意思，但是穆良錚聽到她陷入危險後，就立馬來救人，她心裡還是很感動。

而且聽穆良錚的話，他似乎還不知道究竟發生了何事，榮華便一五一十的把事情都和他講了，講完後還特意問道：「穆哥哥，我沒做錯吧？」

「沒有。」穆良錚伸手摸了摸她的頭髮。「不僅沒做錯，還做得特別對，做得特別好。」

榮華心底欣喜不已，笑盈盈地瞧著他。

穆良錚也笑了下，揉了揉榮華的頭髮，輕聲道：「妳在這裡等我。」

榮華開心地點頭，甜甜地道：「好。」

穆良錚抬步走了出去。

外面的李百萬和縣丞、衙役們跪了一排，他們哆哆嗦嗦，不敢與穆良錚直視，一個個額頭觸地，顫聲大呼道：「鎮、鎮北王！」

大煜神將，民之戰神，鎮北王也！

在一旁愣住好久的榮耀祖，此時聽見縣丞們的呼喊，才反應過來，登時差點嚇傻，舌頭打結地問：「鎮北王？穆、穆家小四？是你嗎？真的是你？外面不是傳你死了嗎？」

榮耀祖心底一直十分看重穆良錚，本以為他死了，暗地裡難過好久，今天陡然又看到活人，他都快嚇死了。

「榮叔，是我。」穆良錚沈聲說。「外面的傳言不足為真，其中事由我不便細說，不過我確實沒死。」

榮耀祖激動落淚，拉住王氏的手，臉都漲紅了。

穆良錚冷眼看著為首的縣丞，他渾身帶著一股自屍山血海中磨鍊出的殺氣，並未動怒，只冷淡瞧著，幾位縣丞已經冷汗布滿全臉，嚇得癱倒一地。

「你們的所作所為，株連九族也不為過，若是能夠老老實實陳述罪行，我可以網開一面，免除你們家人連坐。」

縣丞左右瞧瞧，面如土色，他們自然知道眼前的鎮北王若想殺他們，他們根本一丁點反抗的機會都沒有！

現在有了家人能夠不受牽連的機會，他們如何不珍惜？

「您要我們如何做，我們就如何做，全聽鎮北王您的！」

穆良錚這才點了點頭，輕抬下巴。「滾去寫罪狀。」

幾人腿軟得根本站不起來，互相攙扶著半爬了過去。

接下來的事情就簡單多了，以李百萬為首的人都寫了自己的罪狀出來，然後被穆良錚的親兵關押起來。

這裡的事情解決了之後，穆良錚道：「華兒，我還有事，不便久留，我明天正式回來，等我明天來找妳。」

榮華心底有些失落，但是想到明天又可以見到他，便又開心起來，笑道：「好，穆哥哥肯定很忙，趕緊去吧！」

穆良錚轉頭看著榮華，一雙見慣生死的眸子此時充滿柔情。「華兒，不急在這一刻，我們一起走走，我有話想和妳說。」

榮華一愣，輕聲說好。剛一出門，穆良錚便把大氅披在她的身上。

黑色貂皮大氅還帶著屬於穆良錚的氣息，那樣冷冽但是對她來說異常溫暖的氣息。

榮華看著院子裡看著他們的人，忍不住有點害羞。

雪還在下，衙役已經被帶走，外面的鄉村小道靜謐而美好。

榮華抬頭看看天空，雪花撲簌簌落下，又轉頭瞧瞧身邊的穆良錚，這人一本正經地走路，看不出他在想些什麼。

好像每次見他，都是這樣浪漫的場面。

但是……下雪並不是今天才開始下，為什麼獨獨見到穆良錚的時候，才覺得雪天浪漫？究竟在她心裡，是下雪天浪漫，還是有穆良錚在才覺得浪漫？

幾乎不需要思考，榮華心底給出了答案，是後者。

想到這裡，榮華的臉一下子就紅了。

穆良錚不在身邊的日子裡，榮華確實非常想念他。

這感情來得突兀又沒有道理，他們明明沒有相處多少日子，但是這個人的模樣一直留在自己腦海裡，揮之不去。

可能是他每次出現的時機都太恰當了吧？

在她最無助、最需要的時候，他永遠都在。

思及此，榮華心底覺得甜蜜，聲音都染上一絲甜。「穆哥哥，你還沒說要和我說什麼呢？」

穆良錚突然停住腳步，轉身直勾勾地看著榮華，在榮華錯愕的目光中，他伸手一把將人抱住，攬進懷裡，在她耳邊說：「我想和妳說，華兒，我好想妳啊！」

榮華一下子愣住了。

她整個人都被穆良錚圈在懷裡。

穆良錚的懷抱溫暖又強大，榮華能清楚聽到他有力的心跳聲，感受到他強大的體魄和力量感，以及她自己滾燙的臉頰和慌亂的心跳。

榮華愣愣地沒動彈，任由穆良錚抱著自己，過了一會兒，她輕輕伸出手，也攬住他的腰。

穆良錚忽而一笑，湊近榮華耳邊，聲音低沈而性感。「有沒有想我？」

榮華抿著唇，認認真真地點頭。「有想你。」

穆良錚笑意大了些，牢牢抱著榮華，怎麼也不想鬆開。

榮華等明年過了生日，就虛歲十七，是大姑娘了。

穆良錚想著，或許該把成婚之事提上日程，這樣他就可以堂堂正正抱著自己的華兒。光是想像，穆良錚就覺得心底暖暖的。

他好喜歡這個小姑娘。

過了許久，穆良錚鬆開榮華，微微低頭，以額頭抵著她的額頭，輕聲道：「妳不用怕，萬事有我在。」

榮華彎了眉眼，笑意根本抑制不住，甜甜地說：「好。」

穆良錚要走了，榮華拉住他，把大氅披在他身上。
穆良錚想起從前，榮華曾這樣仔細地幫他把大氅的帶子繫好。
他不由得握住榮華的手，微微用力握住，復又鬆開，最後大步離開。

隔日一大早，穆良錚衣錦還鄉，筠州城城主和筠州所有官員陪著他回到桃源村。
榮耀祖一家子對穆良錚的歸來，都十分開心。
尤其對榮華來說，穆良錚能平安回來，這是今年最好的禮物！
桃源村的所有村民，都在村口迎接他，榮華站在最前面，臉上帶著笑。
等來到桃源村後，筠州城的官員這才知道事情大條了：從小和鎮北王定了婚事的姑娘，昨天差點被安平縣的李知縣搶去做妾了！
筠州城官員快瘋了。細問之下他們才知道，以李百萬為首的人，早就被鎮北王的親兵給控制起來，聽到那姑娘沒事，大家這才鬆一口氣，否則萬死恐怕都賠不起。
穆大娘他們一家子去大媳婦娘家過年，今天一大早才被接回來。此時她看到穆良錚，那是高興得嚎啕大哭。
榮華趕緊安慰穆大娘。
穆大娘一把握住榮華的手，激動地和穆良錚說：「小四，這是你未過門的媳婦！」
穆良錚笑了起來，榮華也有些不好意思。

而穆良錚身後，那群唯他馬首是瞻、哈巴狗似殷勤的官員，此時才知道這姑娘就是鎮北王的未婚妻。

他們諂媚地笑著賠罪。「姑娘……姑娘莫怪，都怪我們不長眼，不知道您是鎮北王的未婚妻，都怪我們、怪我們！李百萬這個殺千刀的竟然敢把主意打到妳身上，而我們沒有及時發現，這是我們的錯！幸好鎮北王及時回來，姑娘沒出事，否則我們就是死了都賠不了罪啊！」

穆大娘此時直接惱怒道：「李百萬把我們華兒怎麼了？」

「穆大娘，我沒事。」榮華先安慰了穆大娘，又看向穆良錚。

對方朝她眨了眨眼睛，榮華輕輕挑眉，眼淚瞬間就蓄滿眼睛，她捂著心口，一副痛徹心腑的表情。「我是清清白白、好人家的姑娘，那個李百萬，不由分說就要拉我做妾，安平縣誰不知道李百萬強搶民女、逼良為娼，被他打死的人不知幾何，我是萬死也不會答應的！可他竟然拿我們桃源村上上下下的村民威脅我，我已存了必死的心，卻不承想還有這樣峰迴路轉的時候。」

「姑娘可千萬別這麼說，鎮北王回來了！」

榮華淚眼朦朧地看向穆良錚，一雙眼睛都是淚。

「鎮北王大將軍，你要為我、為那些被李百萬害死的女子們作主啊！」

她急步上前，卻突然白眼一翻，「暈」了過去。

穆良錚適時抱住她，眉眼冷峻，聲音暗含殺機。「一刻鐘後，前往縣衙，審理李百萬一案。」

下面的官員瑟瑟發抖，齊聲應是。

穆良錚當著村民的面，在穆大娘一臉欣慰的笑容下，將榮華抱到房裡。

一到房間，榮華就醒了，還有些不好意思地從穆良錚的懷裡跳下來。

她擦了擦眼淚，眨著眼睛問道：「怎麼樣？我剛剛是不是演得和真的一樣？」

「是！」穆良錚伸手替她擦掉淚珠，聲音裡透著寵溺。「我若是不知道內情，會以為妳是真的受了如此天大的委屈。」

榮華笑了起來。「我是自己有本事保護自己，才沒有受委屈，如果我軟弱一點，只怕都不能活著見你了。」

「我知道。」穆良錚眼底驟然變冷，殺機浮現。「我會為妳討回公道，還會為所有被他殘害的女子討回公道。」

「我信你！」

穆良錚很快前往縣衙，很多人都跟著去了，榮華也在其中。

因為此案證據確鑿，且人證眾多，李百萬等人都認罪了，所以很快就審理清楚。

穆良錚是百姓出身的將軍，筠州城的百姓本就十分信賴他。安平縣的人，因著穆良錚的到來，也有了膽子，他們平日被李百萬欺壓，只覺得求告無門，此時穆良錚回來了，他們紛紛來陳述冤情，險些把縣衙大門踏破。

筠州官員怕這些百姓吵到穆良錚，意欲把他們趕出去。

穆良錚卻神色一凜。「我之前和他們一樣，都只是平頭百姓，自然明白平頭百姓的苦，他們既然有冤，我就為他們沈冤昭雪。」

於是穆良錚坐縣衙大堂，聽了所有百姓陳述自己的冤情。

李百萬引起民怨已久，殺之都不能平民憤。

穆良錚的手下又搜出李百萬貪贓的罪證，雖然他貪污了幾十萬兩銀子，但是哪怕抄家，其庫裡也沒剩多少，他大部分銀錢，都貼進那個還沒住進去的新宅子了。

至於那李百萬，癱瘓在床，被人抬到堂前，險些被百姓們給直接打死。

穆良錚看著人證、物證，以及李百萬的認罪供狀，沈思良久，沈聲道：「李百萬，貪贓枉法，無惡不作，引得百姓怨聲載道、民不聊生，他的所作所為惹得天怒人怨，唯有凌遲處死，才能解民眾之恨！」

穆良錚抬眼看著面前跪了一地的百姓，朗聲道：「判李百萬，凌遲三千刀，明日行刑！其追隨者，同罪論處，殺之，判腰斬之刑，明日同時行刑！」

「戰神您真是青天大老爺啊！」

「謝謝戰神為我們作主！謝謝戰神！」

「戰神您替我女兒討回了公道，您就是我們的再生父母啊！」

百姓們跪了一地，道謝聲不絕於耳。

榮華躲在門口，輕輕笑了。她拉著穿雲的手，看著穿雲道：「看我說得沒錯吧？只要將軍回來，他一定不會坐視不理，有將軍在，這筠州城的風氣一定會萬象更新！」

第三十六章　嘉寧縣主

有穆良錚在此，榮華再也不擔心，她和穿雲一起開開心心回了桃源村。

雖然榮華每天待在村裡，關於穆良錚的消息卻是一點也沒落地全聽在耳裡。

李百萬和他手下的走狗，全部都被處死。

行刑那天，據說安平縣所有被李百萬欺壓過的人都去看了，臭雞蛋、爛菜葉砸得整個刑場都是。

穆良錚此舉，甚得民心。

更令榮華吃驚的，是穆良錚和大煜皇室的關係轉變！

穆良錚主動向皇室請旨，桃源村村長榮耀祖一直施糧賑災，救了數萬村民。

皇室應允，下旨封榮耀祖為新任安平縣縣令。

穆良錚又上表請令，陳述榮耀祖之女榮華在桃源村的功勞，建議推行新令，以安平縣地區試驗，如果效果良好可全國推廣。

皇室也應允，封榮華為嘉寧縣主，安平縣為其封地，嘉寧縣主可在封地推行新令。

由於這一切太順利了，烈火烹油、鮮花著錦乍看是美事，榮華卻隱隱覺得不踏實。

有次，榮華終於忍不住內心的擔憂，問了穆良錚。「將軍，大煜皇室以後還會不會針對你啊？」

畢竟當初穆良錚功高震主，大煜皇室對他恨不得除之而後快，如今身為將軍未婚妻的她，受到這麼多的禮遇加封，就怕掌權者多疑而種下禍根。

「放心。」穆良錚臉上露出笑容。「當外界一直謠傳我『意外身死』的那段時間，我也暗自部署了很多事情，包括扶持新帝登基。」

榮華吃驚，沒想到穆良錚已經下完這麼大的一盤棋！

因筠州城安平縣地處極北，遠離朝廷的權力核心，榮華自然不清楚穆良錚先下手為強，以「意外身死」躲避政治追殺所引發的後續效應，各地早傳出皇室涼薄、殘害良臣的各種陰謀論，再加上原先統治者的無能已讓民怨沸騰。為了國家檯面上的維穩，皇室之間的政治鬥爭猶如暗潮洶湧，直到時機成熟，才對外宣稱「前君退位，新帝登基」。

看穆良錚以一句「扶持新帝登基」輕鬆帶過，榮華知道背後的權力轉移沒那麼簡單，想必「逼宮」之類的戲碼曾經在皇都真實上演呢！

反正事情已大致底定了，榮華放心道：「我以前總害怕兔死狗烹，現在沒事就好。」

這次，穆良錚的復出，嚴懲了貪官污吏，夾帶著強大的民心，而新帝上任想要振衰起敝，自然得好好嘉許一番，是以穆良錚提什麼，上頭就立刻應允，以維繫朝廷善待忠良的好名聲。

不過短短半月，皇室封賞的聖旨快馬加鞭送到了桃源村。

榮耀祖一家跪在院子裡，領旨謝恩。

關於自己的生意，一直是榮華的心頭大患，她總擔心有一天會東窗事發，可如今倒好，她受了封賞，成了縣主，並且可以光明正大繼續做下去，美其名曰「推行新令」。

穆良錚送了她好大一份禮，往後她能徹底安心了，做生意不再綁手綁腳，可以在安平縣大幹一場。

如此一想，榮華心裡覺得舒暢。

榮耀祖手裡拿著聖旨，激動得一直哆嗦。他一直想施展自己的抱負為國效力，可惜沒有機會，如今能夠成為知縣，對他來說已經是想都不敢想的恩典了。

送走宣旨的人，穆良錚走過來，對著榮華道：「之前的李府依舊作為知縣的府邸，御賜給你父親。而李百萬貪污幾十萬兩銀子所建造的那處大宅子，御賜給了妳，作為妳在安平縣的縣主府，筠州城裡還有一處大宅子，也是妳的縣主府。」

說到這裡時，穆良錚略停頓了一下，輕聲道：「那處宅子，就在我的宅子旁邊。」

榮華愣了一下，抬眸看著穆良錚，瞧著他眸子裡的一絲喜意，她也笑起來。「穆哥哥，謝謝你。」

「不必道謝，這是妳應得的。」

榮華莞爾，這哪是她應得的，如果不是穆良錚為她請旨，她怎麼可能會成為縣主，爹爹也絕不會得到知縣的官位。

歸根究柢，不過是因為請旨的人是穆良錚罷了。

這個皇室又怕又敬的戰神。

榮華握著聖旨，想了想問道：「到時候穆大娘他們會和你一起搬到筠州城住嗎？」

穆良錚輕點了下巴。「嗯。」

「妳現在是縣主，妳也會長住筠州城。」

榮華挑了挑眉，未置可否。「筠州城官員太多，關係錯綜複雜，我還是喜歡安平縣和桃源村，我打算讓爹爹把安平縣這麼些年來的懸案、冤案、錯案、假案都重新審理一遍。那個李百萬喪盡天良，他做知縣時肯定有很多無名冤案。」

「我也是這樣想的，可以讓榮叔好好清理一番。」

榮華臉上揚起笑，嬌俏地說：「穆哥哥，你以後要為我撐腰啊！」

穆良錚忍不住暗笑一聲。「好，我必定為妳撐腰。」

稍晚，穆良錚被人請去筠州城。

榮耀祖和榮華兩個人都得到封賞，村裡人來往恭賀聲不絕於耳，榮家二房、三房的人也混跡其中。

三嬸當日早已和榮華撕破了臉，如今讓她厚著臉皮上門來，她也沒臉，但是榮淺和榮華關係比較好，三嬸便讓榮淺來了。

榮華一向心疼榮淺，自然和她說了好一會兒話。

一直忙了幾日，知縣府邸那邊早已打點好了，榮華一家也沒什麼好收拾的東西，便一身輕鬆地搬去知縣府。

之前李府的牌匾早已拆了下來，換成了榮府。

李府所有的東西都被清空換成新的，現在這處宅子已是榮家的。

榮華也去自己在安平縣的縣主府瞧了瞧，這縣主府是李百萬花了幾十萬兩銀子建成。宅子佔地面積非常大，而且雕梁畫棟相當氣派，假山噴泉坐落其中，九曲迴廊十八繞，珍稀花草遍地都是。

李百萬花了大錢建這房子，誰能想到最後住進來的人，是榮華呢？

榮華帶著家裡人，在宅子裡足足逛了大半天，都還沒完全走完。

王氏捶了捶腿，扶著榮華的手，坐在假山旁的小亭子裡，擺著手道：「華兒，罷了、罷了，我是走不動了。這宅子太大了，娘的腿已經走瘆了。」

榮嘉和榮欣也坐在王氏旁邊，臉上出了一層細汗，看樣子疲累不已。

楚行之這兒看看、那兒看看，笑道：「姊姊，妳這處宅子挺精緻的，和我以前在家住的不遑多讓。」

榮華摸了摸他的頭髮。「你在家住著金宅子不習慣，在桃源村住磚瓦房倒是住得慣。」

她打量著才逛了一小半的宅子，搖了搖頭。「這麼大個宅子，要是就我一個人住，那不是和鬼屋一樣嗎？」

王氏聞言，有些無奈地笑道：「那個李百萬，家裡小老婆太多，才把自己所有搜刮來的錢，建了這麼大的宅子，他想在安平縣當土皇帝呢！我剛剛聽旁人說，這宅子有上百間屋子呢，可太大了。」

王氏攬住榮華，輕聲道：「華兒，不如妳還是和我們一起住吧！我聽知縣府的婆子們說，穆家小四大半個月前就已經開始請人把這兩處宅子重新翻修了，知縣府裡面也都是新的，而且那處宅子就夠大了，那麼多屋子，咱們都住不下呢！要是讓妳一個人住在這兒，也太嚇人了。」

「娘，我只是擔心爹爹。」榮華靠在王氏的身上，面無表情。「爹爹現在發跡了，雖然他和那邊的人已不往來，但如果榮家其他人硬要跟來，爹爹還是心軟了呢？他們如果和爹爹一起住知縣府，那我是絕對不會和他們一起住的。」

王氏明白榮華的擔憂，畢竟現在他們好不容易能過上好日子，她一點也不希望變得和從前一樣，過著同在一個屋簷下，不得不受氣隱忍的日子。

王氏想了想，握著榮華的手，難得堅毅地說：「我會跟妳爹爹說清楚，若是如此，我們之後就住妳這裡，宅子雖大，咱們一家人住一起也不怕，讓妳爹爹一個人和他們住一起吧！」

榮華笑起來，在王氏懷裡蹭了蹭，撒嬌道：「娘，妳最好啦！」

榮耀祖安排妥當後，已經上任，正式成了安平縣六品知縣。

由於之前為虎作倀的縣丞都已處死，榮耀祖又提拔了幾位知根知底的同僚，為七品縣丞。其中，為榮華通風報信的孫正，也成為榮耀祖的心腹。

在孫正的幫助下，榮耀祖迅速了解知縣的公務流程，幾天下來，已然適應了新身分。

榮華暫時和家人一起，住在榮府。

因為縣主府實在太大，她一個人住，還是有點怕怕的。

馬上就到了春耕的時候，榮華現在也很忙，她去了千武鎮一趟，在林峰的幫助下，預訂了一大批農作物種子，然後統計安平縣的人口、田產等等，準備帶著他們耕種。

既然穆良錚為她掙來這個榮譽，榮華當然要好好爭氣，幹出一番事業，最起碼她要保證，今年安平縣所有村鎮，都能夠如數交上糧稅。

榮華坐在榮府前廳書房裡，孫正在她面前捧著一個本子，認真地唸道：「安平縣下有平安鎮、和平鎮、安定鎮、大安鎮四個鎮子，而平安鎮、和平鎮這兩個鎮子，每個鎮有村落七個，安定鎮、大安鎮，每個鎮子有村落六個，安平縣下共有村落二十六個，鎮子四個，每個村子的人口、田產、主要勞動力、老弱病殘人士還在統計中，仍需要幾天時間。」

「你做得不錯，我需要完整的人口資料，然後制定對應的春耕方案。」

「好的，縣主。」

榮華讓孫正下去忙了。

孫正剛走出去，榮耀祖回來了。
榮華感覺有些驚奇。「爹爹，這個時候你怎麼回來了？」
「華兒，我回來是因為妳。」榮耀祖一臉嚴肅，湊近榮華低聲說。「上次封妳為縣主的時候，皇室賞妳的東西，妳還記得嗎？」
「我記得。」
當時宣旨的人洋洋灑灑唸了一大堆，榮華謝恩後，這些東西都被搬去縣主府，後來榮華只去了縣主府一次，她也沒看過那些東西，早就忘了到底賞些什麼東西。
她感到莫名其妙，不知道爹爹問這個問題究竟是為什麼。
「皇室又賞了一批東西下來！還賞了妳八個丫鬟、四個婆子、兩個嬤嬤，封賞和這些人已經到了縣主府，妳趕緊去接旨吧！」
榮華忽然明白榮耀祖為什麼一臉嚴肅了。
之前她已經私下跟榮耀祖說明將軍詐死的緣由，榮耀祖知情之後，對大煜皇室的態度有很大改觀，因此對朝廷來的消息或舉動也更為警戒。
第一次封賞時，皇室賞的東西，宣旨的人唸了老半天，當時榮華跪在地上，跪得膝蓋都快麻痺了，那人才唸完。
已經賞了這麼多東西，這才幾天，怎麼又有封賞下來？
或許這一次的賞賜，只是為了把人塞過來吧……

她一個小小縣主，哪有資格被皇室監視啊？所以這些人，是想透過她來監視將軍吧？

榮華的臉色沈了下來。

榮耀祖看她這表情，心裡就慌了起來。「好姑娘，妳待會兒可別甩臉子！妳的縣主是將軍請旨得來的，妳現在就代表了將軍！如果妳對皇室派來的人不敬，那就是將軍不敬，不知道朝中的人還要怎麼說將軍呢！還有，這些人直接去了縣主府，那妳以後沒法和我們住一起了，總不能讓他們也跟著妳過來住知縣府。」

榮華有些頭疼地揉了揉眉心，她可不想搞什麼宅鬥，只想好好的過日子罷了。

這十來個皇室的眼線安插在自己身邊，榮華感覺自己吃飯、睡覺都渾身難受了。她們又和自己不同心同德，這擺明是來監視的。

榮華皺著臉，心裡是一百個不情願，但抬眸看見榮耀祖焦急的神色，她只好揚起笑臉，道：「爹爹，你放心吧，我知道分寸。」

榮華隨榮耀祖坐上馬車去縣主府，八個丫鬟、四個婆子、兩個嬤嬤正候在縣主府門口，瞧見榮華來了，齊齊跪下。

「見過嘉寧縣主！」

榮華面帶笑容，伸手讓她們起身後，她又跪下領旨。

領完旨後，榮華領著一群人到正廳，她和榮耀祖一起坐在廳上，這些人又向她行了禮。

一個富態看著面善，叫花嬤嬤，另一個乾瘦看著精明，叫竹嬤嬤。

花嬤嬤一臉笑意，又朝榮華福了福身子，才笑嘻嘻地開口道：「咱們縣主漂亮得跟天仙似的，比皇都裡的貴女們還要好看呢！我們這些人來伺候縣主，真是祖上顯靈了，只盼著跟在縣主這樣天仙般的人面前伺候，能夠沾沾仙氣。」

榮華掩唇笑了下，都說伸手不打笑臉人，這位花嬤嬤真是太討喜了。而且這些人，她要敬著才是。

榮華笑道：「花嬤嬤說笑了，我不過是一個無知農女罷了，哪能跟貴女們相提並論呢！兩位嬤嬤能來，我心裡相當高興，哪敢說『伺候』這兩個字。嬤嬤們在皇都裡，必定見多識廣，我還想著嬤嬤們能多教教我，讓我長點見識。」

兩位嬤嬤都笑起來，直說不敢。

竹嬤嬤福了福身子，道：「縣主，我瞧著您似乎沒有住在縣主府？不知縣主住在何處，我們也好跟過去伺候。」

「我原是和父母一起住在知縣府，但知縣府小，且不夠精緻，哪能讓嬤嬤們受這個苦。既然妳們來了，我便搬回縣主府，回頭讓他們把我的東西搬來就是了。」

兩位嬤嬤都說好。

榮華和她們說了一會兒話，又每人都賞了銀子，只覺得心累。

她想著要是以後讓這些人貼身伺候，那自己豈不是一點自由都沒有？以後每次說話都要這樣文謅謅的？

而且說話必須想著能不能說，說出來會不會對將軍不利？那也太辛苦了。

兩位嬤嬤帶著丫鬟、婆子們下去安置。

榮華看著她們走了，才一下子鬆了口氣，身子靠在椅背上。她伸手拉住穿雲，有氣無力道：「快給八娘姊姊寫信，把刺芽和井鹿給我帶來，我要讓她們做我貼身伺候的丫頭，要是每天都被這兩個嬤嬤盯著，那我不用活了。」

穿雲點頭，領命去辦了。

正廳就只剩榮華和榮耀祖。

榮耀祖垂頭嘆了口氣，復又抬頭，安撫榮華。「華兒，咱們現在和穆將軍，可是一條繩上的螞蚱，妳就辛苦辛苦，千萬不能抱怨。」

「我曉得了，我絕對不會讓她們抓住我的小辮子，爹爹放心。」

榮耀祖這才離去。

花嬤嬤和竹嬤嬤將四個婆子和八個丫鬟的職責都安排好後，又來找榮華。

「縣主，咱們府裡大，只這麼點人怕是不夠，還要買點丫鬟、婆子、雜役回來才行。」

榮華微笑點頭。「好，嬤嬤們去辦吧！」

花嬤嬤去負責買人，竹嬤嬤又道：「縣主，我今日帶著丫頭們，把府裡的所有東西都清點一遍，登記在冊，以後府裡人多了，免得有些手腳不乾淨的，我們記錄在冊，也好隨時清點。」

「好，嬤嬤看著辦吧！」

縣主府確實很大，榮華一個人管著也太累了，這兩位嬤嬤都是厲害的人，管家手段自不必說，她自己有事情要忙，把管家的事務全部交給她們也好。

竹嬤嬤領了命後，臨走前說：「等我們把縣主府弄好，縣主也該發放請帖，請人來府赴宴了。」

榮華抿著唇，這是她最怕的，請不認識的人來赴宴。

大家又不認識還要裝作熟悉的樣子，真是討厭。

但這是規矩，現在還可以憑著府內事務尚未打理好為由，拒絕辦宴，可若是一直不開，怕是傳出去名聲不太好。

筠州城內的達官顯貴，都等著巴結將軍，自然也會巴結到她這個縣主這裡來，所以不能再拖了。

榮華依舊笑著點頭。「好，都聽嬤嬤的。」

竹嬤嬤這才退下。

下午的時候刺芽和井鹿便來了，榮華許久不見她們，熱絡地說了好一會兒話。

其間，竹嬤嬤來過一次，並未說什麼，等到榮華進房後，她卻教導井鹿和刺芽幾句。

「縣主仁厚，和妳們以姊妹相稱，但妳們要記住自己的身分，不要逾越了本分，真以為自己和縣主是姊妹了，懂了嗎？」

井鹿和刺芽都是聰明的姑娘，最初八娘就和她們交代清楚了，因此當下兩個人也不惱，笑意盈盈地行禮，乖巧道：「嬤嬤教訓得是，奴婢怎麼樣也不敢吃了熊心豹子膽，請嬤嬤放心。」

竹嬤嬤看她們兩個還算乖巧懂事，便點了點頭，沒再說什麼。

兩位嬤嬤都是雷厲風行的人，花嬤嬤不出半天，已然買好丫鬟、僕役，並且仔細叮囑了一遍，把事情安排了下來。

第二日，竹嬤嬤也帶著家裡的丫鬟們把所有東西都清點一遍，將單子交給榮華。

榮華翻看了單子幾眼，道：「這宅子原本的東西我都知道，我自己手裡有一份單子，倒是封賞下來的東西太多了，我還沒仔細看過。」

竹嬤嬤說：「賞賜的東西都在庫房，縣主想看的話可以去看看。」

榮華看著御賜的封賞，有兩張長長的單子，點頭道：「好，那就去庫房瞧瞧吧！」

一行人到了庫房，竹嬤嬤打開庫房門，榮華一時間被庫房內的珠光寶氣閃花了眼。

好多綾羅綢緞、金銀珠寶……

竹嬤嬤在一旁道：「皇室共賞了您黃金千兩，白銀萬兩，白玉如意兩對，赤金和合鴛鴦屏風兩扇，金鑲玉手鐲十二對，寶石玉鐲十二對，金釵、金簪並各色珠花、耳墜、項鍊、戒指等首飾兩大箱，綾羅綢緞一百疋，還有各色珍稀古玩，您可以一一看看。」

榮華照著單子看過去，瞧著那些極為好看的首飾，不由得感嘆大煜皇室真有錢。

她哪怕賺了那麼多錢，也沒捨得買這麼多首飾。

那些綾羅綢緞、首飾都是當下最時興的花式紋路，榮華看了半天，險些看花了眼，最後一一看過後，才把單子還給了竹嬤嬤，道：「嬤嬤打理得極好。」

竹嬤嬤不愛笑，板著臉道：「縣主的衣服首飾都舊了，不如選幾疋自己喜歡的顏色花樣，我命人去做幾身好看的衣裳。」

榮華看著那一疋疋綢緞，隨手指道：「那疋妃色纏枝薔薇花紋的雲錦，做一件裙衫；那疋素色山茶花紋的四經絞羅，做成褙子；那疋大紅色的金雲錦，做一件披風。」

榮華按照自己的審美選了布料，竹嬤嬤隨後命人取了。

她又選了幾種顏色，淡雅、華貴的都有，也挑了幾種衣服款式，其餘的則讓竹嬤嬤自己考慮，竹嬤嬤一併應下。

竹嬤嬤又道：「縣主得空，不如請夫人、老爺、哥兒、姊兒們過來，也選一些喜歡的花色，做成衣服。」

榮華說好，竹嬤嬤去安排了。

榮華知道，等到這新衣服做好，便要開府設宴了。

府裡的事由兩位嬤嬤打理，榮華給她們兩位最大的尊貴和體面，府裡除了她，便是兩位嬤嬤主事。

她住在縣主府，孫正依舊每天都來彙報工作。

待人口和田產資料全部整理好後，榮華便和榮耀祖一起，開了縣衙銀庫，拿了李百萬還沒花的庫銀，透過林峰買了農作物種子，然後將農作物種子免費發放到各村各鎮，由桃源村出人，手把手地教。

春耕已經開始，榮華的兩個編織作坊，也重新開張。

現在有聖旨封賞的縣主身分，還有穆良錚做靠山，她可以透過「推行新政」的名義，不僅能肆無忌憚地做生意，還能夠帶領更多百姓吃飽。

榮耀祖和榮華親自盯著春耕的事宜，雖然這麼說，但其實是榮耀祖打下手，其他的都是榮華負責。

盯春耕之餘，榮華也親自去看了作坊和糖廠的運作情況。

榮華這段時間，簡直忙得像陀螺一樣打轉。

發現兩邊都沒有問題後，榮華才閒了下來，好好睡了一覺。

一日，榮華起床後，竹嬤嬤候在一邊，看著井鹿伺候榮華洗臉穿衣，她的臉色便不好了。

「縣主也太不心疼自己了，瞧這臉瘦得都小了一圈。刺芽，妳去吩咐灶房，早飯給縣主燉個雞湯，湯裡放上人參，給縣主好好補補。」

「竹嬤嬤，一早上就吃雞湯未免有點太葷了，不如雞湯放到中午吃吧？」

「縣主放心，灶房的婆子慣會做湯，一定做得一點也不油，您放心吃，而且您太瘦，不僅早上要喝雞湯，中午和晚上都要喝，好好養養。」
兩位嬤嬤來伺候榮華，都是受人吩咐，要好好伺候她，絕不能讓她瘦一兩肉！
竹嬤嬤瞧著榮華瘦得眼窩都有點深，當下只覺得手腳發麻，急著轉身往灶房走，說：「我要親自去盯著，給縣主好好養一養，得盡快養胖才是。」
榮華無奈一笑，這大半個月一直在忙春耕的事，她確實是有點累了。榮耀祖雖然是知縣，但很多事情沒有她知道得多，很多事情都需要她親自去教他。勞心勞力，所以這才瘦了。
幾日後，穆良錚上門看她的時候，看見她瘦了一圈的小臉，當下臉都變了。他冷眼掃視著廳下的婆子、丫鬟，冷聲道：「妳們怎麼伺候的？縣主怎瘦了這麼多？」
兩位嬤嬤戰戰兢兢，忙跪下請罪。
榮華坐在榻上，眼睛眨啊眨，瞧著穆良錚這樣子，有些擔心。
將軍就不怕這些人打小報告說他壞話嗎？
她想了想，身子靠在纏枝花團線抱枕上，臉上帶著笑。「將軍，是我這陣子胃口不好，不關她們的事。」
「花嬤嬤、竹嬤嬤，灶房不是燉了雞湯嗎？妳們去看看燉得怎麼樣了。」
嬤嬤們領命退下了。
等她們一走，榮華屏退左右，朝穆良錚招了招手。

穆良錚走過去，坐到她身邊。

榮華先替他倒了杯茶，等穆良錚喝了兩口，她才道：「穆哥哥，這些人是皇室賞的，很有可能是朝廷的眼線，你可別因為我而得罪了她們，萬一她們亂嚼舌根傳出去一些不好聽的，就不好了。」

穆良錚明顯愣了一下，隨後唇角輕勾，似是覺得好玩。

「妳原來是在擔心這個。」他低頭暗笑了一下，在榮華疑惑的目光中，才淡然解釋。「妳身邊的人，我怎麼可能讓眼線插進去，這都是我的人，妳儘管放心用就是。」

榮華長長「哦」了一聲。「原來如此！那就好，不然我還真覺得彆扭。」

虧她每每在兩位嬤嬤面前暗自小心，生怕說錯了話，卻原來是自己想多了。

穆良錚手中握著茶杯，轉頭看著榮華。

榮華有點不好意思，輕聲問道：「穆哥哥怎麼一直看著我？」

穆良錚道：「妳這麼為我擔心籌謀，我很開心。」

榮華抿了抿唇，終是忍不住笑了起來。她一笑，眼角、眉梢全染上笑意，眼睛亮晶晶地燦如星子，整個人肌膚勝雪，已有傾城之貌。

他的華兒，出落得越來越漂亮了。

穆良錚眼神逐漸變暗。

榮華並未瞧出他此時在想什麼，笑過後便問道：「穆哥哥最近在忙些什麼？」

「筠州城的駐軍布防，粗製濫造，不堪一擊，最近我都在做布防的事情。」

「我還以為將軍在忙著應酬呢！將軍一回來，不知道多少人想要巴結你。」

「是有很多應酬，不過我全推了，不喜歡。」

榮華認同地點頭。「我也不喜歡。」

穆良錚飲盡熱茶，放下了茶杯，道：「我知道妳不喜歡，所以妳開府設宴的事也不用太急，等到春日裡，到時候天氣暖和了再說。」

榮華聽著這話很開心，急忙應了。

兩人說了一會兒話，穆良錚便有事離開。

榮華送他出了前廳，瞧著他的背影消失在影影綽綽的樹後。

穆良錚走後，竹嬤嬤來到榮華身邊，稟告道：「將軍此次來，擔心您的安危，還帶來了幾名護院，都是有功夫的。」

「將軍對我這麼好，我要怎麼償還？」榮華輕嘆一口氣，搖搖頭道。「真的只有讓安平縣煥然一新，才能對得起將軍。」

花嬤嬤聽了這話，和竹嬤嬤對視一眼便笑了。

「縣主說的是哪裡的話，您是將軍的未婚妻、未來的鎮北王妃，將軍多關照您是應該的，您日後嫁給將軍便是了，何來對不對得起一說呢？」

榮華看了她一眼，笑一笑沒說話。

花嬤嬤看她如此神情，心知自己說錯話了，可一時也不知道自己錯在哪裡，遂看了竹嬤嬤一眼。

竹嬤嬤朝她搖了搖頭，兩個人都沒開口。

她們這位新主子，是個極好說話的人，每天都笑盈盈的，基本上對她們有求必應。今天這狀態，她們倒有點摸不清頭緒了。

難道縣主不想嫁給將軍？

兩位嬤嬤被自己的想法驚住了。

皇室的公主、皇都的貴女們，哪個不是擠破了頭想嫁給將軍？結果將軍一句「家中已有婚約」，拒了所有公主和貴女。

將軍為縣主做了這麼多，結果縣主不想嫁？

兩位嬤嬤們迷惑了。

等到榮華回房後，兩位嬤嬤尋了個無人的地方，聊起天。

花嬤嬤最先開口問：「竹姊姊，妳瞧著縣主剛剛是什麼意思？難道她對將軍無意？」

「妳我都是過來人，怎麼可能看不出來，縣主心裡是有將軍的，她擔心咱們是皇室的人，一直為將軍懸著心，生怕自己說錯了話，讓將軍被人抓住把柄，這怎麼可能是無意？不過我猜測啊，咱們縣主是個要強的女子，妳剛剛說的話，讓縣主覺得自己是因著將軍的身分，所以她才沒說話。這樣的話，以後咱們都不要再說，免得讓縣主心裡不痛快。」

花嬤嬤點頭。「好，今日原是我說錯話了，回頭竹姊姊也交代下面的丫頭、婆子，一律不許說這些話。」

「這是要的。」

榮華還不知道自己那一瞬的神情，被兩位嬤嬤解讀了各種意思，若是知道了，只怕要笑出來。

該忙的事情都忙得差不多了，榮華接下來的時間空閒很多，便邀請林峰和八娘來府裡玩兩天。

八娘看她現在過得這麼好，激動地抱著她哭了許久。

榮華和林峰也重新談了合作事宜，她現在要推動整個安平縣的經濟，那麼日後和林峰的合作必定規模更大。

幸運的事情是，林峰吃得下。

哪怕林峰吃不下，他背後還有一整個袁藺如的商隊。

林峰這邊商量好後，一切就好辦多了。

第三十七章　開府設宴

時間慢慢流逝，轉眼二月都快過去了，已經到了春日，榮華不能再拖下去了，遂和兩位嬤嬤商量了開府設宴的事宜。

兩位嬤嬤都安排好了，只等著榮華示下，確定日子。

「就三月三吧！」榮華看著窗外含苞欲放的白粉玉蘭。「到時候桃花都開了，府裡風景不錯，請他們過來賞花看景便是了。」

兩位嬤嬤得了吩咐，便開始操辦了。

這是縣主府第一次設宴，她們必定要辦得體體面面、風風光光，不讓縣主蒙羞。

既然決定設宴，那麼就要發請帖出去。

竹嬤嬤擬了一批邀請的名單，榮華核對了一下，瞧見城主夫人和其子女的名字時，她的笑容有些苦澀。

「可不可以不請她們？我不喜歡她們。」

「不行。」

榮華揉了下眉心。「罷了，設宴索性就一天，我忍忍就過去了。」

到了三月三設宴這一天，縣主府府門大開，筠州城內有頭有臉的人物都來了，車馬絡繹不絕，停滿三條街。

今天是榮華第一天正式進入筠州城高層的小圈子，兩位嬤嬤怕榮華怯場，將她打扮得很漂亮。

榮華穿著妃色纏枝薔薇花紋蘇繡月華雲錦裙衫，配了件四經絞羅的褙子，頭髮高高綰起，插著玲瓏點翠草頭蟲鑲珠簪、綠雪含芳簪、金絲嵌紅寶石雙鸞點翠步搖，並珠鍊、宮花點綴，耳上掛了一對赤金纏珍珠墜子，手上戴著穆良錚送的翡翠鐲子和戒指。

她瞧著鏡中珠翠滿頭的自己，輕輕晃了晃腦袋，步搖也跟著晃了晃，發出悅耳的聲音。

兩位嬤嬤們還給她上了妝。

她原本弧度柔和的眉眼此時微微上挑，帶了股說不出來的媚意。

眉如遠山之黛，唇如鮮嫩玫瑰，鏡中明媚而豔麗的女子，便是榮華。

嬤嬤的手藝極好，妝容和扮相都顯得榮華特別高潔出塵，大氣華貴中還透著一股仙氣。

說實在的，榮華都有些不認得自己了，她從未打扮得如此華麗過。

花嬤嬤伸手將榮華的簪子扶正，笑咪咪地開口道：「咱們縣主啊，真是漂亮。」

「是嬤嬤們手藝好，才能把我打扮得如此漂亮。」

「還是咱們縣主美，才能壓住這些金銀首飾，使得首飾更襯您的姿容。若是長得不好看，只會被首飾壓住，那麼別人的目光，就全去看首飾了。」

刺芽也在一邊接話道：「嬤嬤這話倒不假，咱們縣主雖然頭上插了那麼多珠光寶氣的簪子，可奴婢看縣主的時候，第一眼還是看縣主的臉，心裡就想著，怎麼會有這麼美的人呢？」

榮華掩唇笑了下，身上就「嘩啦」響了起來，她道：「妳們別一天天使勁誇我，我還能不知道自己嗎？妳們誇得我上天了，那我可就飄了。」

「縣主是天仙，本來就該在天上才是。」

榮華一臉無奈。

外面小廝來回話。「嘉寧縣主，各府的人都到了。」

竹嬤嬤扶住榮華的手，道：「縣主，咱出去吧。」

「好。」

榮華是女眷，先和王氏一起在後院招待女眷。

前院的男子們是由榮耀祖、楚行之、榮嘉三人招待。

榮嘉年紀雖小，但也可以從小學起來，多見見世面總是好的。

關於宴會流程，兩位嬤嬤早就教過她，有嬤嬤跟著，榮華倒也沒有出錯。不過就是累，她都沒有真的坐下來吃一口，一直有人上來和她說話，她快餓死了。

蒼天啊，縣主真不是一般人能當的，她這應酬能力是零分啊！

她最怕應酬了，但是今時不同往日，現在是不得不應酬。

吃過午飯，下午榮華便請眾人在府中閒逛，賞賞春景，她還是要陪著。

榮華的臉都要笑僵了。

瞧著一旁被夫人們拉著說話的王氏，怕是也累壞了。

榮華吩咐竹嬤嬤。「嬤嬤，帶我娘和妹妹下去吃點東西吧！」

竹嬤嬤領命去了，尋了個由頭帶王氏離開。

王氏離開前，朝榮華投去心疼的目光。

榮華脫不開身，這些人恨不得眼睛都長在她身上，那視線灼熱得彷彿要挖她二兩肉下來，真是嚇人。

最後還是穆良錚救了她。

花嬤嬤湊近她身邊，用剛好她身邊人都能聽見的聲音說：「縣主，鎮北王請您過去一趟。」

榮華抬眸，看著圍住自己的夫人們。

夫人們聽到這話，忙臉上堆滿了笑，道：「縣主且去忙吧，您這府裡春光甚好，我們自己走走便是，不用管我們。」

榮華這才笑著離開了。

「花嬤嬤，多虧妳救我，我腿都要斷了，臉也笑僵了。」榮華揉了揉臉。「這樣的事一次也就罷了，若是次數多一點，那我累死得了。」

花嬤嬤扶住榮華，一直笑。「縣主以前沒經歷過這些，現在自然覺得累，以後習慣也就好了。」

榮華忍不住哀號。「我不要習慣。」

她轉頭看了眼周圍的景色，花嬤嬤怎麼把自己引到桃林？

桃花灼灼盛開連成一片，美不勝收。

但是她快餓死了，現在只想吃東西，便道：「嬤嬤，我餓了，賞花什麼的之後再說吧！」

「縣主，老奴方才可不是替妳解圍，將軍真的來了，就在桃林深處。」

榮華愣了下，因為疲憊而鬆鬆垮垮的身體瞬間站直，她停下腳步，轉頭面對花嬤嬤，仔細道：「我妝有沒有花？看著還好嗎？」

「沒有花，沒有花，縣主美著呢！」

花嬤嬤把榮華送到桃林深處便退下了。

灼灼桃花盛放，那人一身玄衣，站在開得最絢爛的桃樹下。

榮華不由得放緩腳步，走了過去。

穆良錚聽到腳步聲，回過了頭，他看著榮華，眸中忍不住驚豔。

榮華瞧見他，朝他笑了下，提著裙子緩步走來。

穆良錚只覺得腦海中霍然一震。

回眸一笑百媚生，天下粉黛無顏色。

說的就是華兒吧？

穆良錚見過珠翠滿頭的貴女和公主們，那些人在他看來，覺得俗氣得很。

可是他的華兒戴著這些首飾怎就這麼好看，連帶首飾都有了仙氣。所以說，打扮果然還是看人的，他的華兒美，連帶著首飾都沾光了。

穆良錚目光灼灼地盯著她。

榮華被看得有點不好意思，用手扶了下桃枝，輕聲道：「穆哥哥怎麼又一直盯著我看？」

「華兒沈魚落雁之姿，桃花也自愧弗如，所以我看呆了。」

「穆哥哥你……」

怎麼能如此一本正經地說出這些話呢？

榮華嗔怪地白了他一眼。

那又嬌又媚的姿態，惹得穆良錚的喉頭一緊，喉結忍不住滾動一下，他不動聲色移開了目光。

「我想著，妳今天肯定一口飯都沒來得及吃，所以命人在這亭子裡置了一桌菜，妳快些來吃吧！」

「穆哥哥你也想得太周到了！」榮華笑了起來。

她餓得厲害，腳步就有些急，步子邁得大了些。

但是穿著裙衫走路，講究行不帶風，要小步走，她步子邁太大，又踩到枯樹枝，腳上崴了一下，差點摔倒。

穆良錚眼明手快地握住她的手。

她的手小而軟，皮膚滑嫩不已，柔若無骨一般，握在手裡軟綿綿的，讓人忍不住心猿意馬起來。

穆良錚握住她的手後，就沒鬆開，牽著她往亭子裡走。

榮華的臉頰有點紅，不過她也沒抽回自己的手。

穆良錚的手很大，手指很長，掌心有繭，摸起來有點粗糙。

榮華指尖忍不住撓了撓他的掌心。

穆良錚覺得掌心被撓得麻麻癢癢的，遂停下腳步，一本正經地看著榮華。「不許勾引我。」

「……誰勾引你了啊！」

榮華惱羞成怒地甩開穆良錚的手，自己跑到亭子裡，坐下開始大快朵頤。

穆良錚笑著看她，慢悠悠地走過去。其實剛剛他的話並沒說完整，還有一句「我會忍不住」藏在他心裡。

亭子裡備的菜，都是榮華愛吃的。

榮華吃了好一會兒，才後知後覺反應過來。「穆哥哥，你怎麼不吃？」

「我剛剛吃過了。」

榮華放心地繼續大快朵頤。

吃好飯菜，亭子裡的東西便被撤了下去，換了點心、茶水、瓜果來。

榮華又吃了點水果壓壓肚子，最後被伺候著漱了口，用細鹽擦了牙齒，又嚼了嫩茶葉清新口氣。

榮華很餓，一時吃得急，也吃得多了些，覺得肚子有些脹，便想起身走走。

穆良錚和她一起。

兩個人在桃林裡散步。

桃花灼灼盛放，粉色的花瓣被風一吹，飄蕩在空中。

榮華伸手去接，飄飄蕩蕩的桃花便落在手掌心。她捧著桃花湊到鼻子前聞了聞，又「呼」的一聲吹飛，最後自己笑起來，樂個不停。

穆良錚眼神寵溺地看著她，一刻也捨不得離開。

兩個人不在一起的時候，穆良錚總是很想她，如今終於能經常見面了，他自然要多瞧瞧，可是怎麼也瞧不夠。

榮華的頭髮、肩膀上落了不少桃花瓣，穆良錚伸手幫她一一撿去。

榮華興起時，還揚起裙襬跳了個舞。

這舞蹈是她前世學的，穿越過來在每天運動過後，她也有練習，倒也沒有忘。

榮華經常練瑜伽，所以身段柔軟卻有力度，她的舞柔中帶剛，美得讓人移不開目光。

穆良錚瞧著榮華不盈一握的纖細腰肢，瞧著她轉圈、甩袖，只覺得心都被她握在手裡，彷彿生死都被她掌握。

他真是愛死榮華。

他一直以為榮華還是個小姑娘，其實不然，榮華早已經長大了，出落得明豔動人，身段婀娜。

穆良錚喉結上下滑動，看著眼前這幅人比花嬌的情景，發誓要一輩子保護好她，保護好她的所有美好。

這樣的美好畫面，他這一生從未見過。

榮華跳完舞，臉色紅撲撲的，她提著裙子跑到穆良錚面前，眼裡帶著星光。「穆哥哥，我跳得怎麼樣？」

「特別好看。」

他形容不出來有多好看，反正榮華是他見過最好看的人，她跳的舞也是最好看的舞蹈。

榮華開心不已。

穆良錚伸手一把抱住她。

榮華驚訝的「啊」了一聲，下意識反手抱住他，才反問道：「穆哥哥，你怎麼了？」

她忽然發現，穆良錚身體燙得嚇人。

該死！穆良錚該不會是發燒了吧？

她有些急，忍不住掙扎起來，身體在穆良錚懷裡扭動，急切道：「穆哥哥，你身體好燙，是不是生病了？」

穆良錚緊緊抱著她，嗓音沙啞的威脅。「別亂動！否則……」

否則就地吃了妳！

榮華身體一下子愣住，忽然不敢動了，她好像明白了什麼。

明白過來後，榮華害羞不已，可是又覺得十分搞笑，不由得笑出聲。

穆良錚咬牙，在她耳邊低聲道：「妳又勾引我。」

濕熱的氣息就噴灑在她耳邊，將軍那低沈、性感、略帶沙啞、極其富有磁性的聲線就在她耳邊響起。

榮華腿一軟，內心又被撩撥到，結結巴巴地道：「我、我可沒有！」

「是嗎？」

穆良錚的氣息越來越近了，榮華覺得他身體燙得嚇人！

穆良錚看著榮華那玉一樣小小的耳垂，忍不住越靠越近，感受著懷裡的人一直忍不住往下墜的身體，他眸裡泛起笑意，強忍住想要舔一口的衝動，在榮華耳邊說：「以後不許勾引我，否則我就對妳不客氣了。」

這威脅……

說是威脅，不如說是挑逗。

這是瞧不起誰呢？

你還能怎樣對我不客氣？

榮華忍不住跺腳，在穆良錚懷裡挺起胸。「我不怕！」放了狠話後，榮華忽然感覺到穆良錚身體的某處反應，立馬又慫了，她心底有些害怕，紅著眼睛掙扎道：「放、放開我。」

穆良錚卻不捨得放開她，先是緊緊抱了她一下，然後嘆了口氣，又一把放開她，後退了一步，轉頭不讓榮華看到自己臉上被勾起的情慾。

「我先離開了，妳一個人玩會兒。」

「好。」

榮華看著他急切地離開桃林，不知道穆良錚是不是生氣了，她有些糾結地站在原地。本來榮華不怕的，可是忽然不小心碰到穆良錚的某處後，她就怕了。

雖然穆良錚不會真的對她怎麼樣，但那感覺太尷尬了。

即使他們兩情相悅也有了婚約，但談婚論嫁最起碼也要等到她十八歲吧！

雖然現在是封建時代，女子十三、四歲就嫁人是常有的事情，但榮華自己還是想等到十八歲以後。

不過穆良錚是不是生氣了啊？

榮華站在原地，過了一會兒，花嬤嬤來了，她瞧著榮華失魂落魄的樣子，忙問道：「縣主這是怎麼了？」

「沒什麼。」榮華搖了搖頭。「將軍呢？」

「將軍去客房了，說是要洗個涼水澡。」

「噗哧！」榮華一下子笑出聲來。

哈哈哈，真是太難為穆良錚了。

所以他剛剛那麼急著走，不是因為生氣了，而是要去沖個涼！

花嬤嬤瞧著榮華眉眼間的春意，心裡猜到了七七八八，不過她沒有點破，只是扶著榮華離開了桃林。

剛走出去，榮華碰到了一個人。

這人不是別人，正是榮華以前和廖長歌一起見過的筠憐兒。

筠憐兒看到榮華，規規矩矩行了個禮，笑容甜美地說：「我見此處桃花開得極好，就賞玩了一會兒，不想縣主和憐兒是一樣的心思，也在賞花呢！」

瞧筠憐兒這低眉順目的乖巧模樣，如果不是廖長歌跟榮華提點過筠憐兒是什麼人，她還真會被騙過去了。

筠憐兒看上去好像沒認出她來。

榮華笑了笑，略敷衍了下，就離開了。

筠憐兒臉帶笑意，一直目送榮華的背影消失在桃樹後，臉色才猛地變了。

「原來是她！」

她當然記得榮華。

其實她記住的不是榮華，而是楚行之。

那樣驚才絕豔的少年郎在筠州城並不多見，所以筠憐兒將楚行之的樣子記在心裡。

今日在這裡見到楚行之，筠憐兒心底便有些疑惑，直到見到所謂的嘉寧縣主後，才恍然想起，她不就是那日見過，和廖哥哥在一起的女人嗎？

當時見到的她，不過是個穿著粗鄙的農女罷了！

一朝飛上枝頭變鳳凰，有什麼好神氣的！

筠憐兒對嘉寧縣主一點好感也沒有。

那樣曾經一無是處的女人，因為是鎮北王的未婚妻，所以才搖身一變為縣主。

這種人還需要行禮問安？

她也配？

況且她和鎮北王的婚約，不過是從小定下的娃娃親而已，鎮北王怎麼會喜歡這樣的農女？

鎮北王應該只是礙於家中父母，才會對她多看一眼吧？

一定是這樣的，一定是！

筠憐兒想起鎮北王那英明神武的樣子，臉頰飛上了紅暈，不由得對榮華更加厭惡。

直到深夜，歡聲笑語不斷的嘉寧縣主府才漸漸安靜下來。

榮華癱在榻上，任由井鹿她們替自己卸去釵環。

「終於可以歇歇了。」榮華無奈嘆氣。

她真的有點不適應這樣的生活，笑了一天，臉都僵了。

井鹿麻利地將榮華的髮髻拆了，將其一頭烏髮散開披在肩上，榮華這才覺得自己緊張一天的頭皮放鬆了些。

花嬤嬤替榮華揉著肩膀，刺芽替她捏太陽穴。

榮華整個人放鬆下來，以慵懶的聲音問：「我娘和弟弟、妹妹他們呢？」

「夫人和大公子、二姑娘都去歇著了，今天他們也累壞了。」

榮華聞言「嗯」了一聲。

竹嬤嬤看著榮華的臉色，知道她是累慘了，道：「縣主不如洗漱後，睡了吧？」

「好，我先洗漱，妳讓灶房替我弄碗宵夜。」

竹嬤嬤領命去了。

榮華洗好澡，吃了宵夜又淨了口，爬上床倒頭就睡。

她累慘了，一覺睡到第二天正午才醒。

榮華醒來後，一睜開眼睛，就瞧見粉嫩嫩的榮欣正趴在床頭看著自己。

榮華伸手攬過她，聲音帶著一股還沒睡醒的慵懶。「欣兒怎醒這麼早？」

榮欣玩著手裡的小兔子擺件，聲音帶著嬌憨。「我早就醒了，娘和哥哥也醒啦，爹爹也起了，正在和穆四哥說話呢！」

「穆四哥？」榮華驚了一下，立馬從床上坐起。「哪個穆四哥？」

「就是很多人喊他鎮北王的那個大哥哥呀！他說我和哥哥喊他穆四哥就好。」

穆良錚竟然來了！

榮華捂住額頭，頭疼地看著聞聲走進來的井鹿。「將軍來了，妳們怎麼不叫我起來？」

「縣主，不是咱們不喊妳，是將軍說妳累著了，不要打擾妳睡覺。」

「罷了，我起來吧！」

榮華洗漱完畢去了正廳。

穆良錚和榮耀祖在正廳，看著榮嘉舞劍。

榮嘉雖然年紀小，但他跟著穿雲學了幾年，此時舞得有模有樣。

穆良錚看了一會兒，覺得喜歡，便道：「榮叔要是捨得嘉兒，不如把他送到我這裡教。」

榮耀祖自然願意，急忙答應了。

穆良錚一抬頭，這才瞧見榮華穿著粉白色的春衫，正俏生生地看著自己呢！

「妳倒是很少穿粉白這樣的顏色。」

榮華抬步走過來，話還未說，眼角已經帶上三分笑意。「以前太忙，粉白色容易髒，如今倒是什麼都不用做了，就做了兩件衣裳。」

其實她以前不喜歡粉白的顏色。但是現在，女為悅己者容，她現在十五、六歲的年紀，正是最嬌嫩的時候，穿粉白色再合適不過了。

穆良錚看著她溫婉明豔的眉眼，眼中有著細碎的光。「很好看。」

「咳！」榮耀祖捂住嘴輕咳了一聲，別過了臉。「該吃午飯了。」

一大家子坐在一起吃了頓飯。

吃過飯後，榮華忽然想起要讓榮嘉去穆良錚那裡學武的話，她拉住榮嘉的手，蹲在他面前認真地問道：「嘉兒，你自己願意去穆四哥那裡學功夫嗎？」

榮嘉臉上還很稚嫩，卻已帶了一抹堅韌，聽到榮華問他，他板著臉點了點頭。「姊姊，我願意，我也想和穆四哥一樣，成為頂天立地的男子漢。」

「好孩子，既然如此，那你就去吧！」榮華站起身，瞧向一臉無所事事，躺在廊下的楚行之，不由得板住了臉。「你也不是小孩子了，整日裡無所事事可不行。」

楚行之覺得無所謂，笑嘻嘻地說：「姊姊，不是有妳嗎？妳以前說過要養我啊！」

「我自然願意養你，但你家裡必定是極其尊貴的，我要是把你養殘了可怎麼好？不如你和榮嘉一樣，跟著你穆四哥去軍營裡磨練吧！」

「我不去！」楚行之噘起嘴，又開始撒嬌。

一旁的穆良錚默默不說話。

榮華這次沒理楚行之的撒嬌，對穆良錚道：「穆哥哥，你看方便嗎？」

「沒什麼不方便的。」

「那便好。」

看楚行之委屈得要哭了，榮華揉了揉眉心。「你這小孩，不要以為姊姊心軟，你就老來這一齣，我現在把你交給穆四哥了，你別對著我哭，去找你穆四哥哭去。」

榮華拉著榮嘉走了。

楚行之委屈地看著穆良錚，穆良錚委實看不上大男人哭哭啼啼的樣子，皺眉瞪了他一眼。「眼淚收回去，掉下來一滴，今天你就跟著馬跑回軍營。」

驚！

強行止住眼淚的楚行之，恨恨地看了穆良錚一眼，跺著腳轉頭跑走了。

下午的時候，穆良錚帶著榮嘉和楚行之回到了軍營。

他一回去，就把這兩個人交給了自己的副將。「小的好好教，很有天賦，大的性子太軟了，吃不了苦也沒有意志，你使勁磨磨他，不要手軟，但是不可讓他們受傷。」

「得嘞！」

穆良錚這副將，人稱軍中閻羅，大家都叫他閻羅副將。

閻羅副將是戰神手下的一大殺神，身高近兩公尺，壯得跟大牛似的，在戰場上一手就能扭斷兩個敵軍的脖子，他跟著穆良錚剛來到筠州城，正覺得無聊，現在有事做，便興致盎然地來到楚行之和榮嘉面前。

楚行之蹲在練武場上，嘴裡正在嘀嘀咕咕地嘟囔著，忽然覺得眼前似乎有一大團陰影擋住了和煦的太陽。他抬頭看了看，只看到兩條大象一樣的粗腿，復又站起來，努力抬著頭，瞧見這閻羅副將的真面目。

長得好嚇人，一臉橫肉，眼珠大如銅鈴，看著都害怕。

楚行之心虛地往後退一步，小心翼翼地問道：「你是誰？你想幹麼？」

閻羅副將嘿嘿笑了下，在楚行之看來，那真是猙獰死了，他腿肚子都有點打顫。

閻羅副將認真地打量了楚行之一眼，嫌棄地搖頭。「白面書生，長得還沒貓大，這也能參軍？」

楚行之沒有骨氣地後退。「我也覺得自己不能參軍，既然如此，那我就先走了。」

「站住！」閻羅副將一聲大喝。

楚行之感覺地面都一陣震動，他都快聾了！

副將如拎小雞般抓起楚行之，在楚行之大叫的聲音中，嫌棄地掂了掂。「真是貓一樣的體重，將軍既然把你交給了我，我就不能辜負將軍，你最好給我老老實實的，否則小心我揍你！」

楚行之踢著腿掙扎。「放開我！你放開我！」

副將手一鬆，楚行之掉到地上，他捂著屁股，憤怒地瞪著眼前的人。

閻羅副將嘿嘿一笑。「怎麼？你不服氣？要不咱們比劃比劃？」

說完，他捏了捏拳頭。

楚行之看著他如鐵球般的大拳頭，一拳下去怕是牛犢子都能打死，更何況自己這小身板了。他憋屈地轉身，抱著榮嘉委屈地哭了起來。

閻羅副將提著楚行之，又伸手拎著榮嘉，道：「走，練武去！小子，你去跟著馬跑，繞著練武場跑十圈！」

「哭哭啼啼像個什麼樣子？你還是個男人嗎？看人家榮嘉都沒哭！」

楚行之仰著頭，倔強地拒絕。「你叫我跑，我就跑？我就不跑！」

閻羅副將友善一笑。「我最喜歡你這樣要強的新人了！你這樣的人，我一隻手能打十個。」

他嘿嘿一笑，轉身去帳子裡牽了一隻老虎出來！

老虎？

楚行之見狀，寒毛都立起來了。

只聽那閻羅副將喊道：「還不快跑？你要是不跑，我就放老虎咬你！」

楚行之邊哭邊跑。

「跑快點，不然老虎跟上你了，快點、快點！老虎咬到屁股了！」

楚行之嚎啕大哭，一邊哭一邊跑，好不容易跑了十圈，他感覺自己快死了，胸口和嗓子眼火辣辣的疼，彷彿要暈過去了。

榮嘉急忙端了一大碗水遞給他。

楚行之一口氣全喝了，嘴裡斷斷續續地吐出兩個字。「還、要。」

榮嘉又替他端水來。

楚行之喝完，覺得胃裡難受死了，「哇」的一聲又全吐了出來。

他什麼時候受過這麼大的委屈？

離家出走前，所有人都敬著他、寵著他，離家出走後，還有姊姊疼著他，他一點苦頭都沒吃過，現在怎麼就受了這麼大委屈！

楚行之哭得死去活來，臉上漲得通紅，身上衣服都被汗濕了，此時他張著嘴大喘氣，眼淚還在一直流，看起來很淒慘。

那要人命的閻羅副將，臉上又帶著友善的笑容走過來，踢了踢楚行之。「給你半個時辰的時間休息，休息好了之後，去幫馬洗澡！」

楚行之大口喘著氣，一臉愕然。「我還要幫馬洗澡？」

楚行之感覺這個副將，就是來折磨自己的！

現在他自己渾身上下都錯位了，還要給馬洗澡？

這日子過不下去啊！

楚行之躺在地上，哭得滿臉眼淚和鼻涕，哽咽道：「姊姊，妳好狠的心，我要回家，我不要離家出走了，我要回家，救命啊！」

「再叫，我就放老虎了！」

「嗚。」楚行之硬生生憋住哭聲，但是眼淚還是止不住。

他紅著眼睛瞪向副將，本來白嫩嫩的臉頰此時通紅一片，看起來很狼狽，抽噎地祈求道：「你能不能讓我多休息一會兒，我真的會死的。」

「放心，我不會讓你死的。」

副將嘿嘿一笑，摸了摸頭髮，轉身走了。

楚行之躺著，連動一下手指的力氣都沒有，嘟囔道：「可你會讓我生不如死！」

榮嘉在一旁心酸地瞧著楚行之，眼睛也紅了。

自從楚行之來到榮家後，他就一直跟著楚哥哥玩，何曾見他這麼狼狽，當下便安慰地拍著楚行之的胳膊，小心地晃了晃。

楚行之慘然一笑。「姊姊是想讓我死。」

榮嘉小聲反駁。「姊姊不是的。」

雖然榮嘉說不出來姊姊為什麼這麼做，但是他知道，姊姊這麼做一定有自己的原因。

楚行之懶得講話。

另一廂，閻羅副將去了演武場，穆良錚剛好練武結束。

閻羅副將哈哈大笑地說：「將軍，你交給我的那個小子，其實倒還不錯，多練一練還是有潛力的，雖然他意志軟弱還愛哭，但強壓逼迫之下爆發力還是有的。」

穆良錚拿過毛巾，擦了擦自己臉上的汗，淡聲說：「既然你這麼誇他，那就好好帶著他。」

副將覺得帶新人挺有意思的，大笑著答應了。

於是楚行之的悲慘人生就開始了。

副將真的一直在鍛鍊他。

逼他跑步，逼他練武，逼他做很多自己以前從來沒做過的事情：幫馬洗澡，生火做飯，刷泔水桶等等。

雖然生火做飯的時候把房子燒了，雖然給馬洗澡的時候把馬放跑了，但是最起碼他都真的做了。

閻羅副將一直沒讓他鬆懈下來，每天折騰著他做許多事情，就是想看看這小孩的極限在哪裡。

結果楚行之倒是讓他大感意外，已經半個月了，楚行之雖然依舊哭得死去活來，但竟然都撐了下來，沒有逃跑。

副將第一次對他刮目相看。

楚行之別的本事沒有，就是入鄉隨俗、接受新環境的本事特別快。從他生活了十幾年且錦衣玉食的地方逃出來，他便做好再也不回去的準備，也想過自己會吃苦，但他既然決定出來，就從不後悔。

後來被人扣走所有銀錢，楚行之以為自己會流落街頭，當時他已經想好了，就算真的流落街頭，也沒有關係，自己就去找一份活兒做。但是他還沒吃到一分生活的苦，就遇到了榮華。

榮華帶他回家，雖然她家裡的房子不如他家大，吃的東西沒有他家精緻，也沒有丫鬟、小廝伺候他衣食住行，但他依舊覺得很幸福，比在家裡幸福多了，所以他很快就適應了在桃源村的生活。

如今在軍營裡也一樣。

來軍營半個月，每天的訓練難度都在增加，楚行之覺得太苦了，苦得他倒胃口。

他活這麼十幾年，都沒受過這樣的苦。其實也不是受不了，他就是不想受這個苦罷了，畢竟有好日子過為什麼要受苦呢？他又不傻。

但是榮華不來接他回家，那個副將又那麼凶，楚行之也不敢鬧事，只好勸慰自己，忍忍就過去了。

現在他和兵將們同碗飲水、同被而眠，已經完全適應了自己的新身分。

「只要我乖乖聽話，老老實實地訓練，姊姊覺得可以了，就會來接我回家吧？」

楚行之想得非常好，心情跟著樂了起來，晚上睡覺的時候臉上都帶著笑。

可是他沒有表現出極限，閻羅副將就一直在加大難度。

過了十幾天，楚行之心態崩了。

他感覺自己受不了了。

他再一次躺在地上嚎啕大哭，被閻羅副將揪起來。

楚行之大喊道：「救命、救命啊！我快不行了，你饒了我吧！」

「兔崽子，你能吃能睡，中氣十足，哪裡像不行了？別誆你爺爺我，給爺起來！」

「我真的快累死了。」

楚行之心裡快委屈炸了，整個人被副將拎著往前走。

他眼角餘光瞧見了穆良錚，大喊道：「穆四哥，救救我呀！」

穆良錚不為所動，目不斜視地走過去。

楚行之絕望地眨了眨眼睛，突然福至心靈，大喊道：「姊夫、姊夫！救我！」

嗯？姊夫？

穆良錚腳步一頓，唇角不由自主泛起笑意。他轉過身朝楚行之走過去，沈聲問道：「你喊我什麼？」

楚行之一看有戲，大喜過望。

「姊夫！我喊你姊夫！姊夫，你不會見死不救吧！我真的受不了了。」

姊夫這個稱呼，穆良錚還是第一次聽到，他心裡歡喜，想要克制一下，面上卻怎麼也控制不住喜意，於是手握拳抵在唇邊輕咳了一聲，才淡聲道：「你很聰明，在這種時候還能運用機智尋找外援，並且獲得援助成功，是個有腦子的人。」

穆良錚讚賞地伸手拍了拍他的肩膀，對副將道：「一個月了，也該讓他歇一歇，不然一直保持著高強度的鍛鍊，對他的身體來說會受不了的。就像弓弦，一直拉著滿弦不鬆開，弦會斷的。」

副將將楚行之丟在地上，拍了拍手道：「那就讓這小子歇兩天。」

楚行之心滿意足地躺在地上，感覺自己重獲新生了。

一旁的榮嘉還在繼續練武，他蹲馬步，已經蹲了兩個時辰，此時滿頭大汗，已然堅持不住了。

可是副將說，昨天他蹲了兩個半時辰，今天不能比昨天少。

榮嘉也想歇一歇，他看著穆良錚，極小聲地叫了句。「姊夫。」

穆良錚抿了下唇，覺得這個稱呼聽著可太悅耳了，遂將榮嘉抱了起來，道：「嘉兒今天也累了，也休息休息吧！」

然後榮嘉和楚行之躺在一起，兩個人看著頭頂湛藍的天空，覺得神清氣爽。

楚行之嘴裡還叼了根狗尾巴草，喜孜孜地說：「穆四哥看著那麼凶，原來提起姊姊他就好說話了，早知道如此，我也就不用受那麼多苦了。嘉兒，你說是不是？」

榮嘉胸口劇烈起伏，大口喘著氣，兩條腿不停地抖動著，聞言，他輕輕搖了搖頭。「楚哥哥，你能做到的話，就不算受苦。」

楚行之一臉不忿，但到底沒和榮嘉爭執起來，悶哼兩聲，不說話了。

第三十八章 許諾

縣主府內，榮華正在忙碌。

她在安平縣二十六個村子裡，都各設了一個編織品作坊。這樣一來，每月的運貨就是一個大工程，幸好現在邊境都是穆家軍，對榮華來說相當安全，不用擔心運貨的安全問題。

李文人和榮絨已經開始覺得吃力，有些管理不過來，榮華向林峰要了十個管事，和他們兩個人一起共同管理，一切穩步進行。

林峰那邊表示，可以吃下所有的出貨量，榮華等作坊建好後，就吩咐工人們抓緊趕工。剛好到了月底，榮華給工人們發了錢，原本窮困潦倒的村子和村民，終於有了穩定的收入，而且還是一筆不少的金額，每個人都開心不已，對榮華這個嘉寧縣主也是又敬又愛。

對這些人而言，嘉寧縣主為他們帶來好日子，值得愛戴。

對榮華來說，安平縣是她的封地，那就是她的責任，她一定會帶領安平縣的所有人過上好日子。

把作坊的事情都忙完後，有管事們做日常管理，出貨的合作對象是林峰，榮華完全不擔心，也就不需要全程盯著，便放了個假，在府裡休息了兩天。

竹嬤嬤拿了一張請帖進來，遞給榮華。「筠州城吳大人家的大娘子，又請縣主去賞花呢！」

這一個月來，榮華拒絕了接近上百張請帖，反正請帖拿上來，她一個也不去。赴宴太煩了，她實在懶得去，而且她每天那麼忙，哪有閒情去和一堆小姐夫人們賞花、品茗。

榮華和以往一樣，拒絕了這次邀請。

竹嬤嬤也不意外，吩咐人去回帖。

「一個月沒見榮嘉和楚行之了，還真是想他們了。竹嬤嬤，我們去看看他們吧！」

竹嬤嬤說好，吩咐人去準備馬車。

榮華打算先去看看這兩個小孩怎麼樣，如果軍中生活真的過得很慘，這次先不叫上娘親，以免她看了傷心。

榮華穿著一身春水綠的裙衫，打扮得清新溫婉，坐馬車前往軍營。

她見到榮嘉和楚行之的時候，這兩個人正在蹲馬步。

一個月沒見，楚行之整個人的氣質發生了翻天覆地的變化。他以前特別白，又瘦又高，現在黑黢黢的變得壯實不少，臉上掛著汗還在說笑話逗榮嘉笑，榮嘉沒笑，他反而自己笑得露出一口白牙。

而榮嘉呢，總感覺又長高了一點，他小時候就很懂事，總是像小大人一樣板著臉，現在看起來更嚴肅得像個大人了。

榮華看著他們，覺得心疼不已，眼圈就紅了。

穆良錚聽到榮華來的消息，急忙趕了過來，他瞧見榮華通紅的眼睛，安慰道：「他們兩個都很好，妳不用太擔心。」

「我沒事。」榮華擦了眼淚，朝穆良錚笑道：「我真是太矯情了，就是我送他們來的，現在又心疼個什麼勁。以前我都不敢過來，怕自己看到了會心疼，他們一哭一鬧我就心軟了，可是現在看到照樣心疼不已。」

「妳是姊姊，他們是弟弟，姊姊心疼弟弟是最天經地義的事情，哪有什麼矯情不矯情的。」

穆良錚伸手，輕輕幫榮華把眼淚擦了。

榮華朝他笑出兩個酒窩。

榮嘉最先看到榮華，驚喜地喊道：「姊姊！」

不過礙於軍令，他還在蹲馬步，雖然驚喜，但是並沒有跑過去。

楚行之就不一樣了，他向來不壓抑自己的感情，這一個月沒見到榮華，他非常想念她，此時猛然看到她，什麼也不顧了，大喊一聲「姊」，便飛撲過去。

穆良錚眉心一跳，伸手去攔。

但是榮華看到楚行之也開心，遂越過穆良錚，跑過去和楚行之抱在一起。

穆良錚的臉都黑了，他陰沈著臉看向楚行之。

他才正正經經抱了榮華一次……

這個楚行之，找打！

「姊姊，我快想死妳了。」

楚行之又嗚嗚撒嬌起來，經過這麼一段時間的搓磨，他已經不容易掉淚了。

榮華摸摸他的頭髮，笑著說：「我也想你啊，真是個大孩子了，個子都比姊姊高這麼多了。」

不知不覺間，楚行之都十七歲了，榮華也馬上要過十六歲生辰了。

他們兩個這麼大了，好像抱在一起，不太合適吧？

榮華忽然後知後覺地想起穆良錚來，他好像還在看著呢！

她覺得脊背涼颼颼的，暗嘆不好！

榮華非常自然地推開楚行之，可這小孩抱得太緊，她根本推不開。

不僅如此，楚行之看她要推開自己，不悅地抱得更緊了，臉還蹭了蹭她的肩膀。

穆良錚臉更黑得像炭，眼帶威脅地盯著他。

這小兔崽子……找死啊！

一旁的榮嘉，默默地縮在一邊不說話，他瞧著穆四哥宛若暴風雨來臨的臉色，心中為楚哥哥默哀了三秒。

榮華拍了拍楚行之的肩膀，輕聲道：「好了、好了，你是大孩子了，男女授受不親，快別抱了，放開姊姊。」

「什麼男女授受不親，咱們是姊弟，抱抱怎麼了？而且咱們不是經常抱嗎？」

榮華沈默了一秒，無話可說。

這蠢孩子，沒救了！

一旁的穆良錚聽見了，陰惻惻笑了下。

還經常抱啊，呵呵……

楚行之打了個冷顫，下意識抬頭，就瞧見他的大姊夫，看自己的眼神像是在看一具沒有感情的屍體。

楚行之想到了什麼，尷尬地鬆開手，揚起笑臉朝穆良錚喊了聲。「姊夫！」

穆良錚並沒有理他。

就算楚行之叫了姊夫，他還是很生氣。

他們又不是親姊弟，又沒有血緣關係，還經常擁抱。

他都沒有和華兒經常擁抱。

啊，真是氣死了！

看來他對楚行之還是太好了，才會將楚行之寵得這麼無法無天。

穆良錚指了指副將，道：「以後訓練，不需要給這小子放水。」

「好嘞！」副將快高興死了。「將軍你以前老是讓我放水，現在終於可以好好收拾收拾這小子了。」

楚行之開始瑟瑟發抖。

「姊夫，不要啊姊夫！姊夫，你可是我親姊夫啊！」

「不是。」穆良錚咬牙切齒。「我和你才不是親的，你和華兒沒有血緣關係，我和嘉兒才是親的！」

「姊夫我以前叫你，你回應得多開心呢！你現在不能翻臉不認人啊！」

穆良錚瞪了他一眼，擺了擺手。

副將拖著楚行之去訓練了。

楚行之留下一長串哀號，欲哭無淚中。

榮華整個人呆若木雞。

從她聽到楚行之的那句姊夫開始，就愣在原地。

姊夫？

為什麼叫他姊夫？

他們什麼時候攀上這層親戚的？

還有！穆良錚叫榮嘉什麼？嘉兒？他們關係已經親近到這一步了嗎？

這都什麼時候的事？

才一個月而已，怎麼變化這麼多？

穆良錚輕輕點了點榮華的眉心，她才回過神來。

榮華驚愕地瞧著他，有些結巴地問道：「他為什麼叫你姊夫？」

穆良錚目光灼灼。「妳說呢？」

「難道我還有什麼不知道的親生姊姊嗎？」

「並沒有。」

「這其中是不是有什麼誤會？」

「沒有。」

穆良錚搖了搖頭，心底有點不是很開心。

榮華對於「姊夫」這個稱呼如此排斥，難道她……

他不敢想下去。

穆良錚決定岔開這個話題，他朝榮嘉招了招手，淡聲對榮華說道：「妳好些日子沒見嘉兒了，今天好好團聚。」

榮華敏銳地察覺到他的情緒轉變，她不知道將軍怎麼突然心情不好了，遂收斂眉眼，乖巧地點頭。「好。」

榮嘉收了馬步，屁顛地跑過來。

榮華蹲下身抱了他。

就聽榮嘉小聲地喊道：「姊姊。」

又對著穆良錚道：「姊夫。」

怎麼連榮嘉都……

榮華有些心不在焉，她和榮嘉說了一會兒話，便讓榮嘉繼續訓練。

榮華和穆良錚一起散步。

他們走到一個沒人的地方後，穆良錚看她如此心神不寧，問道：「是因為他們叫我姊夫，所以妳不開心？」

「不是。」榮華下意識否定了這個說法，後又有些不好意思。「你是鎮北王，大煜的神將，百姓的戰神，而我……我們現在並未成婚，他們叫你姊夫，恐怕為時過早。」

穆良錚聞言笑了起來，聲音寵溺。「怕什麼，我們一定會成婚。」

他說得相當篤定。

榮華心跳如擂鼓，開心地笑起來，仰起臉看著他，眸中有細碎的星光閃爍。「穆哥哥，你這麼說，就是一定會娶我嗎？」

「當然！」穆良錚堅定無比。「我一定會娶妳，並且只娶妳一個。」

榮華內心快樂不已，面上卻有些不好意思，她捏著穆良錚的手指，一字一句地說：「我或許沒有你認為的那麼好，我有自己的小怪癖，有自己的小脾氣，有時候還會胡攪蠻纏，這樣的我，你也願意娶嗎？」

穆良錚的聲音聽起來深情又悅耳。「我當然願意。」

「我也願意嫁給穆哥哥。」榮華的聲音溫柔。

穆良錚伸手摸著她的頭髮，心裡軟了三分。

榮華踮起腳尖，飛速親了他的唇一下，然後迅速低下頭，把腦袋埋進穆良錚的懷裡。

穆良錚整個人愣住，彷彿如遭雷擊。

那樣輕而軟的觸感，那是？

他的喉結上下活動，艱難地吞嚥了下口水，聲音沙啞地喊道：「華兒。」

榮華害羞不已，輕輕「嗯」了一聲。

穆良錚抬起榮華的下巴，看著她兩頰緋紅、雙目含春的樣子，他眼神灼熱，只覺得身體躁熱。

瞧著榮華紅潤的唇，想著方才那柔軟到不可思議的觸感，他低頭吻了下去。

榮華極其青澀，穆良錚也一樣。

兩個人小心翼翼的親吻，穆良錚很快無師自通，急切進攻，榮華羞澀而笨拙的回應。

過了好一會兒，穆良錚才鬆開榮華。

榮華大口喘著氣，身體有些無力地靠在穆良錚身上。

只是一不小心觸碰到穆良錚的某處，榮華一下子紅了臉，伸手捶了他胸口一下，紅著臉說：「我走了。」

榮華飛速跑了。

穆良錚尚在回味她唇齒間的清甜柔軟，榮華就跑了。他低頭看著自己起了反應的身體，一陣無奈。

華兒每次都勾引到他有了反應就跑？

穆良錚唇角一勾，跟了過去。

被追上的榮華忍不住跺腳，回首看著眼神灼熱的穆良錚，害羞道：「將軍，你、你想幹麼？」

穆良錚朝她勾勾手指，帶著一絲勾引的意味。「妳過來，我告訴妳。」

「我才不過去。」

榮華還後退了兩步。

然後她就被穆良錚抱了起來。

「啊，將軍，有人看著呢！」榮華快害羞死了。

聽到這句話的丫鬟和左衛、右衛，都很給面子地轉過臉，並識趣地離開。

穆良錚嘴角含著一絲心滿意足的笑，他將榮華抱在懷裡，榮華正想說話，他就吻了下來。

細碎的吻落在榮華的唇角、臉頰、脖頸、耳朵，令她陣陣顫慄，全身發麻。

榮華斷斷續續地出聲阻止，可是每次開口都會被他的吻堵住，只能被迫接受，身子軟成了水，眉眼間再也不復清醒，沈醉得一塌糊塗。

榮華有點害怕，又有點期待，只是她忍不住在想，他們兩個人的進展會不會太快了？

「穆哥哥，」榮華軟在穆良錚的懷裡，聲音綿軟。「我還小呢，可不可以再等等？」

穆良錚喘著氣，聲音裡帶上某些不可描述的情感，他一邊吻著她的唇，一邊細碎地說：「若不是顧忌著妳年歲尚小怕傷了妳，我還能忍到現在只是親親妳？」

榮華笑了起來。

穆良錚抱著她，想著日子。「等妳十六歲，我就娶妳，好不好？」

「不、不行，等我十八歲再說。」

穆良錚眼神暗了，一想到還要等那麼久，就覺得難熬。「不能今年就……」

「穆哥哥，再給我一點時間，我滿十八就嫁給你。」榮華在他懷裡動了動，握住他亂動的手。「可以嗎？」

穆良錚一臉無奈。「對妳，華兒，我如何說不？」

榮華快笑死了，歪在穆良錚懷裡，輕聲道：「要是被我爹爹知道，他一定拿大棒子打你。」

穆良錚也忍不住笑。「現在還敢打我的，除了我娘，也就是榮叔了。」

「你知道就好。」

穆良錚又抱著她親了一會兒，直到兩個人都氣喘吁吁，他才放開榮華。

榮華在軍營裡玩了一天，晚上的時候才回家。

晚上作夢的時候，榮華竟然又夢到了穆良錚，整整一晚上，她臉上都帶著笑，第二天醒後，她覺得自己的臉有點痠。

吃過早飯，榮華又想去軍營看穆良錚。

榮耀祖恨鐵不成鋼地提醒她。「女孩子家，要矜持！妳這樣上趕著去，像什麼樣子？更何況你們還沒成親，將軍以後願不願意娶妳還是難說，妳給我矜持點！」

榮華吐了吐舌頭。「我知道啦！」

從此以後，榮華每七天去一次軍營，看望穆良錚和兩個弟弟。

穆良錚也是有事沒事，就往縣主府跑。

兩個人的感情穩步發展，十分相愛。

時間緩緩流逝，天氣開始熱了。

筠州城貴婦間什麼雅集、花宴的邀請又多了起來。

榮華想到自己以後嫁給穆良錚，總歸要和她們打交道，一個月內也去了兩、三次。其餘的時間，她所有心思都放在安平縣的農作物上。

小麥、馬鈴薯等抗寒耐旱的農作物，在安平縣推廣得很好，只是天氣熱了，地也旱了，還是要澆水。

榮華向穆良錚借了一批軍隊，和農民們一起挖了一個月的渠，最後保證每畝田地都能澆到水，最起碼農作物不會被旱死。

轉眼間，已經有一批農作物收穫完畢。

榮華依舊把這一批農作物賣給那名楚國商人。

百姓們這一下子，吃的糧食有了，賣糧食的錢也有了，安平縣的百姓都讚揚嘉寧縣主是下凡的活菩薩，救了他們所有人的命。

安平縣如此熱火朝天的景象，筠州城其他縣都有點眼熱。

榮華這邊封地的任務完成得非常出色。

二十幾個編織作坊，出貨量同樣十分可觀，進出貨都有穆家軍護送，不用擔心安全問題。

穆良錚還借給榮華一個管軍餉的帳房。

如今不打仗，帳房也閒下來了，索性來榮華這裡幫忙，有他在，榮華完全不用擔心有假帳存在。

而且編織作坊的工人，他們之前三餐不繼，現在榮華給了他們活下去的機會，能夠帶領他們過上好日子，這些人只有感激的分兒，對榮華敬重不已，一個個都工作得特別賣力。

作坊雖多，榮華也沒有覺得多麼累，只是一月查一次帳本罷了。

到了八月，縣主府裡忙了起來。

因為馬上就是縣主的生辰，到時候要開府設宴。

日子風風火火地過，轉眼到了八月十五這一天。

這一天是中秋節，也是嘉寧縣主榮華的生辰。

穆良錚一大早就來了，送了榮華幾大箱子珍稀的禮物，令她感動不已。

縣主府一整天都在忙碌熱鬧中度過，戲班子演了一天的戲，熱鬧到深夜，眾人才散去。

等賓客都走了，縣主府安靜下來後，榮華又備了一桌菜，請家人、朋友、穆良錚及其家人們，在院裡吃了頓飯。

白天時和外人一起吃的是過場，晚上和家人朋友們一起吃的才是真正的生日宴。

一家人都開心無比，歡聲笑語不斷。

推杯換盞間，許多人都醉得不成樣子，被丫鬟、婆子們扶著回房休息。

榮華喝了兩杯酒，也有點暈暈乎乎的，穆良錚扶著她，送她回房。

榮華抬頭看著穆良錚，覺得驚奇。「你怎麼都沒醉？」

她明明看到林峰和楚行之在灌穆良錚喝酒，結果那兩個人都倒在桌子底下了，他連臉都沒紅，真是神奇。

「我的酒量很好，這點酒根本不會醉。」

榮華抬頭看著天上圓圓的月亮，對穆良錚道：「我不想回房，我要賞月！」

穆良錚寵溺地親了親她的唇，溫柔道：「好。」

穆良錚帶著她上了屋頂，榮華坐在穆良錚懷裡，兩個人看著天上圓月。

榮華半醉半醒，和穆良錚講了嫦娥奔月的故事。講到最後，她說：「穆哥哥，我們還沒拜月神呢！」

穆良錚搖頭。「我不信這東西。」

「可是我信。」榮華嘴裡嘟囔道：「月神啊月神，祢要保佑我的家人身體健康、平平安安，保佑穆哥哥的家人平安健康，保佑我和穆哥哥能夠活得長壽、無病無災，我們可以長長久久、生生世世在一起，一直都不分開。」

榮華說完就笑了，滿眼笑意地看他。

「穆哥哥，你說好不好？」

「好！」穆良錚也認真地拜了月神。「願我和華兒無疾無憂，恩愛一生。」

榮華戳他臉頰。「我都許了生生世世，你只要一輩子嗎？」

穆良錚親了她一下，眷戀地說：「不，我也要生生世世，下輩子、下下輩子，我都會找到妳，然後娶妳為妻。」

「好，這可是你說的，不許食言！」

「君子一言，駟馬難追！」

榮華伸出手。「我們打勾勾，約定好一百年不許變，誰變心誰是小狗。」

穆良錚伸手，和榮華的手拉勾在一起，兩隻手在月光下晃啊晃，溫馨極了。

榮華在穆良錚耳邊說了很多話，好像有數不清的話要和他說，怎麼說都說不夠。

說到最後，榮華甜蜜地向他表白。「穆哥哥，我真的好喜歡你啊！我從來沒有這麼開心過，今年是我過得最開心的一個生日了，因為有你陪在我身邊。」

穆良錚聽了，心裡高興不已，如哄小孩般輕晃著榮華，笑道：「我也是啊，我也很喜歡、很喜歡華兒。當時在大雪紛飛中見到蜷縮在米袋裡的妳時，我就覺得，這麼小的一個小姑娘，怎麼能吃這個苦，我當時就發誓，我一定要保護妳，讓妳過上好日子，然後疼妳、愛妳、護著妳一輩子，而現在所有的誓言都慢慢實現了，我會用一生的時間去愛妳，華兒，妳不用擔心。」

榮華發出「咯咯」如小雞仔似的笑聲。「穆哥哥，你一定要一直喜歡我啊！我把我所有的喜歡都給了你，你除了我，不能喜歡別人，你只能娶我一個，別人誰都不能娶，否則我會離開你，你記住了嗎？」

「我記住了。」穆良錚看著在自己懷裡睡著的小姑娘，鄭重起誓。「我以生命起誓，我穆良錚這一輩子，只會娶榮華為妻，生生世世，都只愛妳一個人。」

榮華睡著了，穆良錚抱著她坐了好久，才將她送回房裡。

且說安平縣最後一批農作物全部收穫，迎來大豐收。

這對安平縣來說，是不可思議的一年。

安平縣所有村鎮，全部繳上糧食和銀子。

因榮華在封地內推行新令非常成功，穆良錚又請旨，為榮華請了郡主的封誥。

皇室應允了，聖旨很快頒布下來，榮華從嘉寧縣主變成了嘉寧郡主，封地從安平縣變華良郡。

榮華是一個很有責任感的人，既然華良郡是她的封地，那麼她也會將新令推行到整個華良郡，遂她開始研究華良郡的人口和田地分布，著手準備推行新令的事宜。

在榮華被封為郡主的第二天，廖長歌就向榮淺求親。

他第一眼就對榮淺動了心，只不過一直在等榮華和穆良錚成親，本想待榮家地位水漲船高後，才好求娶。

廖長歌私下和榮淺說過，榮淺就真的等了他好幾年。

沒想到，三嬸一時鬼迷心竅，收人錢財，將榮淺賣給鎮上五十幾歲的有錢瘸子。

榮淺聽聞此事，哭得死去活來，她抵死不從又挨了一頓毒打。

廖長歌只好將求親的日程往前挪，而他有手段、有謀略，很快就擺平了這件事的波瀾。

當他看到自己心愛的女人，被那個稱之為母親的人打得如此淒慘之後，他心裡對榮家三房恨極了。

廖長歌告訴榮淺，會將她家人妥善安置，後命人把三嬸關到一處院子裡，每天好吃好喝地伺候著，就是不許她離開院子，免得她惹事，也省得她來找榮淺麻煩。

榮淺的爹也不是個好東西，廖長歌給了他一筆錢，單方面和他斷絕關係。那人拿到銀子，開心不已，當下答應廖長歌的要求，和榮淺斷絕關係，轉頭就娶了一個新的小老婆，搬到城裡。

榮淺的幾個妹妹，榮華都將她們安置好了。

反正郡主府很大，百來人都住得下，也不差多她們幾個。她們平時和榮欣關係不錯，正好和榮欣作伴。

至此，榮家算是沒有三房了，榮淺記在榮耀祖和王氏的名下，以榮華長姊的身分，嫁到廖家。

在榮華看來，榮淺的娘還是有不錯的結局，往後不需要受男人打罵，也不需要幹活，每天吃好喝好，就是沒自由罷了。

榮淺的娘鬧了一陣子，也就想開了，後來安安分分待著，沒再鬧事了。

榮淺是從郡主府出嫁的，榮華去參加了她的婚禮，廖家辦得很氣派。

榮淺婚後過得很幸福，廖長歌也沒納妾，兩個人恩恩愛愛，榮淺也不用繼續承受家中父母的欺負，妹妹們被榮華養得很好，家中公婆也開明，榮淺不用再過擔驚受怕的日子，身子也養胖了一些。

他們兩人過年前成了婚，年後五月榮淺便懷上孩子。

榮淺懷孕後，廖家和榮耀祖又作主，替榮淺的二妹找了一戶極好的人家，兩人相看之後，彼此都很滿意，最後選了好日子成婚。
榮家的姑娘，有嘉寧郡主這個娘家，不僅沒人敢欺負，來求娶的人還差點把門檻踏破。
現在榮老太太被榮家二房養著，二嬸也聰明，她養著榮老太太，榮耀祖就不會不管他們，一來二去，榮家二房又和榮耀祖扯上關係。
再說，榮絨是榮華手下的一員大將，有榮絨在，榮華就不會對二嬸太過分。
現在二房對榮耀祖一家巴結都來不及，除了愛佔便宜之外，也沒做什麼壞事，造成實質性的傷害，所以兩家又有聯繫，榮華也就沒阻止了。
同年八月，在榮華的生辰前夕，榮絨和她妹妹也成婚了。
榮絨是自由戀愛，自己找的對象。
對方是袁朝大商人，對榮絨一見傾心，迷倒在她商業女強人的魅力下，追求了快一年，榮絨才點頭。
榮絨妹妹的婚事，是榮華請穆良錚牽線，男方是穆良錚手下的一名副將，非常忠厚老實，很得穆良錚喜愛的一個小夥子。
榮華和榮絨不只是好姊妹，更是知己和夥伴，所以榮華對她們倆的婚事格外上心。
所以榮絨的妹妹，比榮淺的妹妹嫁得還好。
榮家二房的兩個小子也娶了姑娘。
半個月吃了四場婚宴，榮華都把自己吃胖了兩圈。

第三十九章 一往情深

現在榮家適齡未嫁的姑娘，就剩榮華一個。

一過完生辰，穆良錚一直在榮華耳邊碎碎唸。「什麼時候成婚？什麼時候成婚？」

眼看著榮家的姑娘們一個個都嫁人了，偏偏他的華兒不急，穆良錚快急死了。

每次看到廖長歌春風滿面地和他講成婚後有多甜蜜，穆良錚都想揍他一頓，太氣人了。

榮華無奈地揉了揉眉心，最近發生的都是喜事，她臉上都染了三分喜氣，眼看著穆良錚又來鬧自己，她有些無奈。

「別鬧，我現在忙著呢，咱們華良郡的秋收馬上就要結束了，我有很多事情要忙。」

想親一親榮華的穆良錚，被推開了。

他看著忙碌無比的榮華，忍不住說：「我一個掌握百萬雄兵的鎮北王，都沒妳忙，妳知不知道，妳有多久沒和我好好說話了？」

榮華趕他出去，歉意地說：「等秋收結束再來找我，到時候我好好補償你。」

鎮北大將軍穆良錚，被榮華趕了出去。

穆良錚看著榮華緊閉的房門，咬著牙說：「看來當初給華兒請郡主的封誥，是請錯了！看她現在忙得和我說話的時間都沒有。」

穿雲在一邊笑。「將軍哪，你看咱們華良郡，現在氣象一新，郡主這麼忙是為了誰啊？都是為了你！現在百姓稱郡主是菩薩下凡，將軍你也是民心所向，在百姓眼中，有郡主的名聲和將軍的功績，皇室就不敢對你如何，你可別錯怪了郡主。」

「我當然知道她的用心良苦。」穆良錚就是因為知道，才更想把她娶回家。

這麼好的媳婦，他迫不及待地想娶回去！

「將軍再等等吧，明年郡主過了十八歲生辰，你們就能成婚了。」

還有一年！他忍！

穆良錚甩手走了。

那個廖長歌，就等著吧，一年後就是他秀恩愛的時候了！

不過一年後，廖長歌的孩子都大了吧……

穆良錚無奈極了，如今無論如何，他都趕不上廖長歌的進度了，真是讓人生氣的一件事啊！

穆良錚心情很不好，廖長歌還好死不死又來秀恩愛。

他對穆良錚道：「大夫和我說，我家夫人懷的可能是個女兒，女兒多好啊！長得像淺淺，肯定又漂亮又可愛。」

忍無可忍的穆良錚，瞪了廖長歌一眼，轉頭給他安排無數軍務，讓他三天都回不了家。

這樣安排下去後，穆良錚心情好多了，每天都去檢查廖長歌的軍務進度。

廖長歌氣到不行，但是官大一級壓死人，於是日常想念夫人的廖長歌，去找了榮華。
榮華聽說這事後，命人請穆良錚過來。
穆良錚看榮華喊人叫自己過去，還以為她忙完了，能卿卿我我了。他高興地過去後，就瞧見榮華板著臉看著自己。
一旁的廖長歌得意洋洋，蹺著腿坐著。
穆良錚心想：這混蛋小子，還來找我媳婦告黑狀？
「你說說你，人家淺姊姊懷著身孕，現在剛過三個月，正是需要人陪的時候，廖大哥想多陪陪夫人，你怎麼還天天把他留在軍中呢？」
榮華覺得穆良錚這舉動太過分了，非常沒有人情味，不值得提倡。
穆良錚有點委屈，淡聲道：「軍中事務總要有人做。」
「別人不能做嗎？」
他道：「不能。」
「那你不能做嗎？」榮華一臉好奇。「你每天閒著沒事老往我這兒晃，你這麼閒，自己不能做嗎？廖大哥想陪陪夫人有錯嗎？你又不需要陪夫人！」
穆良錚很是委屈，但是看著榮華好看的臉蛋，他也說不出別的話來，只好委婉地說：「我也想陪夫人，妳不是不讓我陪嗎？」
榮華瞪他。

穆良錚只好道：「得了、得了，以後不故意留他在軍中，行了吧？」

榮華輕輕點頭。「這還差不多。」

廖長歌在一旁快笑瘋了。

榮華走了後，廖長歌拍著桌子狂笑。「穆良錚啊穆良錚，我認識你這麼多年了，萬萬沒想到，你被我這個妹妹吃得死死的，哈哈哈！」

穆良錚咬牙切齒，將手指握得「咯吱」響，咬牙道：「你這個兔崽子，竟然還到華兒這裡告我狀？」

「穆良錚，我警告你，以後你要是故意不讓我回家，我就繼續告狀，我這個妹妹那可是幫理不幫親，你等著吧！」

廖長歌放話完，喜孜孜地回家陪榮淺去了。

回到家後，他把這事給榮淺一說，榮淺也開懷笑了。

這邊歡喜那邊愁，穆良錚快愁死了。

華兒一心撲在事業上冷淡他，他該怎麼辦？

時間又過了一個多月，華良郡的農作物全部賣出去，糧稅也如數繳上，榮華又得了賞賜。

不過賞不賞賜的都不是重點，重點是榮華終於閒了下來。

她可以好好陪陪穆良錚了。

「郡主，林峰那邊來人傳話，說是藺公子要見妳。」穿雲將林峰的信遞給榮華。

榮華接過信看了兩眼，擰眉道：「先去千武鎮見藺公子吧！」

她知道藺公子是袁朝的七皇子袁藺如，也知道自己看似和林峰合作，但林峰哪有這麼大的權力和管道，其實所有合作的背後，都是袁藺如點頭應允。

如果他不點頭，榮華根本沒法這麼順利。

袁藺如給她這麼大的方便，給了她這麼大的人情，榮華不能不承這個情。

於是榮華帶著穿雲和護衛去了千武鎮，先與林峰碰面，再由林峰帶她去見藺公子。

藺公子還是那副樣子，像是一隻窺探人心的狐狸，榮華覺得他隨時隨地都在算計。

雖然兩人這是第一次見面，但是彼此早就知道對方許久，對於對方的商業思路都覺得震撼和新奇，倒是一見如故。

兩人先談生意，榮華和袁藺如竟然有共同的商業目標，於是一拍即合，敲定一系列的合作事宜。

榮華也說了自己的構思，準備以筠州城和千武鎮為中心，建立一個連接所有國家的貿易樞紐，一條四通八達的貿易之路！

袁藺如聽了，口中頻頻稱奇，表示這也是他的想法。

兩個人的想法一致，提出很多意見，越聊越投機，最後講了大半天的話，都還覺得不夠，打算吃過午飯後繼續聊。

此時，騎著快馬趕來，人已到門口的穆良錚，臉都黑了。

且說穆良錚一早就聽說榮華忙完的消息，在自己的將軍府裡，好好拾掇了一番，穿上新的黑金長袍，頭髮高高束起，顯得帥氣迷人。他騎著高頭大馬，春風得意地去了郡主府。

結果到了郡主府一問，竹嬤嬤說榮華不在府裡，去千武鎮見蘭公子了。

穆良錚氣炸了，他等了這麼多天，才等到榮華閒下來，結果又被袁蘭如那個混蛋叫走了？

太過分了！

袁蘭如還想讓自己幫他當上袁朝皇帝？因著今天這件事，穆良錚決定自己要好好考慮了。

他越想越氣，快馬加鞭去找袁蘭如，已然決定，見面後先揍袁蘭如一頓再說，沒想到就看到眼前這一幕。

榮華剛說一句，袁蘭如就能接到下一句。

他們之間怎就那麼多話說？而且好像還很有默契的樣子。

華兒和袁蘭如說話看起來很開心，但她和自己講話的時候好像沒這麼興奮。

穆良錚黑著臉，就等著榮華看到自己，他在生氣。

那邊袁蘭如吩咐人傳午食，他看著乖巧坐著的榮華，感嘆道：「當時初次從林峰口中聽到妳的時候，我就感慨於妳的氣魄和膽氣，我一直以為妳會大幹一場，在商業上攪動風雲，結果沒想到一直沒等到妳的大動作。妳想法是有的，只是一直求穩，我那時候覺得妳太乖了，沒有鋒芒和魄力，現在倒是變了樣，大動作不少。」

提起以前，榮華也諸多感慨，輕聲說：「以前的我，只是一個小農女，背後沒有權力靠山，一切只能靠自己，任何一個人都能殺了我、治我的罪，所以我只能小心謹慎求穩定，但是現在不一樣了，現在我可以放開手腳去做。」

現在有穆良錚做她的靠山，她什麼都不怕。

袁藺如遺憾地看著榮華。「妳我志向一致，妳我的一切都是那麼合適，我感覺沒有比妳更適合我的女人了，像妳這樣的人恐怕天底下沒有第二個。如果我們兩個能在一起，一定會所向披靡，在商場戰無不勝！只可惜……唉，為什麼我沒有早點認知到這一點，竟然讓穆良錚和妳在一起了，真是遺憾。」

榮華滿頭問號，心想：袁藺如你想多了，就算我沒有和穆良錚在一起，我也絕對不會和你在一起，因為我害怕被你算計到什麼都不剩！

渾身煞氣的穆良錚，用看屍體的眼神面無表情地瞪著袁藺如，充滿殺氣的聲音響起。

「袁藺如，你個小兔崽子，你死定了！」

榮華和袁藺如都轉頭看過去，一塊兒看見穆良錚黑如鍋底似的臉色。

榮華臉上帶笑，提著裙子就跑過去，抱住穆良錚，開心地喊道：「穆哥哥。」

穆良錚方才還像是要吃人的老虎，如今瞬間變成被榮華撫順毛髮的貓。他抱住榮華，目光威脅地看著袁藺如。

袁藺如聳了聳肩，不甚在意。

榮華從穆良錚身上下來，欣喜地問道：「穆哥哥怎麼來了？」

穆良錚像在宣示主權般看了眼袁藺如，淡聲道：「來看看妳，妳怎麼一個人過來了？有些人黑心黑肺，妳也不怕自己被他給騙了。」

「不會的，藺公子他不是這樣的人。」

袁藺如笑了一下，更加神似一隻狡猾的狐狸，道：「如果是其他人，我倒還真沒這興趣，如果是榮華的話，我還真想把妳拐騙到身邊來，一刻也不分開。」

穆良錚頓了下，拍了拍榮華的手，然後一句話也沒說，一走過去就給袁藺如兩拳，打得他臉上紅腫一大塊。

……這是皇子啊！

榮華急忙跑過去攔住穆良錚，喊道：「穆哥哥！他是皇子！」

「我知道他是皇子，可就算他是天王老子，我今天也要揍他！」穆良錚本想再給他一拳，卻被榮華死死攔住。

袁藺如此時轉頭看向榮華，一隻手捂著臉，一隻手捂住心口，難過極了。「華兒，妳看看他如此凶悍，妳和他在一起，妳不怕嗎？還是咱倆合適，妳看是吧？」

……這袁藺如是上趕著送死。

榮華無語。

穆良錚挑眉。

太過分了！他的華兒絕世聰明，才不會被這種花言巧語的男人所騙！

穆良錚擰眉，轉頭看到榮華呆愣的模樣。

難不成……華兒真的被袁藺如這人給騙了？

他咬著牙，狠狠瞪了袁藺如一眼，然後學他做西子捧心狀，扭捏著嬌滴滴地道：「華兒，人家也痛，手痛痛。」

榮華看著穆良錚，只覺得天雷轟頂，眼睛眨啊眨，險些暈過去。

一旁捂著胸口的袁藺如瞬間哈哈大笑，他手指著穆良錚，笑聲宛如驚天地泣鬼神，一邊喊道：「穆良錚，你我相識這麼多年，你今天這個樣子，我要記一輩子！」

穆良錚臉又黑了。

他媽的，又上當了！

穆良錚握緊拳頭，朝著袁藺如的臉又來了一拳，罵道：「你個兔崽子，想讓我幫你當皇帝，作夢！下輩子吧！」

說罷，他拉著榮華轉身離開，直到走出袁藺如的府邸，站在人來人往的大街上，似乎還能隱隱約約聽到袁藺如張狂的笑聲。

穆良錚抿著唇，快氣死了。

榮華抬頭看了眼穆良錚，現在回想起他剛剛的模樣，真的好可愛！

她當時應該給點積極的回應，不讓他喪失積極性才對。

於是榮華拉著穆良錚，找了條沒人的小巷子，讓穿雲站在巷口守著，別讓人進來。

她把穆良錚的手拉起來，用嘴吹了吹，軟聲說：「剛剛手打痛了是不是？我給吹吹就好啦！痛痛飛走，不痛不痛啦！」

說完，還在他的手背上親了一口。

穆良錚臉上露出笑來。

榮華不由得感慨，其實她家的將軍，真的是很幼稚、很純情的一個人啊！

她眨巴著眼睛，看向穆良錚，俏皮地問道：「穆哥哥，手還疼嗎？」

穆良錚抿了抿唇。「手不疼了，嘴巴疼。」

榮華：將軍你夠了啊！

不過前段時間她太忙，冷落他太多，現在要好好補償他。

於是榮華踮起腳尖，親了親穆良錚的唇，輕聲問：「還疼嗎？」

穆良錚眷戀地吻了吻她，呢喃道：「不疼了，但是還想要。」

榮華笑起來，伸手捧住他的臉頰，深深吻了他。

兩個人在小巷子裡接吻。

穆良錚扶住榮華的脖子，吻得天昏地暗，片刻也不想分開。

華兒的唇軟而甜，他吸吮舔舐仍覺得不夠，還想要更多！

過了好一會兒，榮華才推開穆良錚，喘著氣道：「穆哥哥，我脖子痠。」

穆良錚身長快一百九，兩個人接吻，她要踮腳抬頭，脖子都要斷了。

什麼最萌身高差，長此以往下去，不過是一個頸椎病，一個脊柱側彎。

榮華揉了揉脖子，覺得親個嘴真難。

穆良錚笑了笑，伸手握住榮華的腰，在榮華的低聲驚叫下，托著她的腰抱起她。

榮華下意識地雙腿盤在穆良錚的腰上，穆良錚托著她的細腰和背，笑得肆意。「這樣脖子就不會疼了。」

兩個人又吻在一起。

穆良錚把她抵在牆上，繼續吻了老半天。

就親個小嘴怎麼就停不下來了？

到最後還是榮華推開他。她嘴唇都有點腫了。

穆良錚這才放過她。

兩個人牽著手從小巷子裡走出去，在大街上閒逛，穆良錚問她餓不餓，榮華搖了搖頭。

她有點好奇穆良錚和袁藺如的關係，問道：「穆哥哥，你和藺公子是什麼關係？好像很熟的樣子。」

「亦敵亦友，他想利用我的兵力幫他得到皇位。」

榮華覺得奇怪。「他這麼能幹，皇位還不是他的？」

「袁朝國君偏心那個太子，袁藺如在商業上如此能幹，在國君眼裡，不過是希望他更好地輔佐太子罷了。」

「原來如此。」

古往今來，偏心的帝王都不少，但是以袁藺如的心計謀略，這個皇位簡直就是他的囊中之物。

榮華問：「那穆哥哥，你會幫他嗎？」

「我幫不幫，他都能得到皇帝的位置。袁朝的太子也曾暗中拉攏我，對袁藺如來說，我不幫太子，就是幫了他。那個太子不是袁藺如的對手，無論我幫不幫，他都搞不過袁藺如，所以我幫不幫都無所謂，袁藺如拉攏我，只是多一分安心。」

聽到穆良錚這樣說，榮華了然。

「既然如此，那將軍不如幫幫袁藺如，賣他個人情也是好的，這個人城府極深，和他交好總比交惡強。」

穆良錚笑著，摸了摸榮華的頭髮。「我也是這樣想的。」

他正打算找一家酒樓，帶榮華去吃飯，袁藺如的人卻先找到了他們。

「藺公子在醉仙樓設了一桌宴席，請將軍同郡主賞臉前往。」

穆良錚挑眉。「他還敢喊我去？真是有膽子。」

榮華戳了戳穆良錚的掌心，問道：「我們去嗎？」

「你們不是還沒談完嗎？」穆良錚微笑。「我們去，我正好再好好教訓這混蛋！」

且說榮華和穆良錚到醉仙樓的時候，袁蘭如已經等候在那裡了。

袁蘭如臉上腫了一塊，看上去有些慘，不過他毫不在意，請兩人坐下，席間倒是沒有在亂說什麼。

三個人一起吃過午食，又喝了茶。

喝茶的時候，榮華和袁蘭如就上午沒談完的話題，接著談下去。

兩個人說到自己的觀點時，又各自入迷，說了一下午的話，最後敲定一系列的方案。

說到最後，袁蘭如又開始感慨。「我們真的是太合適了。」

一旁的穆良錚開始捏拳。

袁蘭如白了他一眼。「我在和華兒說話，或許華兒和我有一樣的感覺呢？」

穆良錚沒說話，只是聽他喊著「華兒」，自己就有想揍袁蘭如的衝動。

榮華安撫了一下穆良錚，對袁蘭如道：「你剛剛用了一個詞，那個詞是『合適』，不是喜歡、不是愛慕。我不知道是否因為蘭公子你一向理智，所以才會在面對終身大事的問題上，也依舊如此理智地考慮到兩個人在一起能得到多大的利益。但是很抱歉，我不是蘭公子你這樣的聖人，我對待終身大事，只看感情。

「我對穆將軍的感情，不是合適，不是般配，而是情不知所起一往而深，是在天願為比翼鳥、在地願做連理枝，是情深似海一往而終，是執子之手與子偕老，是願得一心人、白首不相離。所以藺公子，其實我們根本一點都不合適，因為我們對待感情上，是完全不一樣的方式。」

穆良錚臉上無法抑制地揚起幸福的笑意，他甜蜜地看了榮華一眼，眼神裡都是愛意，眷戀地說：「我也是。」

榮華也仰頭朝他投去愛的視線。

一切盡在不言中。

袁藺如似乎有一瞬間的愣神，但是他很快反應了過來，嘲諷地笑道：「感情這事，誰說得準呢？人心這回事，瞬息萬變，或許妳現在對他愛得死去活來，但是沒多久就覺得，他不過是路邊的一塊石頭可以隨手丟棄。所以兩個人在一起，感情是最不重要的，最重要的是適合。就比如妳我，有共同的想法和目標，能夠彼此成就，實現雙方最大的價值，得到最大的利益，這才是永恆的，妳懂嗎？」

榮華輕輕皺了皺眉，她之前一直覺得袁藺如在開玩笑，只是為了逗一逗穆良錚，而她也是為了哄穆良錚高興，順便藉機表白，所以才說了那麼一大堆話，但是現在看袁藺如的神情，他好像突然認真了。

這對榮華來說，可不是一件好事。

袁藺如對她而言，是非常優質的生意夥伴，如果和生意夥伴有了情感糾葛，那可是生意場上的大忌。

榮華轉頭看著穆良錚，牽起他的手，深情地說：「我心匪石，不可轉也！」

穆良錚臉上帶笑，緊緊握住榮華的手，道：「我也是。」

兩個人如此大方當著他的面秀恩愛，袁藺如咬了下牙，笑罵道：「他一個兵漢子，有什麼好的？」

榮華繼續深情款款地表白。「積石如玉，列松如翠，郎豔獨絕，世無其二。」

穆良錚感動到不知道說什麼好，直接親了榮華一下，深情地說：「我也是。」

袁藺如倒是給氣笑了，罵起穆良錚。「你能不能沒事的時候多看點書、背點詩詞，人家華兒說了一大堆情話，你就會說三個字『我也是』。」

穆良錚心情很好，沒搭理他酸溜溜的話語。

反正事情談完，合作也敲定了，如今天色不早，他們該回去了。

於是兩個人和袁藺如提出告辭。

袁藺如看著他們兩人你儂我儂的樣子，覺得快閃瞎了自己的眼，遂擺擺手讓他們趕緊走。

榮華和穆良錚開開心心地離開了。

穆良錚騎馬帶著榮華，榮華靠在他懷裡，道：「穿雲教過我騎馬，但我一直還沒學會，穆哥哥你以後教我好不好？」

穆良錚點頭。「好啊！」

兩個人依偎在一起。

他們走後，袁藺如從窗戶望著他們兩個人甜蜜離去的背影，笑容漸漸消失。

剛剛有一瞬間，在榮華說出「情不知所起一往而深」那句話的時候，他突然心臟沒來由地悸動。

好像就如她說的一樣，情不知所起，一往而深。

他不知道為什麼，在那一個瞬間，看著眉眼溫婉、聲音不大卻充滿力量、認認真真給他講道理的榮華時，突然就心動了。

是的，那是他第一次對榮華心動，也是第一次對一個女人心動。

按照母后的說法，他是堅定的利己主義者，只看利益不看感情，天生涼薄，是做生意的好料子。

但剛剛他就是心動了，所以接下來的話語，就有些認真了。

他覺得自己和榮華確實很合適，而且他也喜歡榮華，這不是天作之合嗎？

但是榮華那麼堅定地告訴他，她有多喜歡穆良錚。

他需要榮華，他也需要穆良錚。這兩個人，一個從商業上、一個從軍事上，都能夠給予他很大的幫助。

如果他強行把榮華搶過來，不僅得不到她的心，還會一次性損失兩個對他有重大幫助的人、損失巨大的利益。

按照商人的目光來看，這是得不償失的，所以他不會做，利益最大化才是他堅定的信念。

母后曾對他說過：「沒有永遠的朋友，也沒有永遠的敵人，只有永遠的利益。」

袁藺如將這句話視為座右銘，所以才能將穆良錚拉攏到亦敵亦友的存在。

「座右銘」這三個字，也是他母后口說的。

袁藺如記得母后說過好多話，還記得她說「只有永遠的利益」那句話並不是她原創的，是一個名字很長的人說的，他當時年紀小，沒記住那個人是誰。

不過都沒關係，這都不重要。

他看著在穆良錚身邊如小鳥依人的女孩，忽然有些羨慕。

袁藺如覺得，自己也不算是堅定的利己主義者，如果他把榮華搶過來，榮華也能像對待穆良錚一樣喜歡自己的話，那麼他是否願意冒著穆良錚攻打袁朝的風險，而這麼做呢？

袁藺如想了想，答案竟然是「願意」。

感情真的太可怕了！

袁藺如驚得出了一身冷汗。

他太了解自己，知道自己究竟是多麼涼薄的一個人，他算計所有的一切，唯獨沒有感情，他從來不吃虧，可是現在竟然願意損失如此巨大的利益，就為了一個女人？

不，這不是他。

或許應該慶幸，榮華心裡沒有他。

否則他真的那樣做了，就變得連他都不認識自己了。

想到這一點，袁藺如及時掐斷自己對榮華的喜歡。

他需要榮華和穆良錚。

這兩個人能給他創造的利益太大了。

至於感情什麼的，那是可有可無的東西吧！

一定是的。

袁藺如最後看了榮華一眼，決絕地關上窗。

看到不知何時站到自己身邊的老僕，袁藺如忽然笑了。「有沒有覺得這個丫頭很像我娘？」

袁朝現任國君的先皇后，是太子殿下和七皇子袁藺如的親生母親。

老僕平靜地開口道：「很像，就連那句話，先皇后都講過。」

「是啊，如果娘親還在的話，一定會喜歡她的。」

袁藺如笑了下，連他這個薄情的人都有那麼一瞬間動心，更別提他娘了。

他的親生母親——容德皇后，是整個袁朝最得寵的女人，也是他最佩服的人。

母后說他城府深，天生適合經商，如果在她的國家，一定可以成為很厲害的CEO，所以她教了自己經商之道。

袁藺如現在也沒搞明白ＣＥＯ是什麼東西，而他在榮華眼裡超前的經濟思維，都是母后教的罷了。

母后認為哥哥生性仁和，適合治國，所以教他治國之道，哥哥成了太子。

父王寵愛母后，對她說的話深信不疑，哪怕太子後來品行不良，父王依舊封哥哥為太子，準備讓他繼承大統。

父王對母后應該有諸多思念吧！

母后曾說過一句話：「有部戲，有句台詞說得特別好，那就是『只有永遠失去和最難得到的，才是最好的。』我在尚且年輕貌美的時候死去，我在你們父王依舊對我深愛的時候死去，他永遠都沒辦法忘了我，午夜夢迴之時，他一定只會夢到我吧？我真是個壞女人啊，哪怕到死，都在算計他。」

母后說完這句話，就從城樓上跳了下去。

袁藺如一直不明白為什麼母后會自殺。她是整個袁朝最尊貴的女人，父王給了她最大的恩寵。

可是她依舊死了，父王連她最後一面都沒見到。

父王得知她的死訊，知道她的屍體已經按照她的遺命被燒掉後，差點整個人都瘋了，後來就變得和母后一樣嗜糖如命。

想想那個男人也真是可憐，母后都死了那麼久，他依舊把她的話當作聖旨來聽。

也正因為有母后這個免死金牌在，自己那個親哥哥，才會在太子的位置上，喪盡天良，胡作非為。

母后也不是全對的，她就想不到，她那麼看好的大兒子，她認為會成為一代仁君的大兒子，在得到巨大的權力和疼愛後，會變得那麼不堪。

而他這個經商的人，到頭來才是最適合成為帝王的人。

因為沒有感情，所以不會偏頗；因為沒有感情，所以不會有掣肘，這樣才能成為真正的仁君。

如果母后還活著，他真想告訴她說：「妳算錯了呢！」

想起往事，袁藺如嘆了口氣，道：「你說母親為什麼要自殺？」

他一直想不明白。

「可能夫人太想家了吧！」

老僕喃喃道：「那個夫人一直唸叨著永遠回不去的家，或許她找到回去的方法了。」

袁藺如嘲諷地笑了下。「但願吧，我命人走遍天下，也沒找到母后口中那個地方，那裡究竟有什麼魔力，讓她寧可自殺，拋下獨寵她的帝王，拋下她的兩個兒子，也要離開呢？」

「夫人說那裡是桃源樂土，是永遠的故鄉，她說袁朝雖好，但他國非故國，她想回家。」

袁藺如再次搖頭，轉動了幾圈拇指上的扳指，道：「但願她已經回到家了，不然豈不是白死了，也不知道她會不會後悔？不過後悔也晚了，屍體都按她說的燒了十幾年了，可能她回到家後就後悔了，想回來也回不來了，呵。」

老僕掀開眼皮看了袁藺如一眼，又默默垂下眼睛。

夫人說得沒錯，七皇子果然是生性涼薄。

袁藺如發現自己又這樣笑了，小時候他喜歡這樣笑，結果每次對著母后笑一次，都會被打一巴掌。

母后曾說過，「呵呵」是嘲諷人的，不許他這樣笑。

但是袁藺如很喜歡這樣笑，被母后打了幾巴掌後，他才改過來。

不過他一直覺得莫名其妙，笑便笑了，「呵呵」便「呵呵」了，一個笑而已，怎麼還成嘲諷別人了？

想到這裡，他挑起眉頭。「呵呵。」

第四十章　終成眷屬

榮華和袁藺如的合作正式開始，兩人為貿易之路做足準備，劃分路線，確定貨物，有無數商家加入進來，最後形成一支十分壯觀的商隊。

榮華、穆良錚、袁藺如三個人一起決定了一條路線，以筠州城為起點，途徑大煜、袁朝、楚國、大周、白國、澤國等六個國家，由一千多個城市、一萬多個鄉鎮，形成這條壯觀而偉大的貿易之路。

因為牽扯進來的商隊太多，規模太過巨大，且帶來繁盛的經濟利益，所以驚動了六國皇室。

各國紛紛給城鎮下達通知，對此商隊給予無期限放行，且各城鎮的防護力量，應實施保護和護送，所有土匪、毛賊也不得對商隊有任何打劫行為，否則株連九族！

這條貿易之路，促進國與國之間的經濟發展，各國皇室都樂見其成，而且中途經過任何城鎮，商戶都可以選擇留下，新的商戶也可以選擇加入，所以這對所有人來說都是一件好事。

榮華對此也感到無比激動和欣慰。

一月初一，即是春節，也是新年的第一天。

這一年商隊離開筠州城，前往下個城市，開始貿易之路。

榮華穿著大紅色披風，穆良錚穿著黑色大氅，兩個人騎著馬，在城外送商隊離開。

榮華激動地看著絡繹不絕的車馬商隊前往千武鎮的方向，激動得不知道說什麼好。

穆良錚也感到很興奮。

這樣六國的特產會在商隊之間流通起來，很多地方就可以用當地特產換取商隊的糧食，就不會有餓死的人了。

這真的是一件利國利民的大好事！

穆良錚看著紅色披風下，漂亮得像神仙的榮華，感嘆道：「華兒，妳不會真的是活菩薩下凡吧？」

榮華笑著打他。「我當然不是了！」

「那就好。」

穆良錚鬆了口氣，笑道：「否則妳若真的是活菩薩下凡，等我們到時候成婚了，究竟要不要行周公之禮呢？如果不行周公之禮，我怕自己天天看著妳這個天仙忍不住；若是行周公之禮，我又怕自己遭雷劈。」

榮華瞬間臉就紅了，不敢置信地看著穆良錚，驚奇道：「穆哥哥，現在青天白日的你怎麼說這個話？你越來越……」

榮華沒好意思說下去。

這個人越來越沒臉沒皮了，大白天就開始不正經了。
穆良錚勾起唇角笑道：「還有幾個月，我們就可以成婚了，華兒，我終於能娶妳了，到時候我就不用像現在這樣忍著了。」
「你還說！」榮華翻身下馬，捏了個雪球丟他。
穆良錚也下了馬，在榮華身後追著她跑。
他追著人，把榮華堵到一條沒人的小巷子裡。
榮華看前面沒路了，舉起手求饒。「不玩了、不玩了，我們回去吧！」
穆良錚笑了笑。「我現在不想回去。」
說罷揚開大氅，將榮華包了進去，然後他抱起她。
榮華已經如魚得水般自然地將雙腿盤上他的腰。
兩人在大雪紛飛中接吻。
吻了許久，穆良錚才放開她，低頭吻著她的下巴，順著下巴吻過修長的脖頸，又往下埋在她的衣服上使勁蹭了蹭，榮華被他蹭得滿臉通紅。
就聽穆良錚埋在她胸前說：「華兒，我快忍不住了，想趕快迎娶妳。」
榮華安慰道：「再忍忍，我馬上就過十八歲生日了。」
穆良錚臉色發紅，親了親榮華，道：「好，都聽妳的，我會等到那天。」
榮華開心地笑起來，這才是她愛的將軍呀！

真正尊重她的意願，不會以自己的權力地位來脅迫她，這才是真正的男人！

不得不說榮華骨子裡還是受到現代女權的影響，尤其看到這個封建社會對女性的諸多歧視，甚至有些女孩受到李百萬那種人迫害，因為失了名節只能自縊，其背地裡都跟傳統觀念對女性的桎梏有關，她為此感到不平。

在她的觀念裡，如果有人膽敢強迫妳做不願意的事情，她希望所有人都能夠勇於拒絕，甚至當權者還能帶頭立法，讓弱者能透過法律來保護自己的權益。

女孩子活在這世上，已經足夠難了，可還有許多豺狼虎豹對嬌弱的女孩們虎視眈眈。

她曾經希望有那麼一天：女孩子穿著漂亮的裙子上街時，不需要警惕別人不懷好意、異樣打量的目光；女孩子深夜下班回家的時候，不用擔心背後是否有尾隨的腳步；女孩子受到傷害時，沒有人會說出「啊，怪妳晚上外出，怪妳裙子穿太短，怪妳長得太漂亮」這般禽獸不如的話語。

她希望這一天盡快到來，如花朵般美麗嬌嫩的小姑娘們，都能夠真正的在陽光下肆意生長，不要遭受到風雨迫害。

當然，她也知道這條路還很長，需要做足許多努力才能讓社會更進步，而她很幸運的是成為坐擁地方實權的郡主，還成功帶動各地的商貿活絡，也許將來能作為這時代為女力發聲的第一人。

這是榮華今年的新年願望。

在穆良錚的懷抱裡，她抬頭看著天空，對著滿天星空和漫天大雪誠摯許願，期許這一天盡快到來。

商隊途經千武鎮的時候，袁藺如一直看著商隊進鎮、採買，然後離開。

他目送商隊離開，心情有些說不出的微妙。

這是他母后曾經說過的「絲綢之路」，她希望有一天他可以實現。

今天他終於實現了！

雖然名字不叫絲綢之路，而是榮華取的名，叫貿易之路，但都是同一個意思，也都差不多。

相較於袁藺如的淡定，身後的老僕卻激動得渾身顫抖，眼裡淚流不止。「夫人啊夫人，您曾說過的『絲綢之路』，如今七皇子終於實現了，您若是能看到這一天，必定十分欣慰吧！」

他哭得悲痛欲絕，激動得不能自已。

袁藺如認真地瞧了他兩眼，再次感嘆母后的魅力真大啊！

她都死了十幾年，這個老僕還對她牽腸掛肚、魂牽夢縈。

所以說感情這東西太可怕了，他不能沾。

忽地，門外有人稟告。「藺公子，楚國大公子來了。」

袁藺如挑了挑眉。「他來做什麼？」

「大公子說是前來送商戶加入商隊，並且觀摩一下商隊，聽說公子您在這裡，所以來見您。」

「楚景之這傢伙，我也該告訴他，他弟弟究竟在哪兒了。」

袁藺如想起在穆良錚軍營裡被瘋狂折磨的那小孩，就覺得搞笑，他道：「請楚大公子過來吧！」

筠州城軍營內。

袁藺如拿出穆良錚的腰牌，道：「我是穆將軍的朋友，前來見他，穆將軍在嗎？」

「穆將軍不在，三位先進來等等吧！」

袁藺如帶著喬裝打扮的楚景之和楚舒月進了軍營。

楚景之湊近他低聲道：「我弟弟真的在這裡？」

楚舒月搖頭道：「不可能，弟弟不可能在這裡，更不可能像你說的，在軍營裡待了這麼久，他吃不了這個苦。」

袁藺如未置可否，隨意地說：「你們自己看看不就知道了，我騙你們做什麼？」

他在軍中掃了幾眼，突然伸手指向前方，道：「看那裡！」

楚景之和楚舒月看過去，頓時大驚失色，不敢置信地捂住嘴。

那個在他們眼裡一點苦都不能吃的弟弟，此時正在洗馬桶。

弟弟長高好多，又高又壯，而且黑了不少，此時冰天雪地下著大雪，他竟然在雪中，把手埋在冰水裡洗馬桶？

這怎麼可能？

楚舒月簡直不敢置信，可是那人確實是她弟弟，而且還笑得很開心的樣子。

她從來沒見他笑得這麼開心過。

楚行之正在和榮嘉一起刷馬桶，因為他們兩個幹了錯事，在閻羅副將的茶裡放了瀉藥，讓他拉了半天肚子，大大報復回去。雖然他們最後被懲罰刷馬桶，但是楚行之想到就痛快，和榮嘉一邊說一邊大笑。

榮嘉冷著臉，用看智障的眼神看著他，因為自己就是被連坐的人。

他才不會用這麼蠢的方法報復副將。

而且被罰刷馬桶還有什麼可樂的？

他都快冷死了。

這個楚哥哥，思路好像和正常人不太一樣，還是離他遠點，不要被傳染了。

楚行之和榮嘉正說著話，忽然看到不遠處那抹紅色的身影，他一下子丟了馬桶，大喊道：「姊姊！」

楚行之飛奔了過去。

楚舒月以為弟弟認出自己，就要上前，卻被楚景之拉住。

楚舒月愣了片刻，才瞧見一個身穿大紅色斗篷的姑娘和弟弟抱在一起。

原來弟弟叫的姊姊是她……

楚舒月看向袁藺如，用眼神詢問那個女人是誰。

袁藺如道：「這是貿易之路的發起人，大煜的嘉寧郡主。妳弟弟這些年，都是由她照顧。」

袁藺如說起這些，還覺得有些酸意。

楚景之沈默片刻，說道：「弟弟這麼喜歡她，看來她真的對弟弟很好。」

另一廂，榮華抱著楚行之，皺著眉頭說道：「你身上臭死了，還來抱姊姊！」

楚行之大笑，故意把手上洗馬桶的水蹭在榮華身上，被她追著打。

榮華和他鬧了一陣子，又去抱了抱榮嘉，然後問道：「你們在軍營裡學得怎麼樣？」

楚行之立馬喊著要露一手給榮華看。

什麼軍拳、醉拳、天馬流星拳，棍法、劍法、刀法、槍法，有一樣算一樣，他一一展示了個遍，快令他驕傲死了。

榮華一個勁誇他，等他展示完了，才拉住兩人道：「好了，今天過年，咱們回家過年去。」

「回家！我快想死爹娘啦！」

楚行之大叫著，拉住榮華和榮嘉的手，一行人走了。

榮嘉還在猶豫。「咱們馬桶還沒刷完呢！」

楚行之拍了拍榮嘉的腦袋。「真是笨哪！副將大還是姊夫大？副將還不都聽姊夫的，姊夫都聽姊姊的，姊姊都讓咱們回家了，你還怕什麼？」

楚行之在軍營這麼長的時間，早已練得臉皮子厚了起來，也找到對付閻羅副將的辦法，令他神氣不已。

一旁的穆良錚平靜地道：「今天不用刷，明天回來後接著刷。」

「什麼？」楚行之大叫。「姊夫不是吧？你這麼狠心！姊姊，妳管管姊夫啊！姊夫他不是人，嗚嗚嗚！」

榮華快笑死了，她摸了摸楚行之的腦袋，溫聲道：「沒關係呀，明天姊姊幫你刷。」

楚行之看了一眼姊夫射向自己的死亡視線，他非常確信如果自己敢讓姊姊漂亮無比的手去刷馬桶，姊夫能剁了自己的一對爪子，於是立馬搖頭拒絕。

「不用了，姊姊，我自己來，刷馬桶其實挺好玩的，真的，我喜歡刷馬桶！」

穆良錚收回目光。

這還差不多！

榮嘉拉著榮華的手，說：「現在外面都說姊姊是活菩薩，哪能讓妳刷馬桶，要是讓姊姊刷馬桶，我怕是要折壽。」

榮華笑道：「你以前太沈穩了，現在跟著你楚哥哥，倒是學得開朗多了，這樣就很好。」

榮嘉臉色一變，突然發現自己好像跟楚行之有點像了，頓時如臨大敵的表情。

完蛋了！他果然被楚哥哥這個人給傳染了！

一行人笑笑鬧鬧地離開軍營。

楚舒月和楚景之看了半天，到最後覺得他們好像才是一家人，也沒有勇氣喊出弟弟。

他們兩個都在害怕，哪怕喊了弟弟，弟弟也不認他們。

楚景之沈默許久，才說：「弟弟學會了好多東西。」

「弟弟看上去好像很快樂，我們還要帶他回去嗎？」楚舒月也迷茫了。

她看著自己的大哥，發現大哥也正沈默地看著她。

榮華一家人高高興興地過了個年。

正月十五後，袁藺如透過穆良錚向她遞了一封信。

這封信是一名叫楚舒月的女子所寫，對方聲稱是楚行之的姊姊。

信中字裡行間充滿了姊姊對弟弟的思念和關懷，可是對方卻不敢主動見楚行之，因此把信送到榮華這裡，想透過榮華詢問楚行之的態度。

如果楚行之願意見他們，他們就來；如果不願意見，他們就準備回家了。

榮華是知道楚行之有多想家。

因此拿到這封信，她幾乎沒有多加思考，就把信給了楚行之。

楚行之看完後沈默良久。

榮華勸他。「想家了就回去看看。」

在榮華的安排下，楚行之和楚舒月、楚景之見了面。

好久沒哭的楚行之，撲在自己親姊姊的懷裡，哭得死去活來。

榮華這才知道，楚行之是楚國國君的二公子。

楚行之當初離家出走，是因為楚國意欲和袁朝聯姻，讓他娶袁朝公主，而楚行之不願意。

楚行之拒絕娶的那個袁朝公主，正是袁藺如的妹妹。

袁藺如得知他逃婚還離家出走，所以半路遇到他，就把他的錢財都扣留下來，讓他自生自滅。

後來楚行之就遇到了榮華。

榮華倒是沒想到，這傢伙來頭這麼大。雖然早就想到他家裡非富即貴，但親耳聽見他是楚國皇子時，她還是大為吃驚。

一聽聞楚舒月說父王病重，楚行之決定要跟哥哥、姊姊回家。

臨走前，楚行之哭哭啼啼地抱著榮華，死也不鬆開，因為他不捨得榮華。

榮華也不捨得他，看他如此模樣，便決定陪楚行之一起回楚國。
穆良錚暗中護送。
到了楚國，楚行之見了自家父王。
他現在懂事了很多，變得有擔當、有責任心，楚君對他的變化十分欣慰。
楚行之告訴父王，他認了一個姊姊，便是榮華。
楚君知道榮華現在和袁朝關係曖昧，又是大煜郡主，他有自己的私心，思慮片刻後，收了榮華為義女，名嘉寧公主。
楚君只有兩子一女，所以榮華成了楚國的小公主。
因為這個身分，榮華徹底和大煜、袁朝、楚國綁在一起，彷彿是三國結盟的象徵。
楚君病重，楚行之在近前侍奉，楚君一月後去世。
楚景之繼承國君之位。
楚行之被封為楚陽王，在楚國守孝半年。
穆良錚不便久留遂先回大煜，由榮華一直陪著楚行之，直到七月末，才返程回國。
榮華在筠州城，過了十八歲生辰。
她以為穆良錚會和她商量成婚的事，結果穆良錚竟忍住了，說楚行之的父王現在去世不久，等來年再成婚，到時候楚行之也可以高高興興參加。
穆良錚知道榮華是真心愛護楚行之這個弟弟，所以才會為她考慮。

榮華心底很感動，不過如今她的新身分，將大煜、袁朝、楚國綁在一起，是前所未見的事情，人要懂得居高思危，特別是涉及國與國之間的政治問題，她還是多留了一點心眼。

「穆哥哥，我這身分，會不會日後讓大煜皇室對你有所顧忌啊？」

畢竟大煜皇室有迫害穆良錚的前例，如今身為將軍未婚妻的她，又與境外各國建立友好關係，帶動各地的經濟。雖然明眼人都知道，對大煜長遠來說，這是一件「興國利民」的好事，可就怕新任掌權者，為了鞏固自己的權力地位，腦子又犯傻了。

「放心，妳待在楚國的這段期間，我就已經全部處理好了。」穆良錚臉上露出笑容，溫柔地擁住她。「現在妳是大煜的郡主，又是楚國的公主，袁朝的未來儲君袁藺如是妳的合夥伴，妳這個身分沒人動得了。就算大煜想動我，也要掂量不是？」

榮華笑了起來。「說得也是，我會保護你的！」

穆良錚親了親她。「那就全靠娘子了！」

「什麼娘子，我們還沒成婚！」

「那不是快了嗎？」

「穆良錚你給我住手，唉……你個混蛋，等成婚再說！」

隔年春，袁朝國君去世，袁藺如繼位。

同年夏，筠州城城主之女筠憐兒勾引穆良錚，被他扔進湖裡。

筠州城城主試圖彈劾穆良錚，穆良錚卻甩出他貪污受賄的帳本，以雷霆之勢將其抄家。

抄家之後，筠州城的百姓才知道，這城主究竟搜刮多少民脂民膏，也成為朝野間的談資。

同年八月，榮華過了十九歲生辰。次日八月十六，是實打實的好日子。

穆良錚和榮華大婚，百姓們普天同慶。

榮華鳳冠霞帔，從郡主府被穆良錚娶到將軍府。

這一天熱鬧到難以想像！

袁朝國君袁藺如親自來參加婚宴，就連楚國長公主和楚陽王也來了。

在親朋好友的見證下，榮華拜別父母，上了花轎。

榮華和穆良錚穿著大紅喜服，牽著紅花布走進了將軍府。

穆家二老坐在高堂之上。

有人高喊：「一拜天地。」

榮華和穆良錚跪下，一拜天地。

有人高喊：「二拜高堂。」

他們二人轉身，二拜高堂。

有人高喊：「夫妻對拜。」

榮華和穆良錚，夫妻對拜，然後被送入洞房。

榮華被送到婚房後就閒了下來，現在只需要等著穆良錚進來就行了。

穆良錚在婚宴上，被人拉著灌酒，但他酒量超級厲害，只是現在不是逞酒量的時候，穆良錚大手一揮，副將便把所有灌酒的都給擋著了。

穆良錚猴急地去找榮華，引得大家大笑不止。

到了新房內，穆良錚小心翼翼挑起榮華的紅蓋頭，兩人喝了交杯酒。

看著在燭光下美如神仙的榮華，穆良錚心底柔軟得一塌糊塗，他緊緊抱著榮華，認真地說：「華兒，我終於娶到妳了。」

榮華也回抱他，笑得溫柔眷戀。「穆哥哥，我終於成為了你的妻子。」

她好開心，如今他們兩個人，終於是名正言順的夫妻了。

穆良錚等這一天等了好久，然而這一天真的到來了，他卻突然不急了。

因為他和華兒還有一輩子的時間可以在一起。

穆良錚抱著她說了好一會兒話，兩個人從初見聊到現在，越說越感慨，越說越激動。

說到興起時，穆良錚吻住榮華的唇，將她撲倒在床上。

他們方才聊得起勁，守在房門外的人卻不幹了。

楚行之大喊道：「姊夫，洞房花燭夜，你這是在幹麼？難不成要和我姊姊秉燭夜談？」

穆良錚臉色一僵，安撫地拍了拍榮華的手臂，道：「我去去就來。」

門外的人都快嚇瘋了，狠狠捂住楚行之的嘴。

穆良錚走出去，沈著臉，把圍在門口的人全部揍了出去，還威脅道：「小兔崽子們，再敢過來，等你成婚的時候，我讓你一晚上都進不了新房。」

一群人都跑了。

還能不跑嗎？誰打得過穆良錚啊？

要是來日成婚的時候，他真的在新房門口堵一晚上，不讓新郎進去，那可真的做得到。

趕走了那些人後，穆良錚又對屬下道：「給我守住院門，不許任何人靠近！」

右衛回道：「是。」

穆良錚喜孜孜地回到房內，一邊走一邊脫衣裳，很快就脫了個精光。

榮華不好意思地看著他，雖然害羞不已，眼神都沒含糊。

將軍的身材可真好啊。

八塊腹肌、人魚線、倒三角的腰……

其實她也眼饞將軍的身體好久了。

榮華半躺在床上，穆良錚走過來抱著她，親了好一會兒，才去扯她的衣裳。

榮華感覺穆良錚的身子就像一個大火爐，她渾身都酥軟了。

她好害羞，但是又有點期待。

一夜春光旖旎。

第二天，榮華一直睡到下午。
她渾身都是穆良錚留下的痕跡。
那個冤家，許是以前忍得太狠，昨晚上折騰了她一宿。
她現在渾身痠軟，連起身的力氣都沒有。
榮華最後在床上躺了三天，才能下床。
但是三天後……又是一夜無眠。
真是要死了，自從婚後，榮華就被他折騰不已。
穆良錚那混蛋，還變著花樣來，讓她羞死了。
又是一夜無眠後，榮華喘著氣躺在穆良錚懷裡，柔聲道：「你個混蛋，看來只有等懷孕後，你才能放過我了。」
穆良錚一想到懷胎十月，他又要忍耐，心裡有點不是滋味。
他現在愛死榮華，懂得食髓知味，恨不得黏在她身上。
所以懷孕什麼的，再往後延吧！
於是穆良錚私底下找太醫尋了避孕方法，並打算等榮華二十四歲再生孩子，因為太醫說女子這個年紀生孩子，對身體損傷最小。
這正符合榮華的心思，雖然在封建社會下他們算是晚成婚，但她一直覺得自己年紀還太小了，不適合懷孕，沒想到丈夫已提早為她這般細心考量，她其實還滿感動的。

如今放眼天下，國泰民安，四海昇平，穆良錚帶著榮華去周遊列國。自然……馬車上，岩石旁，溪水邊，樹上樹下，都留下他們的痕跡。對穆良錚的好體力，榮華簡直佩服得五體投地了。

許是兩人恩愛的原因，榮華每天都容光煥發，變得更加好看了。因為這些年天下太平，他們一路遊山玩水，日子過得極為愜意。

榮華確實在二十四歲懷上身孕，次年生了一對龍鳳胎。

生產過後，因為她一直以來調養得好，所以沒有落下一丁點月子病，很快就恢復了過來。

穆良錚和榮華成婚多年，依舊恩愛甚篤，在民間傳為佳話。一如當初的許諾，他們會一直長長久久、生生世世在一起。

願得一人心，白首不相離。

榮華和穆良錚都得到自己的一心人，這便是最好的愛情。

——全書完

2020年7月出版

富貴桃花妻

文創風 864～866

今朝落難又如何？她偏有本事再來過。
明日桃花盛開，便是春風得意之時！

慧眼識夫 情有獨鍾／凌嘉

她名叫桃花，可穿越後即遭狠心的養父母毆打賤賣，前途簡直太不燦爛，
計畫逃跑又出師不利，竟被冷面將軍顧南野當成刺客抓起來，險些小命休矣。
雖是誤會一場，但生計無著，她只好賣身給將軍府，孰料卻是掉進了福窩～～
顧家母子真是佛心的雇主，顧夫人供她吃喝，帶她赴宴，教她理家讀書，
而顧南野不過臉臭了點，其實是個大好人，還使計助她擺脫養父母的糾纏，
卻因征戰四方保家衛國，得了殺人如麻的惡名，但也只得默默認下……
將軍心裡苦但將軍不說，她瞧得明白，決定利用前生本事與原身記憶幫一把，
寫寫話本替他洗白名聲，結果紅遍金陵城招來官府注意，繼而捲入人命官司。
唉，她想低調待在顧家安居度日，結果惹出這麼多是非還脫不了身，因為——
最大的風波並非她揭穿顧南野被黑的真相，而是她那太有哏的身世鬧的啊……

2020年7月出版

小黃豆大發家

文創風 861~863

爺爺找人算過的，說她命裡帶福，還旺家，
這話確實不假，她自小聰慧，連私塾先生都是見一次誇一次，
如果不是身為女娃兒，她覺得他們黃家說不定都能出個狀元了，
不過她懶，志不在此，且眼前她可是有更重要的事要做——
有了一筆意外之財當本錢，她準備帶著一家人發家致富啦！

風煙綠水青山國　籬落紫茄黃豆家／雲也

她黃豆是個有大福氣的，就連跟著一群孩子去河灘上撿東西都能撿到寶，
一個比臉盆還大、臭得沒人肯靠近的死河蚌裡，被她挖出了五顆珍珠！
靠著賣珍珠的錢，她讓爺爺買地，率先試行插秧種植法，提高稻產量，
府衙命黃家不得出售，除留部分做為日後種糧外，餘均收購留作良種，
眼見機不可失，爺爺慷慨地把這能救活無數百姓的插秧法上呈官府推廣，
自此後，黃家再不是單純的泥腿子了，他們有錢有地有名聲，還有官護著，
也因此，她心中計劃已久的建碼頭一事終於能提上日程了！
日夜期盼下，建好的黃家碼頭真的來船隻了，且日益繁榮，聲勢漸起，
然而，她擔心的問題也來了——碼頭生意原是一手獨攬的錢家出手了！
有官府護著，錢家不至於來硬的，走的是說親一途，說的正是她黃豆，
可她不願意啊，因為她心中有人了，便是小時候救她一命的恩人趙大山！
那會兒她年紀小，當然沒啥以身相許的想法，只把他當哥哥看，
但他出海跑船經商五年歸來後，卻不把她當妹妹看了，還跟她告白，
於是她不淡定了，心頭小鹿撞得快內傷，連終身大事都私下跟他訂好，
豈料，她對錢家的拒婚，卻害得至親喪命，甚至她自己都因此而毀容……

2020年6月出版

正妻無雙

文創風 858～860

選夫是門技術活！這一世究竟誰才是容辭的真命天子——
是英挺出色卻無心於她、多情寡斷的顧家無緣夫？
還是貴氣天成又渾身是謎、隱隱和她有著莫名牽連的陌生男子謝睦？

人生狂開掛 花式寵妻贏面大／含舟

新婚之夜乍聽到夫婿坦承另有所愛，許容辭卻出奇淡定，
只因嫁進恭毅侯府後會面臨的一切，重生歸來的她已瞭若指掌！
她知道自己確實嫁了個好夫婿——英挺出色、前程似錦，還很專情，
可惜這份專情屬於他的青梅竹馬，而她這有名無實之妻最終仍孤單病逝……
這憋屈的人生令她覺悟，有緣無分何必強求？不合則分方為上策！
她本有帶孕而嫁的秘密，縱然此事緣由是她不願再提起的惡夢，
可上一世為了圓滿親事而選擇落胎以致遺憾至今，這回她決意生子相伴！
無意和無緣夫多糾纏，變得果決的她時機一到便包袱款款隱居待產去～～
豈料新改變牽起了新緣分，她因而結識隔鄰的神秘男子「謝睦」——
這位俊朗儒雅、款款溫柔的貴公子，寡言沈默卻細心，一路伴她遷入新居至平安生子，
兩人結為至交，卻又極有默契不問彼此避世原因，只是他謎樣的背景頗讓人好奇，
畢竟皇族姓氏加上天生貴氣顯然非泛泛之輩，可為何眉間輕愁總揮之不去？
明明是早該成家的年紀，對她兒又百般疼愛，卻自陳無妻無兒，這可不合常理呀……

國家圖書館出版品預行編目資料

農華似錦 / 琥珀糖著. --
初版. -- 臺北市 ： 狗屋, 2020.08
冊 ； 公分. --（文創風）
ISBN 978-986-509-134-7（第3冊：平裝）. --

857.7　　109009846

著作者　琥珀糖
編輯　黃鈺菁
校對　黃薇霓
發行所　狗屋出版社有限公司
地址　台北市104中山區龍江路71巷15號1樓
電話　02-2776-5889～0
發行字號　局版台業字845號
法律顧問　蕭雄淋律師
總經銷　知遠文化事業有限公司
電話　02-2664-8800
初版　2020年08月
國際書碼　ISBN-13　978-986-509-134-7

本著作物由廣州阿里巴巴文學信息技術有限公司授權出版

定價250元
狗屋劃撥帳號：19001626
網址：love.doghouse.com.tw　E-mail：love@doghouse.com.tw